황금가면

황금가면

黄金仮面

에도가와 란포 지음
이종은 옮김

도서출판 b

• 차례 •

황금가면

黄金仮面

1930년 9월부터 1931년 10월까지 고단샤의 간판잡지인 『킹』에 연재되었다. 에도가와 란포에 따르면, 기존의 '소탐정 소설'을 벗어나 좀 더 무대가 넓은 '대탐정 소설'로 진출한 첫 번째 작품. 『거미남』의 대중적 성공 이후 공식처럼 된 아케치 고고로 대 악당의 대결은 『황금가면』에서 절정을 이룬다. 작품 속 사건 발생 시점은 1929년 4월 5일부터 1929년 6월 18일까지로 추정된다.

황금빛 공포

이 세상에는 50년이나 100년에 한 번쯤 천변지이天變地異라든지 큰 전쟁이나 역병 같은 매우 기괴한 일, 다시 말해 어떤 악몽이나 소설가의 공상보다도 훨씬 터무니없는 사건이 일어난다.

어쩌면 인간 사회라는 거대한 생명체 한 마리가 정체불명의 급성 희귀병에 걸려 잠시 정신이 이상해진 건지도 모른다. 그만큼 상식을 벗어난 일들이 어이없이 일어날 때가 있다.

황당무계하기 짝이 없는 '황금가면'에 대한 풍문이야말로 50년이나 100년에 한 번쯤 일어나는 사회적 광기 같은 것인지도 모른다.

어느 봄, 아직 겨울 외투도 벗지 않은 3월 초였다. 어디선가 금색 가면을 쓴 수상한 인물에 대한 풍문이 돌기 시작했는데, 그 소문이 사람들의 입을 거치면서 날이 갈수록 거세지더니 마침내는 각 신문의 사회면이 떠들썩해질 정도로 큰 화제가 되었다.

풍문이 워낙 중구난방이라 종잡을 수 없는 괴담 같았는데, 거기서 풍기는 요사한 기운이 사람들의 호기심을 심상치 않게 자극했다. 그 때문에 이 현대판 유령은 도쿄 시민들 사이에서 엄청난 인기를 구가했다.

한 젊은 여자가 긴자銀座의 쇼윈도 앞에서 그자를 봤다고 했다. 어느 키 큰 남자가 철제 난간에 기대어 유리창 안을 들여다보고 있는데, 중절모자 챙을 코끝까지 내려쓰고 오버코트 깃을 귀까지 세워 얼굴을 완전히 가리고 있는 모습이 수상해 창 안의 진열품에 정신을 빼앗긴 척 목을 빼고 힐끔 사내의 얼굴을 본 것이다. 여자는 모자챙과 외투 깃 사이의 좁다란 틈새에서 눈을 찌르듯 번쩍이는 물체 때문에 사색이 될 정도로 놀라 멀찌감치 물러났는데, 사내의 무표정한 얼굴이 오래된 금불상처럼 황금빛이었다고 한다.

여자가 멀리서 두근거리는 가슴으로 지켜보는 사이, 정체를 들킨 요괴처럼 몹시 당황한 사내는 바람에 휩쓸리듯 어두운 인파 속으로 사라졌다. 그전까지 사내가 들여다본 것은 유명한 골동품이 전시된 진열창으로, 한가운데 놓인 한단 노 가면[1]이 뭔가 사연이 있는 것처럼 반쯤 벌어진 입 사이로 검게 물들인 이를 드러내며 가느다란 눈으로 정면을 노려보고 있었다고 한다. 그 후 이 섬뜩한 노 가면과 사내가 쓴 무표정한 황금가면의 유사성에 관해서는 여러 믿을 수 없는 소문이 돌았다.

밤에 도카이도선東海道線 철로 건널목을 지나다가 참혹하게 차에 깔린 여자 시체를 봤다는 중년 상인도 있었다. 구경꾼들이 몰려들기 전에 특이한 양복을 입은 사내가 시체 주위를 어슬렁거리는 모습을 봤다는 것이다. 그 사내 역시 중절모자를 깊이 눌러쓰고 외투 깃을 세워 얼굴을 가리고 있었는데,

1_ 노 가면의 일종으로 한단邯鄲은 노의 곡명이다. 인생의 덧없음과 부귀영화의 헛됨을 일컫는 고사 한단지몽邯鄲之夢과 마찬가지로 노생盧生이 한단의 장터에서 도사의 베개를 베고 잠들어 있는 동안 꾼 꿈을 내용으로 하고 있다.

어스름한 달빛 아래 번쩍거리는 금빛 얼굴을 똑똑히 봤다고 했다.

아니, 그뿐만 아니라 무표정한 황금가면의 입에서 새빨간 액체 한 줄기가 턱까지 천천히 흘러내리더니 그 입이 상인을 보고 히죽 웃더란다.

어느 날 자기 집 변소 창 너머로 금색 찬란한 괴인이 지나가는 걸 봤다는 노파도 있었다. 이 경우는 앞의 두 사례와는 달리 얼굴뿐 아니라 온몸이 눈부신 금색으로, 가면 외에 얇고 투명한 황금 의상도 걸친 것 같다고 했다.

도무지 믿기 힘든 기괴한 일이었다. 어쩌면 망령이 난 노파의 환각일지 모르지만, 본인 말로는 아미타여래처럼 고귀한 황금빛 사람을 똑똑히 봤다는 것이다.

그 외에도 수없이 많은 풍문이 있었지만 그걸 일일이 열거할 필요는 없을 것 같다. 하여간 이 시대착오적인 유령담은 한때 도쿄 시민들에게서 다른 화제를 모두 빼앗아갔다. 아무리 유령담이라 해도 정신 멀쩡한 사람 십여 명이 각기 다른 날 다른 장소에서 황금가면을 쓴 자와 마주친 것이다. 이 동화 같은 이야기에는 확실히 부정할 수 없는 현재성이 있었다.

혹시나 이 풍문이 무시무시한 천변지이의 전조 아닐까 두려워하는 사람도 있었다. 또한 돌덩이가 낙하하거나 오래된 연못에서 아기 울음소리가 들린다는 괴담과 마찬가지로 한번 세상을 휩쓸고 지나가면 아무것도 아닌, 몹쓸 장난에 불과하다는 사람도 있었다.

하지만 심약한 사람들은 깊은 밤 혼자 길을 가다가 맞은편에서 양복 차림의 남자가 코트 깃이라도 세우면 '그자'일까 봐 간 떨어지듯 놀랐다. 무표정한 황금가면은 인조인간처럼 섬뜩한 기운을 풍겼기에 유령 따위는 믿지 않는 현대인의 두려움을 자극했다.

그때까지는 흉조처럼 여기저기 모습을 드러냈을 뿐 딱히 이 괴인이 사람들에게 해를 끼치지는 않았다. 황금 불상처럼 섬뜩한 기운만 풍기지 않는다면 대형 광고 인형이나 다름없었다. 경찰도 이 풍문을 모를 리 없었다. 하지만 섣불리 뛰어들었다가 나중에 알고 보니 아기가 아니라 개구리 울음소리였다는 식의 웃음거리로 전락할까 두려워 숨죽인 채 상황만 살폈다.

하지만 황금가면은 결코 불량소년들의 장난이 아니었다. 마침내 그 사실이 밝혀질 날이 왔다. 4월에 접어든 어느 날, 정체를 알 수 없는 유령 같은 사내가 대담무쌍한 범죄자로 돌변해 도쿄 시민들 앞에 나타난 것이다. 그는 범죄 장소, 목적물, 범죄 수단, 도주 수법까지 사람들의 의표를 찌르며 아무도 상상할 수 없었던 속수무책의 기예를 펼쳤다. 그 대담함과 엉뚱함은 도가 지나친 나머지 섬뜩한 기운마저 돌았다. 피가 흐르는 인간이 아니었다. 무정한 금속 자동인형 같아 실로 괴이한 감정이 들었다.

왕진주

그해 4월 1일부터 5개월간 우에노 공원에서 10년 만에 큰 박람회가 열렸다. 도쿄도 주최의 산업박람회로, 전국 규모의 행사라 해외 출품작 전용으로 널찍한 전시관을 따로 마련할 정도였다.

인기 있는 구경거리가 많았는데, 건축물로는 '산업탑'이라고 부르는 150척[2]짜리 높은 탑이 산나이료 대사[3] 앞에 우뚝 서 있었다. 여흥 거리로는 남태평양 토인이 출연하는 희극(흥미롭게도 그 제목이 '황금가면'이었다. 물론 극단주가 일부러 제목을 그렇게 지은 것이다)과 무용 공연이 있었고, 출품작으로는 미에현三重県의 진주왕이 자신만만하게 20만 엔을 부른 일본산 왕진주가 있었다. 이런 볼거리들이 모두 황금가면의 범죄와 특별한 관계가 있었다는 것은 정말 불가사의한 운명이라 할 수밖에 없다.

일명 '시마志摩의 여왕'이라 불리는 왕진주는 그 업계에서는 모르는 사람이 없는 일본 최고의 진주다. 산지는 시마국 다이오자키大王崎 근해로 전복 속에서 발견된 진귀한 천연진주인데, 형태는 탐스러운 가지 모양에 20그램이 넘는 명품이다. 20만 엔은 부풀린 가격이라 해도 콩알만 한 물건이 웬만한 재산에

....

2_ 약 45m. 1척尺=30.3cm.

3_ 山内両大師. 에도 막부를 세우는 데 큰 기여를 한 승려 덴카이天海의 상을 안치해 놓은 지겐도慈眼堂의 별칭.

버금가는지라 시골 구경꾼들의 호기심과도 잘 맞아떨어져 진주 진열대 앞에는 끊임없이 인파가 몰려들었다.

진주가 진열된 곳에는 20만 엔에 걸맞은 설비가 있었다. 튼튼하고 두꺼운 유리문에 특수 자물쇠를 달아놓고, 열쇠는 박람회 사무실에 파견된 믿음직한 진주 가게 점원이 보관했다. 지킴이도 일반 모집한 아가씨가 아니라 진주 가게에서 따로 고용한 힘센 중년 남자에게 맡긴다고 했다. 그 밖에도 혹시 모를 도난을 예방하기 위해 정교한 비밀 장치까지 제작했다는 소문도 있었다. 그런 삼엄한 경계가 관람객들의 호기심을 한층 더 자극했다.

사건은 박람회가 열린 지 닷새째 되는 날 일어났다. 그날은 귀빈이 내방할 예정이라 오후 2시부터 각 진열장 입구를 막아놓고 일반 관람객들은 공연장 한쪽의 대기 장소로 내보냈다.

그중에서도 왕진주 '시마의 여왕'이 진열된 1호관 건물은 귀빈의 첫 번째 관람 코스였기에 관람객들을 가장 먼저 내보내고 장내를 정리한 후 지킴이를 교체하고 조용히 귀빈의 내방을 기다렸다.

조금 전까지 복잡하던 전시관을 둘러보면 이키닌교[4]처럼 예절 바른 지킴이들을 제외하고는 인기척도 없고 조용했다. 마치 텅 빈 교회당처럼 대낮인데도 심야의 정적이 느껴졌다.

왕진주 진열대 한쪽에는 네 명의 지킴이가 붙어 있었다. 진주 호위를 맡은 중년 남자가 가운데 서고 그 양옆에 대여섯 간[5]

4_ 生人形. 실제로 살아 있는 인물처럼 보일 정도로 세공이 정교한 인형 전시물.

5_ 약 9~11m. 1간間=1.8m.

간격으로 열일고여덟에서 스무 살 남짓한 여자 지킴이 세 명이 서 있었는데, 그 앞에 꺾어지는 통로 때문에 시야가 막혔으므로 그 일대는 네 사람이 책임지는 셈이었다.

네 지킴이는 대기실에서 말동무를 하며 친하게 지냈다. 교대 때도 함께 나가는데, 그들이 대기실을 나가기 직전에 누군가 차를 가지고 왔다.

"높은 분이 내방 하신다. 차라도 마시고 마음을 가라앉혀."

그는 찻잔을 하나씩 나눠주며 말했다.

박람회 초기여서 네 사람은 아직 장내가 익숙지 않았다. 게다가 이런 경험은 처음이라 목이 타서 얼른 차를 들이켰다.

"으, 너무 써."

한 여자 지킴이가 무심결에 구시렁거릴 정도로 차는 씁쓸했다.

"너무 많이 우렸나 보군."

남자 지킴이는 웃으며 찻잔을 모아놓은 후 행선지로 향했다.

잠시 후 지킴이들이 전시실로 들어가 각자 정해진 자리로 갔다. 진열대 사이사이에 작은 의자가 있어 관람 시간 전에는 앉아서 기다릴 수 있었다. 귀빈이 도착하기까지는 아직 20분가량 여유가 있었다.

"조용한 게, 왠지 기분이 으스스해요."

한 여자 지킴이가 들릴 듯 말 듯 진주 앞에 있던 남자 지킴이에게 말했다. 아무도 대답하지 않았다. 남자 지킴이도 나머지 두 여자 지킴이도 생각에 빠진 것처럼 눈을 가늘게 뜨고 한 곳만 응시할 뿐이었다.

"아, 졸음이 와."

말을 꺼낸 여자 지킴이도 길게 하품을 하고 눈을 가늘게 뜨더니 더 이상 움직이지 않았다.

이윽고 대책 없는 일이 벌어졌다. 네 지킴이 모두 입을 벌리고 침까지 흘리며 졸기 시작했다. 가볍게 꾸벅거리는 정도가 아니었다. 어느새 몸이 완전히 꺾여 무릎 사이에 머리를 박은 채 곯아떨어졌다. 남자 지킴이는 그 자세 그대로 바닥에 고꾸라져 있었다. 하지만 위치상 바깥쪽 지킴이들에게는 그 모습이 전혀 보이지 않았기에 아무도 알아채지 못했다. 관람까지는 겨우 10분밖에 남지 않은 시간이었다.

그때 중절모를 눌러쓴 양복 차림의 사내가 코트 깃을 세우고 큰 손수건으로 얼굴을 가린 채 뭔가 급한 용무라도 있다는 듯이 빠른 걸음으로 자고 있던 지킴이들에게 다가왔다.

바깥 통로의 지킴이들은 아무도 그 사내를 의심하지 않았다. 의심이 끼어들기에는 그의 태도가 너무 압도적이고 당당했기 때문이다. 여자 지킴이들은 사내가 경호를 담당하는 사복형사일 거라는 생각에 관람단의 선발대를 대할 때처럼 자세를 바로 하며 긴장할 정도였다.

사내는 안쪽으로 들어가 잠에 곯아떨어진 네 사람을 둘러보고 안심했다는 듯이 얼굴에서 손수건을 떼었다. 손수건 뒤에서 드러난 얼굴이 소름 끼칠 정도로 무표정한 금빛이었다는 건 두말할 필요도 없었다.

황금가면은 왕진주 진열대로 가서 얼굴을 유리에 바짝 대고 찬란한 '시마의 여왕'을 들여다봤다. 그의 황금 코끝이 유리에 스치자 날카로운 소리가 났다. 초승달 모양의 황금 입에서는 이상한 흥얼거림이 흘러나왔다. 괴인이 기쁨에 전율하는 소리였다.

유리를 자를 도구는 주머니 안에 준비되어 있었다. 솜씨가 얼마나 좋은지 눈 깜짝하는 사이 그 두꺼운 유리판에 구멍이 뚫렸다. 그 안으로 괴인의 손이 뱀처럼 기어들어갔다.

아, 결국 일본의 자랑 '시마의 여왕'이 괴인의 수중에 들어간 것이다. 그는 벨벳 받침대에 있던 왕진주를 움켜쥐었다.

따르르르릉. 바로 그때, 저 높이 천장에서 벨 소리가 울려 퍼졌다.

이얍. 괴인은 분노의 고함을 터뜨리며 비상했다. 공중으로 날아오른 발은 출구를 향해 돌진했다.

이 비상벨이 도난을 방지하기 위한 비밀 장치였다. 벨벳 받침대에 뭔가 닿으면 즉시 소리가 울리는 비상 알림 장치인 것이다.

뒤이어 여자 지킴이들의 비명이 전시실에 울려 퍼졌고 이리저리 도망치는 발소리가 들렸다. 하지만 그곳에는 힘없는 여자들만 있는 것이 아니었다. 순경 출신의 관내 감독과 경호를 위해 파견된 경찰관들이 한쪽 출입구에 모여 귀빈의 내방을 기다리고 있었다. 그런 굴지의 인력들이 수상한 자를 발견하자마자 대검 소리를 내며 몰려들었다.

기묘한 술래잡기가 시작되었다. 진열대 사이의 미로로 이리

저리 도망치는 금색 괴인, 기를 쓰고 협공하는 추격자들.

도저히 도망칠 수 없다는 걸 깨닫자 괴인은 추격이 가장 허술한 쪽을 노리며 돌진했다.

거기에는 작은 출입구를 등지고 경찰관 한 명이 서 있었다. 그는 놈이 죽기 살기로 돌진하는 모습을 보자 잠시 안색이 변했지만, 용감하게 두 팔을 활짝 벌렸다.

두 살덩이가 격렬히 부딪쳤다.

하지만 경찰관은 금속 괴인의 적수가 아니었다. 그는 눈 깜짝할 새 바닥에 내동댕이쳐지고 말았다.

괴인은 건물 밖으로 사라졌다. 왁자지껄한 추격자들의 함성이 들렸다. 그들은 제각기 의미가 불분명한 말을 외치며 출입구로 달려갔다. 하지만 괴인의 모습은 보이지 않았다.

그쪽은 건물 뒤편이었다. 대여섯 간 앞에는 다른 건물도 등을 맞대고 우뚝 솟아 있었다. 좌우로 빠져나갈 수 있는 틈이 있다 해도 지금은 구경꾼들의 진입을 막기 위해 양쪽 끝에 철조망 같은 난간이 설치된 상태다. 그 바깥쪽이 박람회장과 통하는 큰길이다. 오늘 귀빈의 경호를 위해 파견 나온 순경이 몇 명 보였다.

"거기, 방금 그 철책을 넘은 놈이 있었나?"

한 경찰관이 큰 소리로 묻자 양쪽 대로에서 보초를 서던 순경들이 일제히 입을 모아 그런 사람은 보지 못했다고 대답했다.

사람들은 서로 얼굴만 바라봤다. 도주로가 없는데도 범인이 자취를 감춘 것이다.

"이봐, 정면에 있는 이 건물은 뭔가."

우두머리 경찰관이 묻자 감독관이 대답했다.

"연예관 뒷문입니다. 저기가 공연장입니다."

"지금 공연 중인가?"

"네, 반주 소리가 들리시죠?"

"그 자식, 한창 공연 중인데 관객들 사이로 뛰어든 거 아냐? 설마 그런 터무니없는 짓을 하진 않았겠지?"

"터무니없긴 하지만 양쪽 도로로 도망친 게 아니라면 놈이 거기로 뛰어든 게 맞겠지. 증발하지 않았다면."

"어쨌든 수색해보자."

그들은 우르르 연예관 뒷문으로 들어갔다.

무시무시한 희극

이야기를 옮겨보자. 그 시간, 공연장 무대에서는 희극 <황금가면> 제1막이 막 끝나려던 참이었다. 아무것도 모르는 수천 명의 관객이 무대 위의 '황금가면'을 보며 포복절도했다.

<황금가면>은 현대판 유령 '황금가면'의 선풍적인 인기에 편승한 희극이다. 극단주의 묘수는 보기 좋게 성공했다. 사람들은 '황금가면'이라 쓰인 대형 간판에 현혹되어 공연을 보려고 무작정 표를 끊었다. 물론 공연장은 입추의 여지 없이 만원이었

다.

하지만 희극에 포복절도하던 관객들은 제2막이 시작되자 괴이한 광경과 마주쳐야 했다. 갑자기 막 뒤에서 경찰관이 나타나 고함을 지른 것이다.

"여러분, 방금 이 뒤편 전시장 진열장에서 유명한 왕진주를 훔쳐 도망친 자가 있습니다. 달리 도주할 길이 없으니 이 극장 안으로 들어온 게 틀림없습니다. 오늘은 귀빈이 내방하시는 날입니다. 이제 곧 도착하실 시간입니다. 문제가 생기면 큰일 납니다. 우리가 무대와 문을 다 살폈지만, 관객석은 만원이라 수색할 수 없습니다. 그래서 여러분께 부탁드립니다. 주위를 잘 살펴주십시오. 그리고 수상한 자가 있으면 제게 알려주십시오."

장내가 소란한 탓에 드문드문 소리가 끊겼지만 대충 의미는 파악할 수 있었다.

"그자가 어떤 차림을 하고 있는데요?"

관객석에서 직공처럼 보이는 호걸풍의 남자가 놀리듯이 경찰관에게 소리쳤다.

"그자를 보면 한눈에 알 겁니다."

경찰관은 대답을 잇지 못하고 잠시 주저했다. 경찰 신분에 '황금가면'이라는 말을 쓰면 안 될 것 같았다.

하지만 달리 부를 호칭이 없었다.

"금색 가면을 쓴 자입니다. 소문이 자자한 황금가면 말입니다."

여기저기서 웃음소리가 들렸다. 느닷없이 지금 공연 중인 희극 주인공 이름이 나왔기 때문이다. 경찰관으로 분장한 배우가 나중에 더 큰 웃음을 줄 요량으로 겁을 주는 것이라 생각하는 관객도 있었다.

하지만 무대 위의 경찰관은 눈 하나 깜짝하지 않았다. 끝까지 엄숙하고 창백한 얼굴로 거듭 같은 말만 외쳤다.

그 모습을 보니 관객들도 더 이상 웃을 수 없었다. 장내는 쥐 죽은 듯이 조용해졌다. 관객들은 의심 가득한 시선으로 옆 좌석을 유심히 둘러봤다. 두려움에 떨며 좌석 밑을 살펴보는 사람도 있었다.

하지만 황금색 사내는 아무 데도 없었다.

"그런 자가 군중 사이로 뛰어들 리 없을 텐데 어처구니없잖아. 제정신인가. 바깥이나 더 찾아볼 것이지."

감흥이 깨진 관객들은 분개하며 투덜거렸다.

결국 경찰도 포기하고 철수할 수밖에 없었다.

소동이 일단락되자 뒤늦게 막이 올랐다.

무대에는 한밤중의 공원 풍경이 보였다. 배경에는 검은 막이 드리워져 있고 그 앞은 깊은 숲이라 빛이라고는 푸르스름한 상야등 하나밖에 없었다. 실로 괴담 같은 장면이었다.

먼저 단역 몇 명이 무대로 나와 최대한 오싹하게 '황금가면'에 대한 소문을 이야기한 후 퇴장하면, 이 연극의 조연쯤 되는 겁쟁이가 등장해 잠시 독백을 하는 사이 황금가면이 뒤쪽 숲을 가르며 등장한다는 전개였다.

드디어 황금가면이 모습을 드러냈다. 하지만 1막과는 달리 얼굴뿐 아니라 온몸에 망토처럼 보이는 금색 의상을 헐렁하게 걸치고 있었다. 이상했다. 그걸 본 겁쟁이가 과장된 제스처를 취하면 관객석에서 조소가 나와야 할 장면이다. 하지만 아무도 웃지 않았다. 사람들의 뇌리에 조금 전의 진짜 황금가면 소동이 남아 있었던 것이다. 무대와 실제 상황이 묘하게 겹쳐 관객들은 말로 표현할 수 없는 괴상한 감정을 느꼈다.

마침내 제2막의 클라이맥스가 시작되었다.

어둠 속에서 인광燐光 같은 스포트라이트가 동그랗게 괴인의 얼굴을 비췄다. 무대에는 오직 노 가면 같은 금색 얼굴만이 인광에 불탔다.

스읔스읔. 어디선가 이상한 소리가 들렸다. 동시에 검게 벌어진 가면의 입이 조금씩 모양을 바꾸더니 마침내 커다란 초승달 모양으로 웃었다. 관객들이 깜짝 놀라 귀를 기울여보니 그 소리는 황금가면의 웃음소리였다. 어찌 이런 섬뜩한 소리가 다 있을까. 괴물은 멈추지 않고 계속 웃었다. 웃으면서 피까지 토했다. 실처럼 아주 가느다랗게 흘러내리던 핏줄기는 턱 끝에 이르자 물방울처럼 똑똑 떨어졌다.

희극이라는 것을 알았지만 너무 무서웠다. 관객들은 조용히 숨죽인 채 황금가면의 얼굴에서 눈을 떼지 못했다.

두말할 필요도 없었다. 각색가가 극중에 철로 건널목에서 황금가면과 마주친 상인 이야기를 넣은 것이다. 온몸에 걸친 금색 의상은 노파의 이야기에서 착안했을 테고.

몇몇 예민한 관객은 무시무시한 의혹에 사로잡혔다. 과연 <황금가면>을 공연하는 극장에 진짜 황금가면이 도망쳐 들어온 것이 우연일까. 혹시 방약무인한 악마의 흉계가 숨겨져 있는 것 아닐까.

관객들은 1초, 1초 흐르는 시간을 두려워했다. 혹시 지금 아닐까, 아니, 지금일까. 그들은 다른 관객들의 헛기침 소리에도 소스라치게 놀랄 정도로 겁에 질렸다.

돌연 무대가 밝아졌다. 괴담에서 희극으로 바뀐 것이다. 그때 겁쟁이가 신호를 보내자 경찰관 세 명이 익살스럽게 무대로 뛰어 들어왔다.

이상한 예감에 두려움을 느낀 몇몇 관객들은 그 광경을 보고 엉겁결에 비명을 지를 뻔했지만 대부분 깔깔 웃었다. 슬슬 희극이 시작된다. 이제 살았다. 이 대목에는 첫날부터 경찰관 세 명이 등장했다. 앞으로는 연극이 한층 재미있어질 것이다. 이 대목에서 관객들이 웃는 건 당연했다.

경찰관 중 한 명이 조심스레 황금가면에게 다가가 최대한 위엄 있게 외쳤다.

"네 이놈, 그 가면을 벗어라. 얼굴을 보자."

황금가면은 들리지 않는다는 듯이 그대로 서 있었다. 전등에 노출된 몸이 금빛으로 번쩍여 우스꽝스러운 모습이었다.

"잘 들리잖아, 어서 대답해. 얼굴을 보여라."

아무리 호통을 쳐도 꿈쩍하지 않자 경찰관이 참다못해 황금가면에게 달려들었다. 소란스러운 구둣발 소리, 대검 소리. 황금가면은 순식간에 도망쳤다. 믿을 수 없이 민첩했다. 황금가면은 어느새 저만치 떨어져 엉거주춤한 자세로 다섯 손가락을 코끝에 대고 팔락거렸다. 경찰들이 일제히 그 뒤를 쫓았다. 신나는 난투극이 벌어지자 관객석에서는 갈채가 쏟아지고, 비웃음과 폭소로 소용돌이쳤다.

마침내 엄청난 일이 벌어졌다. 쫓기던 황금가면이 무대에서 불꽃처럼 금색 의상을 휘날리며 관객석으로 몸을 날린 것이다.

"맞네. 역시 그자다."

한 예리한 관객이 새파랗게 질려 자기도 모르게 중얼거렸다. 하지만 관객들의 비웃음은 한층 심해졌다. 배우들의 유별난 장난이 마음에 들지 않았던 것이다.

황금가면은 의자와 의자 사이의 좁은 통로를 달려 앞으로 나아갔다. 경찰관들도 무대에서 뛰어 내려와 그 뒤를 쫓았다.

"붙잡아라. 저놈이 그 수상한 자다. 저놈이 진짜 범인이다."

마음이 절박해진 경찰관들의 비통한 절규가 들려왔다. 하지만 관객들은 웃음을 그치지 않았다.

"야, 이게 뭐냐, 좀 제대로 해."

야유하던 관객들은 신이 나는지 괴상한 소리를 질러댔다.

사람들은 그들이 관객석을 한 바퀴 돌고 난 후 다시 무대로 돌아가는 것이 이 기묘한 추격전의 결말이라 믿어 의심치 않았다. 하지만 황금가면은 계속 앞으로 달렸다.

그가 감독석 앞을 지나쳤다. 감독석에는 두 명의 순경이 관객들과 함께 자지러지게 웃고 있었다.

"이봐, 그놈을 도망치지 못하게 막아야지. 이런 바보 같으니라고. 정신 나갔어? 왜 멍하니 있는 거야."

뒤쫓던 경찰관이 뛰면서 미친 듯이 소리쳤다. 하지만 감독석의 두 순경에게는 통하지 않았다. 그 말도 연극 대사라 생각했기 때문이다.

그때 배우 같지 않은 사람들이 우르르 무대로 나왔다. 그들은 관객석으로 뛰어 내려와 경찰관을 따라 달리기 시작했다. 그중에는 아까 무대에서 관객들에게 고함치던 낯익은 경찰관도 보였다.

이제는 둔감한 관객들까지도 사건의 진상을 알아차렸다. 갑자기 웃음소리가 멈추더니 조용해졌다. 한순간 죽음과도 같은 정적이 돌았다. 이어서 샘솟는 공포에 객석이 술렁였다. 뜬금없는 욕설도 들렸다.

하지만 그때, 괴인은 출입문을 빠져나가 박람회장 내의 공터를 쏜살같이 가로질렀다.

이런 식으로 서술하니 길어 보이지만, 무대가 밝아진 후 괴인이 출구 밖으로 사라지기까지 불과 이삼십 초도 안 걸린 급박한 사건이었다.

그렇다 해도 이 무슨 기괴하고도 대담무쌍한 트릭인가. 무대에서 연기하던 자가 진주 도둑, 그러니까 진짜 황금가면이다. 경찰관 역시 배우가 아니다. 진주 진열장부터 괴인을 쫓아온 진짜 경찰이었다. 그는 도중에 간신히 괴인의 트릭을 알아차리고 공연 중인데도 무대 위로 올라갔는데 그 상황이 우연히 희극의 내용과 일치한 것이다.

무대 위의 상황과 연극 내용이 겹쳐 어찌 된 일인지 알 수 없었다. 무대 감독도, 배우도, 소품 담당도, 관객들도, 머릿속이 엉망진창 뒤엉켜 놀란 입을 다물 수 없었다.

나중에 알게 된 사실이지만 독자 여러분을 위해 이 이야기를 덧붙이겠다. 소동이 일단락된 후 관할 경찰서장이 극단주를 불렀다고 한다. 황금가면 역을 맡은 배우의 신원을 파악해 확인해보니 뜻밖에도 그는 그날 온종일 집 밖으로 단 한 발자국도 나오지 않았다고 했다.

왜 연극을 쉬었냐고 물으니 그의 대답은 다음과 같았다.

"죄송합니다. 욕심에 눈이 멀었네요. 난생처음 본 신사가 아침 일찍 저를 찾아와 오늘 하루 외출하지 않으면 현금 50엔을 준다고 했거든요. 정말 면목이 없습니다."

사정은 이러했다. 배우로 분장한 황금가면이 아침부터 박람회 연예장 분장실에 있었다. 그는 귀빈의 내방으로 장내가 조용해지기 기다렸다가 분장실을 빠져나와 네 지킴이에게 마취제를 마시게 한 후 진주 진열장에 숨어들었다. 그리고 다시 분장실로 돌아가 시침 뚝 떼고 희극 <황금가면>의 주인공 연기까지 했다. 황금가면이라는, 절호의 요술 도롱이가 있었던 것이다. 분장실에서 가면을 쓰고 있어도 배역이 배역이니만큼 동료 배우들도 이상하게 여기지 않았다. 게다가 주연 배우라 분장실을 독점했기에 그의 거죽은 벗겨지지 않았다.

일견 방약무인하고 대담무쌍해 보였지만, 20만 엔짜리 보석을 노리는 대도답게 그의 계획은 정말 세심했다. 하지만 슬기로운 자에게도 실수는 있는 법, 그도 신은 아니었다. 진주 받침대에 전기 비상벨 장치가 있을 줄은 꿈에도 몰랐다. 얼마나 분노가 치미는 일이었을까.

황금 도마뱀붙이

황금가면은 간신히 연예관을 빠져나갔지만 이번에는 공터의 인파와 싸워야 했다. 그쪽은 말도 못 하게 혼잡했다. 정말 참담한 싸움이었다.

사방에서 경찰들이 밀려오고 구경꾼들이 돌팔매질했다. 금빛 찬란한 괴인은 보기에도 비참하게 땀을 뻘뻘 흘리며 죽자 살자 도망 다녔다.

그는 사람이 없는 쪽을 찾아 도망치다가 귀빈이 지나가기로 한 길로 들어섰다. 박람회장 맨 끝에 위치한 '산업탑'까지 아무 장애물 없는 탄탄한 길이 일직선으로 펼쳐져 있었다. 길 양편에는 마치 황금가면의 도주를 구경나온 듯이 환영 인파가 길을 열어주고 있었다.

황금가면이 무심코 돌아보는데 때마침 건물을 나선 귀빈 일행이 불과 10간 뒤에서 걸어오고 있었다. 그들은 얼굴을 마주치고 말았다.

간과할 수 없는 일대 사건이었다.

경호하던 경찰관들이 깜짝 놀라 저기, 라고 말하자 사람들이 사방팔방 황금가면 주위로 몰려들었다. 이제 몇 겹으로 괴인을 둘러싼 사람들이 괴인의 팔을 비틀어 무릎을 꿇릴 차례였다. 그런데 이게 어찌 된 일인가. 사람들이 소리치며 주춤주춤 뒷걸음을 치는 것 아닌가.

황금가면의 손에는 뭔가 번쩍이는 물건이 들려 있었다. 권총이다. 그는 최후의 무기를 숨기고 있었던 것이다.

사람들이 겁먹은 틈에 금색 악마는 한 손에 권총을 들고 귀빈 일행을 향해 두세 걸음 걸어갔다. 제정신인가, 도망가는 방향을 착각한 건가. 아니면 혹시 ……. 사람들이 웅성거렸다.

하지만 정말 의외였다. 황금가면은 일행 앞에서 부동자세를 취하더니 권총을 든 손을 가슴에 대고 정중히 인사했다. 격식을 차린 경례였다. 어찌 이리 대담무쌍할 수 있단 말인가. 추격자들에게 포위된 상황에서도 그는 귀빈을 놀라게 한 오늘의 결례를 진심으로 사과하고 싶었던 모양이다.

황금가면은 인사를 마치자 빙그르르 돌아 오른쪽으로 갔다. 그리고 반대 방향으로 질풍처럼 뛰어갔다. 사람들은 범인의 유별난 행동에 길을 차단하는 것도 잊은 채 멍하니 서서 아름다운 모습을 바라보기만 했다.

황금가면이 달려가자 금색 의상이 뒤로 펄럭였다. 때마침 석양이 눈부시게 비추는 바람에 그가 사라진 뒤에도 황금 무지개가 떠 있는 듯했다.

그러나 넋 놓고 바라보는 것도 잠깐, 어느새 정신을 차린 사람들이 맹렬히 돌팔매질했다. 인원이 보충된 경찰도 추격에 동참했다.

큰길 끝에 우뚝 솟은 150척 '산업탑' 때문에 황금가면은 더 이상 도망칠 수 없었다. 그곳이 막다른 곳이었다. 탑의 뒤쪽에는 이미 경찰 별동대가 바짝 다가와 있고, 저 멀리서 커다랗게 원을 그리며 수많은 군중이 포위망을 좁혀왔다. 권총의 위력이나 민첩한 몸놀림도 인간 벽 앞에서는 어쩔 수 없었다.

진퇴유곡에 빠진 범인은 슬금슬금 탑 안쪽으로 뒷걸음치더니 다시 살아날 마지막 한 수라 여겼는지 나선계단으로 질주해 탑 위로 올라갔다. 계단이 회오리 모양이라 탑 아래서 올려다보면 범인이 같은 곳만 빙빙 돌다가 작아지는 것처럼 보였다.

계단을 끝까지 올라가면 150여 척 높이의 공중에 화재 감시대처럼 사방이 뚫리고 조명이 설치된 작은 방이 있다. 더 이상은 도망갈 곳이 없었다.

황금가면은 탐조등용 도구가 담긴 나무 상자에 앉아 잠시 숨을 돌렸다. 하지만 쉴 때가 아니었다. 추격하던 경찰관들이 바로 밑까지 쫓아와 있었다. 언제 준비했는지 경찰들의 손에는 권총이 반짝였다.

그는 작은 방을 빙빙 돌았다. 하지만 어디에도 활로는 없었다. 기둥을 잡고 바닥을 내려다보니 탑 주위에 개미처럼 모여든 사람들이 저마다 허공을 향해 외치고 있었다.

머리 위로는 끝이 뾰족한 어릿광대 모자처럼 경사가 급한 지붕이 보일 뿐이다. 이렇게 된 이상 지붕에 올라갈 수밖에 없었다.

맨 앞의 경찰은 계단을 거의 올라와 머리와 권총 총구가 바닥 위로 드러났다. 최후의 순간이 다가왔다.

결국 황금가면은 놀랄 만한 결심을 했다. 불가능한 것을 시도하려는 것이다.

그는 양손으로 지붕 한쪽을 꼭 붙들고 뛰어난 기계체조 기술을 활용해 엉덩이를 위로 들더니 몸을 지붕 위에 올렸다. 하지만 지붕은 절벽처럼 가파른 원추형이다. 어디 한 군데 발판이나 손잡이로 삼을 만한 곳이 없을뿐더러 눈이 뱅글뱅글 도는 150척 높이의 공중이다.

보기에도 비참한 노력이었다. 그는 거꾸로 매달린 거미처럼 미끄러운 지붕 경사면에 달라붙어 한발 한발 방향을 바꾸기 시작했다. 미끄러워 몇 번이나 떨어질 뻔했지만 손바닥과 복부, 그리고 발가락 끝의 힘으로 겨우 지탱하며 조금씩 방향을 바꾼 끝에 머리를 위로 돌렸다. 지금까지 어떤 곡예사도 시도하지 못한 기예였다. 아래 모인 사람들에게는 그 모습이 징그러운 금색 도마뱀붙이처럼 보였다.

황금가면은 방향을 바꾸더니 이번에는 꼭대기를 향해 감질나게 조금씩 연동운동을 했다. 움직이는지 멈춰 있는 건지 모를 정도로 느린 속도였지만 범인은 확실히 위로 올라갔다. 한 치[6], 두 치, 세 치, 그러더니 결국 한 자[7], 두 자. 꼭대기의 금속 기둥에

6_ 1치寸=3.03cm.

7_ 1자尺=30.3cm.

곧 손이 닿을 것 같다. 아, 이제 한숨 돌렸다. 비록 악인의 운명일지라도 아래 모인 사람들은 숨을 죽이고 손에 땀을 쥐었다.

바로 그때, 배어나는 진땀 때문에 다리에 힘이 빠졌다. 눈 깜짝할 새 황금가면의 몸이 미끄러졌다. 으악. 사람들의 외침이 들렸다. 한번 균형을 잃으니 멈추지 않고 미끄러졌다. 이제 소용없구나. 대다수의 사람들은 엉겁결에 눈을 감거나 고개를 돌렸다.

하지만 정말 놀라운 저력이었다. 이제 끝장인가 하는 순간, 그가 발을 디딘 것이다. 그 동작을 하느라 그의 몸은 지상에서도 확연히 보일 정도로 굽이치듯 흔들렸다. 그리고 잠시 멈칫하더니 다시 정상을 향해 연동운동을 했다.

마침내 그의 오른손이 꼭대기의 기둥을 움켜잡았다. 잡을 곳만 있다면 더 이상 위험하지 않다. 그는 기둥 덕에 150척 높이의 공중에 올라가 우뚝 설 수 있었다. 씩씩한 하늘 위의 금빛 용사. 사람들은 범인이 안전해진 걸 보고는 가슴을 쓸어내렸다. 기묘한 심리였다.

그가 곡예를 하는 동안 지붕 밑에 있던 경찰들은 쓸데없이 부산만 떨 뿐이었다. 아무리 용감한 경찰이라도 이렇게 가파른 지붕을 오를 기력은 없었다. 인간이 할 수 있는 일이 아니었다. 권총으로 위협하려 해도 지붕 돌출부에 가려 모습이 보이지 않았다. 작은 방에서 사다리를 설치해 범인을 체포하자는 말도 나왔으나 황금가면의 주머니에는 권총이 있었다. 사다리 설치 중에 지붕 돌출부 밖으로 머리가 조금만 나와도 곧바로 위에서 권총을 들이댈 것이다. 아무리 수완이 좋아도 그런 위험한 일을 맡으려는 사람은 없다.

결국 이런저런 논의 끝에 모두 지상으로 내려와 황금가면의 총구를 지붕 돌출부로 돌리게 한 후 그 기세를 몰아 항복시키기로 했다. 근방의 유지가 가지고 나온 조총과 헌병대의 소총을 빌려 십여 자루의 총으로 공포탄을 쏘며 위협했으나 전혀 효과가 없었다. 저 멀리 허공에서 범인의 기분 나쁜 웃음소리만 쏟아져 내렸다. 뻔뻔하기 그지없었다. 이런 절체절명의 위기에도 껄껄거리며 웃다니 피와 살이 있는 인간이 어떻게 그럴 수 있을까. 너무 기괴해 의심스러울 정도였다.

이제 남은 수단이라고는 피곤을 이기지 못한 그가 항복하거나 바닥으로 떨어질 때까지 포위를 유지하며 느긋하게 기다리는 것밖에 없었다.

소동을 벌이는 동안 해가 완전히 저물었다. 황금가면도 광채를 잃으니 거인처럼 높은 탑만 어렴풋이 보일 뿐이다. 탑 위의 탐조등도 그날 밤에는 켜지지 않았다. 담당자가 겁을 내며 탑에 올라가려 하지 않았기 때문이다.

탑 아래로 랜턴을 든 경찰과 청년단이 지구전 대열로 정렬했다. 그중에는 철야를 위해 음식까지 싸 와 자리를 잡은 청년들도 있었다. 아마 경찰 역사상 가장 뜻밖의 사건일 것이다. 장소가 도쿄 한복판인 만큼 몇 년 전에 벌어진 오니쿠마鬼熊 사건[8]에

....

8_ 짐마차꾼 이와부치 구마지로岩淵熊次郎가 1926년 8월 자신을 속인 요릿집 작부에게 분노하여 살인사건을 벌이고 형사에게 부상을 입힌 후 산으로 도주하

비할 바가 아니었다. 장삿속 밝은 모 신문사에서는 도둑 한 명 때문에 호외를 발행할 만큼 큰 소동이었다. 결국 황금가면에 대한 소문이 도쿄 전역으로 퍼지는 바람에 가뜩이나 괴담으로 떨던 시민들은 또 다른 공포에 전율할 수밖에 없었다.

해가 저물고 한 시간이 더 지나자 사람들의 가슴에는 불안이 가득했다. 아까 그 장소에 황금가면이 여전히 있을까. 더 이상 웃음소리는 들리지 않았다. 어두운 하늘에 콩알만 하게 보이는 사람을 지켜보기란 불가능했다. 어디 도망칠 곳도 없겠지만, 어둠은 얄궂게도 사람들을 겁쟁이로 만들었다. 적의 모습이 보이지 않자 견딜 수 없이 불안해진 것이다.

한 경찰관이 좋은 수를 생각해냈다. 박람회장에는 이 탑 말고도 탐조등이 설치된 곳이 또 한 군데 있는데 그 등은 지금 작동 중이라 어두운 하늘에 흰 막대기 같은 빛을 비추고 있으니 그걸 탑 지붕 쪽으로 고정시켜 밤새도록 황금가면의 모습을 비추자는 제안이었다. 물론 모두 찬성해 바로 실행에 옮겼다.

잠시 후 강렬한 둥근 빛이 탑을 비추자 지붕이 어두운 하늘과 확연히 구분되어 보였다.

모여 있던 사람들은 꼭대기 기둥에 눈동자를 고정했다.

바로 그 순간, 여기저기서 경악의 외침이 터져 나왔다. 탑 꼭대기에서 전혀 예기치 못한 일이 벌어졌기 때문이다. 그는

....

여 40일간 버티다 자살했다. 오니쿠마란 귀신鬼 구마지로熊次郎의 약칭으로, 에도가와 란포와 요코미조 세이시, 고가 사부로가 이 사건에 대해 좌담한 기사가 그해 10월 신문에 실리기도 했다.

사라지지 않았다. 황금 도마뱀붙이는 지붕 위에 찰싹 달라붙어 있었다. 그런데 대체 어찌 된 일인가. 사람들은 너무 뜻밖의 사태에 망연자실 하늘만 바라봤다.

공중에 매달린 시체

그때 탐조등 흰 불빛 사이로 신기루처럼 떠오르는 첨탑 위 광경이 너무 인상적이었다. '산업탑'을 둘러싸고 있던 수천 명의 군중은 그 아름답도록 기괴한 광경을 한참 후까지도 잊을 수 없었다.

황금 도마뱀붙이는 지붕 꼭대기의 금색 기둥에 대롱대롱 매달려 거대한 시계추처럼 좌우로 흔들렸다. 금불상 같은 가면의 입가에는 선혈이 흘러 번쩍였다.

탑 위까지 쫓겨가 진퇴유곡에 빠지자 항복 대신 차라리 죽음을 선택한 것이다. 황금가면은 몸에 찬 혁대를 풀어 꼭대기의 기둥에 걸고 마계의 용사답게 금색 가면과 의상 차림 그대로 목을 매달아 영광스럽게 죽은 모양이다. 너무 고통스러워 얼굴이며 가슴이며 온통 피를 토하며 시계추처럼 매달려 몸부림친 듯했다.

"죽었다."

"죽고 말았다."

수천 명의 입에서 이구동성으로 나온 말이 함성처럼 울려 퍼졌다. 그들은 악마의 죽음에 안도를 느끼는 걸까. 아니, 그런 것이 아니다. 그들은 격한 실망감에 휩싸인 것이다. 그 소리는 금빛 영웅의 어이없는 죽음을 가슴 아파하는 탄식이었다.

경찰들이 곧바로 탑 위로 올라갔지만 그들은 황금가면이 아닌지라 사다리 없이는 지붕을 오를 수 없었다. 게다가 지붕 돌출부가 시야를 가려 금색의 시체조차 보이지 않았다. 뭐가 그리 급했을까. 올라가기 전에 사다리를 설치할 기술자를 부르는 것이 먼저였을 텐데.

"누가 얼른 박람회 건축 사무실로 가서 기술자를 불러 사다리 재료를 가지고 오라고 해."

경부가 명령하자, 어두운 구석에서 박람회 제복을 갖춰 입은 키 큰 남자가 나와 우물우물 말했다.

"제가 다녀오죠."

그 비슷한 말로 들렸는데 어쩐지 인간의 음성 같지 않았다. 하지만 그때는 아무도 그런 것에 신경 쓰지 않았다.

"아, 자네도 올라온 건가. 탐조등 담당인가 보군."

"네."

"그럼 자네가 얼른 다녀와 주게."

탐조등 담당은 날아가듯 나선계단을 내려갔다.

남은 경찰관들은 조바심이 났지만 딱히 할 일도 없어 주변을 서성이다가 우연히 탐조등 담당의 도구 상자 옆에 권총 한 자루가 번쩍이는 걸 봤다.

"아, 권총을 이런 곳에 떨어뜨렸네."

한 경찰관이 주워 동료들에게 보여줬다.

"뭐야. 그럼 지붕 위에 올라갈 때 권총을 가져간 게 아니었네. 벌벌 떨 필요 없었잖아."

다른 경찰관이 중얼거렸다.

"뭐야, 이상한데."

권총을 만지작거리던 경찰관이 갑자기 소리쳤다.

"이걸 좀 봐. 우리가 그토록 겁내던 이 권총, 장난감이잖아."

살펴보니 분명 장난감이었다. 범인은 분장실에 있던 소품을 들고 나와 진짜 권총인 양 휘두른 것이다.

경찰들 사이에서 나직한 웃음소리가 났다. 하지만 웃음소리는 떨떠름하게 변하더니 금방 멎었다. 고작 이런 장난감 권총 한 자루에 수십 명의 경찰이 농락당했다고 생각하니 한심하고 분해 마냥 웃고 있을 수 없었던 것이다.

한참을 기다려도 기술자가 오지 않자 한 경찰관이 사무실로 갔다. 결국 그로부터 1시간이 지나서야 사다리가 설치되었다.

범인의 시체를 내리는 것은 관할 소방관 구메粂의 몫이었다. 그는 사다리 타기의 명인이었다.

구메는 전문가답게 경사가 급한 지붕 위를 가뿐히 올라갔다. 지붕 아래에는 기술자 두 명이 시체를 거두기 위해 기다리고 있었다.

고대하던 사다리가 완성되고 그 동네에서 인기 많은 구메가 둥근 탐조등 불빛 속에 모습을 드러내자 지상의 군중은 환호성을 질렀다.

어두운 하늘에 거대한 고깔모자처럼 떠 있는 흰 지붕 위에서 검은 도마뱀 같은 구메가 탑 꼭대기에 매달려 있는 도마뱀붙이를 향해 기어가는 모습은 활동사진을 방불케 했다.

구메는 마침내 정상에 이르렀다. 그리고 황금가면의 시체에 손을 뻗었다. 그런데 이게 또 웬일인가. 그가 정신이라도 나갔단 말인가. 구메는 혁대에서 금색 시체를 분리해 한 바퀴 휘휘 돌리더니 150척 상공에서 아래로 내동댕이쳤다.

황금색 의상은 반짝반짝 신비한 불꽃처럼 획 뒤집혀 둥근 탐조등 불빛을 벗어나더니 사람들의 눈앞에서 유성처럼 어둠을 가로지르며 땅바닥으로 떨어졌다.

그 모습을 본 군중들은 고함을 질러댔고, 경찰과 청년들이 랜턴을 들고 주위로 몰려들었다. 그중 한 경찰관이 금색 의상을 들어 올리더니 허공에 빙빙 돌렸다. 구메가 그걸 던진 것도 당연했다. 황금색 가면과 의상은 빈껍데기였다. 즉, 목을 매단 것처럼 가면과 옷으로 허수아비를 만들어놓고 어디론가 도망친 것이다. 가면과 옷 안에는 범인이 입었던 윗옷과 바지, 셔츠가 둘둘 말려 묶여 있었다.

수상한 목소리

범인은 감쪽같이 도망쳤다. 하지만 어디로 어떻게 도망쳤을까? 불가능한 일이었다. 탑 주위는 군중이 에워싸고 있었으며 계단 밑은 경찰들이 지켰다. 아무리 괴물이라도 날개가 있을

리 없으니 겹겹이 쳐진 포위망을 빠져나가는 건 불가능했다.

탑 안에 잠복했을지 몰라 엄중한 수색을 펼쳤지만 그 어디에도 없었다. 수색할 방안이 바닥난 경찰들은 망연자실 탑의 계단 아래 멈춰 섰다.

"그러니까 그놈은 나체로 도망친 거잖아. 입고 있던 옷과 셔츠는 모두 허수아비 속을 채우는 데 썼으니까."

"이상하군. 사람들이 이만큼 많이 모여 있었잖아. 아무리 밤이지만 벌거벗은 사람을 놓칠 리 없을 텐데."

"그자가 변장용 의상을 구한 건지도 모르지."

누군가 이상한 말을 했다. 조금 전 장난감 권총을 발견한 경찰관이었다.

"자네, 대체 무슨 말을 하는 건가."

또 다른 경찰관이 깜짝 놀라 그의 얼굴을 쳐다봤다.

"지붕에서 꼭대기 방으로 내려올 때는 벌거벗은 상태였는지 모르지. 하지만 꼭대기 방에 미리 준비해놓은 변장용 의상이 있었을 수도 있잖아."

"어디?"

"탐조등 담당의 도구함 속에. 그 속에 박람회 직원 제복이 들어 있었을 수도 있잖아. 가능한 얘기 같은데."

"상상이 지나친 거 아냐? 확인해봐야 알겠지……."

"확인해보자고? 물론이지. 저기 탐조등 담당자가 온다. 물어보면 바로 알 수 있겠지. 이봐, 자네는 여기 탐조등 담당이지?"

"네, 그렇습니다."

제복 차림의 남자가 대답했다.

"탐조등 실의 도구함 속에 혹시 자네 여벌 옷이 들어 있었나?"

"네, 제 건 아니지만요. 아마 다른 직원 제복과 모자가 들어 있겠죠."

"그 사람은?"

"오늘은 아파서 안 나왔어요."

이야기가 어쩐지 이상해졌다.

"그럼 아까 탑 위에서 건축사무실로 기술자를 부르러 간 사람은 누구야? 자네 아닌가?"

"네? 저는 탑 위에 올라간 적이 없는데요."

"뭐야, 그럼 혹시. 어쨌든 그 도구함을 좀 봐야겠네."

경찰관이 탐조등 담당을 잡아끌다시피 해서 헐레벌떡 탑 위로 올라갔다. 도구함을 열어보니 거기에 있어야 할 제복과 모자가 없었다.

과연 예상대로였다. 대담무쌍한 황금가면은 이번에도 경찰과 군중을 업신여기고 교묘히 맹점을 이용했다. 설마 했지만 그는 감쪽같이 탐조등 담당으로 변장해 엄중한 포위망을 뚫고 탈출한 것이다. 황금가면의 사전에는 '불가능'이란 글자가 없는 것이 분명했다. 경찰과 청년대가 곧장 사방팔방으로 흩어져 장내를 샅샅이 수색했지만 이미 때는 늦었다. 그 민첩한 자가 한 시간도 넘게 위험한 장내를 어슬렁거릴 리 없었다.

반나절 넘게 고생한 끝에 겨우 탑 위에 몰아넣은 황금가면을 순식간에 놓쳐버리자 경찰관들은 아쉬움에 발을 동동 구르며 원통해 했다. 하다못해 탐조등 담당으로 변장했던 얼굴을 기억하는 사람이 있는지 찾아봤다. 하지만 탑 위의 방은 어두웠다. 나중에 생각해보니 그자는 수상하게도 모자를 깊게 눌러쓴 채 고개를 푹 숙이고 있었다. 설마 그가 범인일 거라고 아무도 의심하지 않았기에 그의 얼굴을 유심히 살펴본 사람도 없어 키가 유달리 크고 발음이 어눌한 사내라는 것 외에는 별다른 기억이 없었다.

"어쩐지 이상했습니다. 내가 건축사무실로 갔을 때 말을 전하러 온 사람이 없었냐고 물었더니 모두 이상한 표정을 하더군요."

다시 기술자를 부르러 갔던 경찰관이 말했다. 탐조등 담당으로 변장한 범인이 사무실로 갔을 리 없었다.

다음 날 아침, 지방 신문에 이르기까지 온갖 신문들은 우에노 박람회에서 일어난 전대미문의 대활극을 전국적으로 대서특필해서 상세히 보도했다. 사진이 좀 흐릿했지만 구메가 사다리를 타고 첨탑으로 기어 올라가는 장면도 게재되어 이른바 보도 효과는 100퍼센트였다. 전국의 독자들이 뜨겁게 환호했다.

하지만 도쿄 시민들은 그 기사를 흥밋거리로 볼 수 없었다. 지금까지는 현대판 괴담에 불과했던 황금가면이 마침내 모습을 드러냈는데 하필이면 그 장소가 박람회장인데다가 섬뜩하게도 군중의 면전에서 발군의 기예를 펼치며 도망간 것이다. 황금가면은 어렵지 않게 경찰관 수십 명의 포위를 뚫고 탈출해 시내 어딘가에 숨어 있는 것이 틀림없었다.

가면 뒤에 숨겨진 정체를 전혀 알 수 없다는 점 때문에 사람들은 더욱 공포에 떨었다. 예민한 독자들은 신문 기사 중 한 경부의 인터뷰 구절이 몸서리치게 섬뜩해 잊을 수 없었다. 그 내용은 다음과 같았다.

"탐조등 담당으로 변장한 범인은 키가 크다는 것 외에는 기억나는 특징이 없다. 범인은 단 한마디밖에 하지 않았는데 그 목소리가 이루 말할 수 없이 이상했다. 말투도 어눌했지만 그보다는 뭐랄까 인간이 내는 목소리 같지 않았다."

대체 무슨 의미일까. 오싹할 정도로 무표정한 황금가면, 강철 기계처럼 방약무인하면서도 극도로 정확한 완력, 게다가 신비한 목소리까지. 설마 생명이 없는 인조인간이 자유자재로 활동할 리도 없고.

괴물은 왕진주 '시마의 여왕'을 강탈했으니 이제 조용해질까. 아니다. 그럴 리 없다. 틀림없이 어딘가에서 그 섬뜩한 모습을 다시 드러낼 것이다. 언제? 어디서? 무엇 때문에? 그의 목표물이 반드시 재물이라는 법은 없다. 혹시 그는 대항할 수 없는 초인적인 완력을 휘두르며 살인 음모를 꾀하고 있는 건 아닐까. 그런 생각만으로도 심약한 사람들은 사색이 되었고 참을 수 없는 공포에 전율했다.

요시코

도쿄 시민들의 공포는 적중했지만 한편으로는 빗나가기도

했다. 불과 며칠 후 황금가면은 듣기만 해도 무서운 범죄를 계획했는데, 그에게는 신출귀몰하는 재주가 있는지 장소는 뜻밖에도 도쿄에서 멀리 떨어진 닛코日光의 산속에 위치한 와시오鷲尾 후작의 웅장한 별장이었다.

와시오 가문은 북쪽 지방 큰 번의 다이묘 화족[9]으로, 본가는 도쿄에 있지만 마사토시正俊 본인은 닛코 산속의 C호반 별장을 좋아해 1년 중 대부분을 별장에 머물렀다. 유명한 고미술품 애호가답게 별장 안에 미술품을 보관할 작은 미술관까지 지어놓을 정도였다.

요시코美子는 후작의 외동딸로 열아홉 살이었다. 여성잡지 화보로 요시코의 용모를 처음 접한 사람들은 형언할 수 없이 순진무구하고 신비한 매력이 감도는 몽환적인 눈빛에 넋을 잃었다.

그날, 요시코는 서재 창가에 기댄 채 잠자듯 고요한 호수를 바라보며 상념에 빠져들었다.

멀리 이국땅에서 유학 중인 연인 치아키千秋가 떠오른 것이다. 치아키는 후작의 죽은 누이가 남긴 귀한 아들로, 런던 유학을 마치고 귀국해 요시코와 결혼식을 올릴 예정이었다.

....

9_ 다이묘大名는 10세기 말인 헤이안 시대 무사계급의 우두머리로 출발했으나 그 권한이 점차 확대되어 지역 내를 통치하는 봉건 영주가 되었다. 하지만 19세기 메이지 유신으로 다이묘의 입지는 매우 좁아졌는데, 에도 막부의 마지막 쇼군이 천황에게 권한을 넘긴 대정봉환大政奉還을 계기로 다이묘들의 영지는 천황에 귀속되는 등 기존의 권한을 잃고 화족華族이라는 귀족으로 분류되어 연금을 받으며 살았다.

요시코는 언젠가 사진에서 보았던, 크리켓 게임을 하는 치아키의 용맹스러운 모습이 떠올랐다. 뒤이어 대학의 유명한 보트 경주, 그리고 양주와 양담배의 향기가 감도는 유럽 대륙이 차례로 연상되었다.

그러고 보니 마음에 걸리는 일이 있었다. F국 대사인 르젤 백작이 아버지의 고미술 수집품을 감상하기 위해 오늘 도쿄에서 자동차로 먼 길을 온다고 했기 때문이다. 서양인인데다가 대사라는 요직에 있는 분을 대접하는 것은 처음이라 괜한 실수로 웃음거리가 되면 큰일이었다. 하지만 걱정거리는 따로 있었다. 악명 높은 황금가면이라는 작자가 최근 2~3일 저택 주변을 배회한다는 소문이 돌기 때문이다. 단순히 소문이 아니었다. 실제로 숲속에서 소름 끼치도록 무표정한 금색의 얼굴을 봤다는 부근 마을 농민도 세 명이나 되었다.

시선을 아래로 돌리니 담장 밖을 어슬렁거리는 양복 차림의 남자들이 내려다보였다. 경찰에서 파견한 사복형사들이다. 한 명 두 명 세 명. 대문 앞에서 보초를 서는 사람만 세 명이다. 뒷문에도 세 명이 더 보초를 섰고, 그 밖에도 나미코시 경부를 비롯해 도쿄 경시청에서 열 명 가까운 인원이 일부러 출동해 저택을 지켰다. 하지만 들리는 소문에 의하면 황금가면은 수천 명의 군중이 둘러싸도 유유히 도망칠 수 있는 무적의 괴물이라는데 이 정도 호위면 충분할까. 우리 가족이 재난을 당하는 건 어쩔 수 없다고 치자. 하지만 르젤 백작의 신변에 문제가 생기면 국제관계에 누를 끼치는 큰 사건이 된다. 만일을 대비해 후작은 대사의 내방을 연기하려 했으나 르젤 백작은 끄떡하지 않았다. 유럽의 큰 전쟁에 참전한 이력도 있고 샹파뉴 격전에서 구사일생으로 살아난 용사라서 깜찍한 일본인 도적쯤은 대수롭지 않다고 하는 바람에 오늘의 계획은 변경하지 않기로 했다. 저택의 경계를 엄중히 한 것도 대사의 신변을 보호하기 위해 후작이 특별히 지시한 조치였다.

그런데 누군가 갑자기 새파랗게 질린 얼굴로 집안에 뛰어들어왔다. 요시코가 총애하는 시녀 고유키小雪다. 요시코보다 한 살 많은 고유키는 대대로 와시오 가문에서 일했던 중신의 딸로, 열일곱 살부터 요시코의 몸종으로 일해 온지라 때로는 요시코와는 친구처럼 이야기를 나누는 사이다.

"아가씨, 소인은 일찍이 이렇게 소름 끼치는 일은 처음입니다. 이를 어째요."

"왜 그래, 고유키. 무슨 일이야."

"소인이 방금 방에 꽂아놓을 꽃을 찾으러 석가산[10]에 갔었어요."

"그런데?"

"문득 어둑어둑한 숲속에서 뭐가 보이는 거예요."

"그래서?"

"그러니까, 아가씨."

고유키는 떨리는 목소리로 속삭이듯 말했다.

10_ 石假山. 감상을 위해 정원에 돌을 쌓아 인공적으로 작은 산을 만들어놓은 것.

"제가 봤는데 그건…… 금색의……."

요시코는 그 말에 놀라 엉겁결에 자리에서 일어섰다.

"황금가면……."

"너, 정말로 본 거야?"

"네, 무성한 숲속에서 그, 초승달 모양의 입이 웃는 것 같았어요."

"아버지께는 말씀드렸어?"

"주인어른께도 경시청 분들께도 말씀드렸어요. 지금 경시청 분들이 석가산 뒤를 수색하고 계세요."

심장이 멎을 듯한 공포에 두 사람은 말문이 막혀 서로 눈만 마주 봤다. 잠시 후 요시코가 혼잣말처럼 중얼거렸다.

"대체 그자는 여기서 무슨 일을 꾸미는 거지? 도둑질을 하려는 걸까, 아니면 다른 무시무시한 목적이 있는 걸까."

가엾게도 요시코는 아직 황금가면과 자신의 운명이 연관되어 있다는 걸 알지 못했지만 막연한 공포에 입술이 파리해지고 몸이 부들부들 떨렸다.

와시오 후작이 서재로 들어왔다.

"아, 아버지."

"고유키가 떠들었냐."

후작은 분위기를 파악하고 꾸짖듯 하녀에게 물었다.

"아버지, 경찰분들은 그자를 잡았나요?"

"아니, 구석구석 살폈는데 그런 자는 없다더구나. 고유키가 두려운 나머지 헛것을 본 게 틀림없을 게야."

말은 그렇게 했지만 후작도 일말의 불안감까지 감추지는 못했다.

"주인어른, 결코 제가 헛것을 본 것이 아닙니다. 소인은 그런 겁쟁이가 아닙니다."

후작은 고유키의 항변을 들은 척 만 척하고 화제를 바꿨다.

"요시코, 이제 곧 손님이 오실 시간이다. 손님 맞을 준비를 하자."

"하지만 저택 안에 그런 자가 들어와 있는데 손님을 맞이해도 괜찮을까요?"

"그건 나도 걱정이다. 하지만 지금으로서는 방법이 없지 않냐. 이미 좀 전에 대사관을 출발했다는 전화가 온데다가 르젤 백작은 워낙 담대한 분이시니 괜찮을 거다. 괴물이라도 이해관계가 없는 대사를 해코지하지는 않겠지."

후작은 스스로를 위안하고 싶은지 힘주어 말했다.

작은 미술관

그 후 1시간쯤 지나 F국 대사인 르젤 백작이 비서관과 통역을 대동하고 왔다. 대사관 문장이 박힌 대형 자동차를 저택 현관 앞에 대고 나서 대사 일행은 후작과 요시코, 집사 미요시三好 할아범의 환영을 받으며 무사히 서양식 응접실로 들어갔다.

르젤 백작은 그해 3월 하순에 임명장을 받고 부임한 신임

대사다. 당시 민간인들까지 초대해 데이코쿠帝國 호텔에서 성대한 환영 연회를 열었는데 와시오 후작도 그 자리에 참석했다. 오늘의 방문도 계속 미뤘던 그 날의 약속이 성사된 것이다. 그들은 두 달 만에 재회한 셈이다.

대사는 일본을 방문한 다른 외국인들과 마찬가지로, 아니 누구보다도 열렬한 일본 고미술품 애호가였다. 그는 지난 두 달 동안 중요한 업무를 처리하는 틈틈이 교토京都와 나라奈良의 박물관, 신사나 절들을 돌아다니며 동양 미술을 감상하느라 시간이 모자랄 지경이었지만 그런 공공장소만으로는 만족할 수 없어 명가에 소장된 진귀한 명화나 불상 감상 계획을 세웠다. 와시오 저택은 그 프로그램 가운데 첫 번째로 꼽힌 곳이다.

미술관은 본채에서 떨어진 곳에 새로 지은 2층짜리 콘크리트 건물로, 넓이가 100평이 넘었다. 열쇠를 가진 미요시 집사가 출입문을 열자 후작을 필두로 대사 일행, 요시코, 미요시가 차례로 들어갔다.

토광 같은 건물이라 창이 작아 낮에도 전등을 켜야 했다. 높은 천장, 싸늘한 공기, 은은한 방충제 냄새, 가운데 죽 늘어선 특이한 불상들, 당장이라도 움직일 것 같은 수상한 갑옷들, 다양한 도검류, 천년의 꿈을 꾸게 하는 에마키[11]까지 어쩐지 분위기가 으스스했다.

....

11_ 絵巻. 일본의 전통 회화 양식 중 하나로 모노가타리物語와 긴밀한 관계를 맺으며 발전하였다. 가로로 긴 두루마리에 삽화를 그리고 그 설명을 옆에 글로 써놓았다.

앞장서 안내하던 와시오 후작은 미술관에 발을 딛는 순간, 심상치 않은 공포를 느꼈다. 소름 끼치게 비죽비죽 솟은 불상과 아까 고유키가 봤다는 수상한 자가 기괴한 연상을 일으켜 위협을 느낀 것이다.

'혹시 그자가 귀빈의 내방을 기다리고 있었던 걸까. 대체 무슨 수를 쓰려는 건지. 이 기회를 틈타 미술관의 보물을 훔쳐내려는 것 아닐까.'

그렇게 생각하니 후작은 어둑어둑한 전시물 뒤가 신경 쓰여 대사의 말에 변변히 응수하기도 힘들었다.

하지만 르젤 백작은 예상보다 훨씬 훌륭한 감상자였다. 그는 일본과 중국의 미술사에도 일가견이 있었다. 통역을 통해 전해 들은 비평은 때때로 급소를 찌를 정도였다. 게다가 몇백만 엔을 줘도 구할 수 없는 보물이라 귀하게 간수하던 후지와라 시대[12]의 극채색 불화인 염라대왕상이나 목조 채색 아미타여래좌상 앞에서 한참을 머물며 몹시 탐내는 대사의 모습을 보니 후작은 더없이 만족스러웠다.

천천히 걷던 일행은 2층 계단 밑에 이르렀다. 그런데 계단 뒤의 어두운 구석을 힐끗 보니 깜짝 놀랄 만한 물건이 눈에 띄었다. 비교적 가까운 시대의 작품인 등신대 황금불상이 어스름한 전등 빛 아래 괴이한 광채를 뿜으며 우뚝 솟아 있었다.

....

12_ 藤原時代. 일본 미술사의 시대 구분 중 하나로 헤이안 중후기에 해당된다. 섭관 후지와라를 중심으로 당나라 문화의 모방을 탈피해 국풍문화를 발전시켰다.

요시코는 미술관에 들어온 순간부터 멀찍이 보이는 금불상에서 눈을 뗄 수 없었다. 황금으로 된 얼굴……, 황금 옷…….
혹시 그 불상은 살아 있는 사람 아닐까. 그런 섬뜩한 망상에 사로잡히니 너무 두려웠다.

불상은 성인 남자만 한 크기라서 가까이 다가갈수록 금박 내부에서 심장이 뛰는 것 같았다. 당장이라도 저 유연한 입이 초승달 모양으로 변해 실 같은 피를 뿜으며 히죽히죽 웃을지 모른다고 생각하니 모골이 송연해져 비명을 지르고 싶은 충동을 느꼈다.

요시코만큼은 아니었지만 후작도 마찬가지로 두려움에 시달렸다. 그는 황금불상 앞에 천천히 얼굴을 들이대고 날 선 눈초리로 뚫어질 듯 노려보더니 부리나케 손을 내밀어 불상의 팔을 힘껏 움켜쥐었다. 살아 있는 사람처럼 온기나 부드러운 감촉이 있는지 확인한 것이다.

"아하하하."

르젤 백작은 후작의 생각을 알아채고 웃었다.

"그러고 보니 '황금가면'이라는 도적은 아직 체포되지 않았군요. 그자의 얼굴이 이 불상과 닮았나요? 그런가 보네요, 후작."

그 말에 후작은 자신의 소심한 행동이 부끄러워 얼른 손을 거뒀다.

그때였다. 갑자기 요시코의 입에서 날카로운 비명이 터져 나왔다. 사람들은 허를 찔린 듯 당황했다. 눈이 휘둥그레진 요시코는 금불상 뒤쪽의 작은 창문에서 시선을 떼지 못했다.

종잇장처럼 하얘진 안색을 보니 당장이라도 졸도할 것 같았다.

그 작은 창문 너머에 비친 기괴한 얼굴. 눈 깜짝할 새 모습을 감췄지만 대사 일행을 엿보는 사람이 있었다. 심지어 전혀 안면이 없는 사람이다. 저택의 하인도 아니고 경호 중인 형사도 아니다.

후작은 얼른 달려가 유리창을 열었다.

그림자가 처마 아래로 미끄러지듯 도망쳤다. 키는 큰데 여자아이처럼 머리는 길고, 검정 무명 문장이 박힌 검정 모직 하카마[13]를 걸치고 있었다. 아주 괴이한 모습이었다.

"거기, 잠깐 기다려 보게."

후작이 소리치자 뒤를 돌아본 사내가 히죽 웃으며 인사했다. 어깨까지 머리카락을 늘어뜨리고 아이누족처럼 입 주위에 검은 문신을 그린 탓에 인상이 섬뜩해 보였다.

"대체 누구시죠? 지금 뭐 하고 계신 겁니까?"

후작이 추궁하자 남자가 대답하기도 전에 집사 미요시가 옆에서 불쑥 끼어들었다.

"고바木場 씨. 이런 짓을 하시면 제가 곤란하지 않습니까. 더 이상은 하루도 재워드릴 수 없다고 했잖아요. 죄송합니다, 주인어른. 면목이 없습니다. 저 사람은 사실……."

"알았네. 자네가 믿는 천리교[14] 목사인가 보군."

13_ 袴. 일본의 전통 하의로 치마처럼 덧입는 남성 정장.

14_ 天理敎. 18세기 중엽의 일본 신흥종교. 도쿠가와 말기의 혼탁한 사회정세 속에서 순산과 치병의 주술을 행하여 농민들 사이에서 널리 퍼져나갔다.

후작은 수상한 자의 정체가 밝혀지자 안도하며 말했다.

"하지만 다시는 이런 일이 없도록 자네가 잘 일러두는 게 좋겠네."

천리교 광신도인 미요시는 가끔 자신이 거처하는 곳에 설교 여행 중인 목사를 재워줬다. 고바도 그중 하나로, 일면식은 없었지만 교회에서 써준 확실한 소개장을 가지고 왔기에 안심하고 집에 들인 것이다. 왜 엿봤냐고 물어보니 고바는 신임 F국 대사 각하의 얼굴을 한번 보고 싶었다고 대답했다.

그 후로는 별다른 사건이 일어나지 않았다. 대사 일행의 미술품 감상도 만족스럽게 잘 끝났다.

욕실의 괴한

매일 밤 침대에 들어가기 전, 요시코는 욕조에 몸을 담그는 습관이 있었다. 오늘은 대사 일행을 대접하느라 취침 시간이 꽤 늦어졌지만 목욕을 생략하고 싶지 않았다. 귀한 손님을 맞이하느라 바짝 긴장한데다가 황금가면에 대한 공포 때문에 심신이 피곤해 기분을 가라앉히기 위해서였다.

그녀가 몸종 고유키의 도움을 받아 기모노를 벗고 대리석 욕조에 몸을 담갔을 때는 이미 12시가 넘은 시간이었다.

순백의 대리석에는 눈부실 정도로 밝은 전등 빛이 비쳤다. 게다가 믿음직한 고유키가 큰 타월을 들고 욕실 앞에 서 있었기에 한밤의 목욕이었지만 따뜻한 물이 피부에 스며드는 걸 느긋이 즐길 수 있었다.

땀 때문에 끈끈해진 흰 피부가 맑은 물속에 평퍼짐하게 보였다. 요시코는 다른 여자들 못지않게 넋을 잃고 자신의 아름다운 육체를 바라보았다. 그녀가 자기 피부에 신비한 매력을 느끼고 부끄러워한 것은 이역만리에 떨어져 있는 그리운 연인에 대한 끝없는 동경 때문이었다.

멍하게 생각에 잠겨 있던 요시코는 성큼 기습해온 한밤의 정적 때문에 겁이 났다. 고유키에게 말을 걸려고 뒤를 돌아보았지만 언제 나갔는지 고유키가 보이지 않았다.

'어디 간 걸까. 분명 갈아입을 잠옷을 가지러 간 거겠지.'

하지만 아무리 기다려도 고유키는 돌아오지 않았다.

귀를 기울여봐도 고요한 한밤중이라 뒷산의 새 울음소리만 어렴풋이 들렸다. 따뜻한 탕 속에서도 소름이 돋는 것 같아 요시코는 겁에 질린 눈으로 정원 쪽 창을 바라봤다. 간유리 창문으로 누군가 살며시 들어오는 발소리가 들리는 듯했다.

욕조 밖으로 나가기는커녕 물속에서 몸을 꼼짝하기도 겁났다. 날카로운 비명이 튀어나오려는 걸 겨우 참으며 몸을 움츠렸다. 그런데 어찌 된 일인지 창문이 조금씩 열렸다.

환각이다. 그게 아니라면 악몽을 꾸는 것이다. 만약 꿈이라면 제발 깨게 해달라고 기도했다. 하지만 깨어나는 건 고사하고 창문 틈이 점점 더 벌어지면서 거기로 차가운 밤기운이 들어왔다. 암흑 같은 밤이 욕실 안을 엿보는 듯했다.

요시코는 미동도 할 수 없었다. 목이 막혀 소리칠 기력도 없었다. 보이지 않는 실로 잡아당기는 것처럼 오직 두 눈만이 문틈에 고정되어 움직이지 않았다.

지금이라도 당장 시커먼 문틈으로 무표정한 금빛 얼굴이 나타날 것 같다. 아니다, 지금도 엿보고 있는 게 틀림없다. 두려운 마음이 그대로 형상화되었는지 정말로 초승달 모양의 입으로 웃고 있는 황금가면이 나타났다.

그 순간 반쯤 의식을 잃은 요시코는 괴물 같은 황금가면을 향해 의좋은 친구 대하듯 생긋 웃었다. 극심한 공포, 다시 말해 울거나 소리도 지르지 못할 만큼 심한 공포는 사람을 웃게 만드는 걸까.

괴물은 이상야릇한 미소를 짓는 요시코에게 매혹당한 것처럼 창을 넘어 성큼성큼 욕실 안으로 들어왔다. 얼굴에는 황금가면을 쓴 채 검은 두건으로 뒤통수까지 완전히 가리고, 몸에는 헐렁한 금색 망토를 걸치고 있었다.

요시코는 생명의 위협을 느꼈다.

'빨리 도망쳐야 해.'

점차 흐릿해지는 의식을 놓치지 않으려는 필사적인 몸부림이었다.

간신히 욕조 밖으로 나온 요시코는 수치심도 잊은 채 맨몸으로 비틀거리며 문을 향해 뛰어갔다.

하지만 황금가면은 제비처럼 민첩했다. 요시코가 반도 못 갔는데 문 앞을 가로막았다. 황금 망토 아래 감춰진 괴물의 오른손에는 날카로운 단검이 번쩍였다.

맨몸이었으나 꽃이 무색할 정도로 아름다운 요시코와 온몸이 금색으로 번쩍이는 괴물이 서로 기이하게 노려봤다. 황금가면의 입술은 다시 초승달 모양으로 변하더니 만면에 웃음을 띠었다. 그 순간 황금 망토가 휙 뒤집혔다. 어느새 요시코를 쓰러뜨린 괴물이 그녀의 하얀 살덩이를 깔고 앉았다.

황금가면은 요시코의 폭신한 가슴을 향해 단도를 휘둘렀다. 연약한 여성의 필사적인 저항은 참으로 비참했다. 바르작거리던 요시코의 손이 바싹 내리누르는 괴물의 얼굴을 쳤다. 그 반동으로 바닥에 떨어진 황금가면!

괴물은 기겁하며 얼른 가면을 다시 썼지만 요시코는 잠시나마 그 정체를 똑똑히 확인했다.

"어머, 너는!"

요시코는 경악과 증오로 절규했다.

정체를 들킨 괴물은 미친 듯이 단검을 내리꽂았다. 바늘 같은 칼끝이 새하얀 피부를 날렵하게 관통했다. 꺄악 하는 비명. 허공을 부여잡은 새하얀 손가락…….

바로 그 시간, 와시오 후작과 르젤 백작은 잠자는 것도 잊은 채 만찬부터 이어진 고미술품 이야기로 흥겨운 시간을 보내고 있었다. 동석한 서기관과 통역관도 열심히 이야기를 들었다.

그런 자리에 무례하게 고유키가 헐레벌떡 뛰어 들어왔다.

"주인어른, 큰일 났습니다. 아가씨가, 가슴이 찔린 채……, 욕실에……."

모두 안색이 변해 자리에서 일어섰다. 후작은 손님을 남겨놓고 고유키를 따라 황급히 욕실로 달려갔다. 소란스러운 소리에 서생도 뒤따라갔다.

욕실로 가보니 대리석 욕조에 몸을 반쯤 담근 요시코가 손을 뻗어 허공을 움켜쥔 채 죽어 있었다. 봉긋 솟은 가슴 사이의 골에 황금 단검이 똑바로 꽂혀 있고, 상처에서는 아름다운 심홍색 물이 샘처럼 콸콸 흘렀다.

슬리퍼를 신은 채 욕조로 달려간 후작은 딸의 시체를 끌어안고 명령했다.

"미요시를 불러라. 나미코시 경부에게도 알리고."

서생이 달려갔다. 잠시 후 나미코시 경부를 필두로 형사와 시종 등 집 안에 있던 사람들이 살인 현장에 모여들었다.

살펴보니 요시코는 심장이 찔려 숨져 있었다. 이미 손을 쓸 수 없는 상태였다. 어떻게 훔쳤는지 모르지만 서재에 몰래 숨겨둔 후작의 스페인산 단검이 분명했다.

정원 쪽으로 난 욕실 창 말고는 낯선 사람이 들고 날 곳이 없었다. 나미코시 경부는 부하를 이끌고 정원을 둘러봤다. 나막신 자국을 따라 정원 안쪽과 담장 밖까지 구석구석 살펴봤지만 아무 단서도 발견할 수 없었다.

창에서 다섯 간쯤 떨어진 곳부터는 굳은 땅이라 발자국도 없었기에 괴한이 어느 방향으로 도주했는지 알 수 없었다.

외동딸의 비명횡사에 혼비백산이 된 후작은 중요한 손님인 르젤 백작이 와 있는 것도 까맣게 잊었다. 그는 미처 상황을 수습할 생각도 못 한 채 어여쁜 딸의 시체에 매달려 눈물만 흘렸다. 후작은 나미코시 경부가 아무 성과도 없이 수색을 끝내고 돌아올 때쯤 가까스로 정신을 차렸다. 이런 때는 노련한 집사의 지혜를 빌려야 한다며 하인들 사이에서 미요시를 찾았지만 웬일인지 그의 모습이 보이지 않았다.

"미요시는 어떻게 된 건가."

후작의 물음에 미요시의 아내가 얼굴을 드러냈다.

"그이가 좀 이상해요. 집에 묵던 고바 씨도요. 두 사람 모두 방에 곯아떨어져 있는데, 아무리 깨워도 눈을 뜨지 않아요. 누가 와서 좀 봐주세요."

"자고 있다고? 그거 이상하군."

후작은 얼핏 마취제일지 모른다는 생각이 들었다.

"나미코시 씨, 한번 봐주시죠."

경부가 미요시의 거처로 달려가 보니 안쪽 방에서 미요시와 장발의 낯선 자가 팔베개를 한 채 정신없이 자고 있었다. 아무리 때리고 찔러도 죽은 것처럼 반응이 없었다. 자기 전에 차를 마셨는지 머리맡에는 다기가 있었다. 괴한이 부엌에 잠입해 다기에 마취제를 풀어 넣고 간 것이 틀림없다. 그런데 무슨 연유로 이 두 사람을 재운 걸까.

이런저런 처치를 했으나 약효가 너무 좋은지 두 사람 다 밤새 눈을 뜨지 않았다.

한편, 르젤 백작은 예기치 못한 참사에 날이 밝기를 기다려 후작에게 정중히 애도 인사를 남긴 후 대사관 문장이 새겨진 자동차를 타고 도쿄로 돌아갔다.

A. L이라는 기호

나미코시 경부는 아침에 법원 사람들이 도착할 때까지 이 불가사의한 범행의 동기와 수법을 파악하려 애썼다. 한 차례 면밀히 발자국을 조사하고 단검에서 지문을 찾은 후 고유키를 붙들고 요시코의 일상을 물어보더니 급히 미요시 집사의 거처로 가서 방 안을 살펴보는 등 아침 8시까지 탐문에 몰두했다. 얼마 후 이 지역 경찰서장이 도착했을 때는 이미 약간의 물증을 수집했는지 의기양양한 얼굴로 서장과 함께 후작 앞에 나타났다.

"미요시 집사의 집에 머물던 고바라는 천리교 목사 말입니다. 전부터 알던 사람인가요?"

경부가 의미심장하게 물었다.

"아뇨, 어제 처음 봤습니다. 미요시도 모르는 사람 같더군요. 교회 소개장이 있어 묵게 했다고 합니다."

"그러면 그를 이리 데려와 질문을 좀 해봐도 되겠습니까?"

"물론이죠, 나도 그자가 좀 수상하다고 생각했어요."

마취에서 깨어난 고바가 임시 법정에 끌려왔다.

"자네는 어젯밤 12시쯤 어디 있었나."

경부가 임시 피고의 이름과 주소를 물은 후 조용히 첫 번째 화살을 날렸다.

"12시 좀 못 미쳐서 미요시 씨와 차를 마셨습니다. 아시다시피 그 후로는 아무것도 모르죠. 범인은 어째서 나 같은 사람을 잠들게 한 걸까요. 이상합니다."

"자네는 12시 전에 차를 마셨다고 했네. 하지만 미요시 씨도 미요시 부인도 확실한 시간은 기억 못 하지만 아마 12시쯤 돌아왔을 거라더군. 그러면 자네와 차를 마신 건 12시 이후라고 생각되는데."

"저도 기억이 확실치는 않습니다. 12시 이후라면 뭐가 달라지죠?"

"자네가 직접 넣은 마취제에 곯아떨어지기 전, 욕실에 잠입할 시간이 있겠지."

"그러니까 제가 아가씨를 죽인 범인이라는 말씀입니까? 증거라도 있습니까?"

고바는 태연하게 말했다.

"이봐, 아직 증거가 발견되지 않았다고 우습게 보이나? 그래봐야 소용없어. 우선 첫 번째 증거는 자네의 굽 높은 나막신이지. 이 저택에 그런 나막신을 신는 사람은 없어. 그런데 욕실 창밖에 난 발자국이 자네 나막신 자국과 똑같더군."

장발의 남자는 아무런 항변도 하지 않았다. 그는 빼도 박도 못할 증거에 몹시 놀란 모양이다.

"그뿐 아니야. 더 확실한 증거가 있어."

나미코시 경부는 여봐란듯이 고압적인 태도로 말했다.

"여길 좀 보라고. 이 금색 장난감이 자네 고리짝에서 발견되었네."

경부의 손에 금색 가면과 금색 망토가 들려 있었다. 황금가면의 의상이다. 그렇다면 어제부터 세상을 시끄럽게 한 괴한이 고바란 말인가.

그걸 보자 고바는 한층 더 놀란 기색이었다. 하지만 잠시 생각하더니 입을 열었다.

"이런, 할 수 없군."

고바는 한숨을 쉬더니 나미코시 형사의 귓가에 입을 대고 뭔가 한 마디 속삭였다.

순간 경부의 얼굴에 경악하는 표정이 스쳤다.

"뭐야, 말도 안 돼."

경부는 투정 부리듯 소리쳤다.

"나미코시, 자네는 결국 내 일을 방해하고 말았군. 그렇게 의심된다면 이걸 보게."

고바가 머리에 손을 가져가더니 긴 머리 가발을 휙 벗어 던졌다. 얼굴에서 수염까지 떼어 내니 본 얼굴이 드러났다.

"아, 아케치. 설마 자네가 변장했을 줄이야."

나미코시 경부가 외쳤다. 천리교 목사는 아마추어 탐정 아케치 고고로였다.

그 자리에 있던 사람들은 이런 극적인 정경을 적잖이 즐겼다. 신문을 보는 사람이라면 명탐정 아케치 고고로를 모를 리 없었다. 와시오 후작도 예외가 아니다. 나미코시 경부는 좀 전의 실책 따윈 잊은 양 자랑스럽게 유명한 친구를 소개했다.

"하지만 아케치 씨. 중요한 때에 잠이 들다니 실수를 하신 모양이군요."

비아냥거리는 서장의 말투에 반감이 느껴졌다.

"네, 하지만 셜록 홈즈라 할지라도 같은 실책을 저질렀을 겁니다. 무슨 말인가 하면, 어제 말도 안 되는 일이 일어났습니다. 내 추측이 틀리지 않는다면 유례없는 참사가 일어난 거죠. 말을 꺼내기조차 두려울 지경입니다. 물론 나도 아직 진상은 확실히 모릅니다."

정말로 두려운 듯 아케치는 수수께끼 같은 말을 했다.

"그러면 당신은 어제 그 괴한이 누구인지 아시는 모양이군요."

아케치가 무안함을 감추기 위해 난해한 말을 한다고 생각하는지 서장은 여전히 빈정거렸다.

"어젯밤의 괴한이라면 아가씨를 죽인 살인범 말인가요?"

"물론이죠."

둔감한 서장은 아케치의 질문 속에 숨은 의미를 알아채지 못하고 끄덕였다.

"아마 알 것 같습니다. 아마, 라고 한 것은……. 나미코시, 어젯밤부터 수색했다며. 결과는 나왔나?"

"전혀. 자네가 범인이 아니라면."

"그렇군. 그러면 나는 확실히 말할 수 있네. 범인은 며칠째 내가 노리던 자야."

"아케치 씨, 누군가요. 그 사람 이름을 말해주십시오."

결국 애가 탄 후작이 물어봤다.

"아뇨, 후작님. 그보다 후작님께는 따님의 죽음만큼이나 중대한 문제가 있습니다. 저는 한시라도 빨리 그걸 확인하고 싶습니다."

"그러면 혹시, 당신은……."

"네, 수집해놓으신, 국보와도 견줄 만한 미술품이죠. 대사 방문에 맞춰 이런 흉사까지 일어난 이유가 뭘까요. 그자는 굳게 닫힌 미술관 문이 대사 방문을 기해 오랜만에 열릴 걸 알고 기다린 것 아닐까요? 그 증거로 이를테면……."

"이를테면?"

"이를테면, 미요시 씨가 왜 마취제를 마셨을까요. 실례지만 미요시 부인은 눈과 코가 둔감한 노인입니다. 그자는 미요시 씨가 잠든 틈에 찬장에 숨겨둔 미술관 열쇠를 꺼냈다가 다른 사람 몰래 원래 장소에 가져다 두었습니다. 그자가 만약 열쇠를 찬장에 숨겨두는 걸 모른다면, 어제처럼 미술관을 여는 날을 기다려 열쇠가 숨겨진 장소를 확인하지 않을까요?"

"아케치 씨, 이리 오시오. 미술관을 다시 둘러봅시다."

고미술품이라면 사족을 못 쓰는 와시오 후작은 걱정 때문에 안색이 창백해져 아케치를 재촉했다. 후작은 미요시 할아범에게 열쇠를 받아 아케치, 나미코시 경부, 경찰서장과 함께 미술관으로 들어갔다.

하지만 한번 빙 둘러본 바로는 딱히 분실한 물품이 없었다.

"아케치 씨, 좀 기우였던 것 같군요."

겨우 안심한 후작이 말했다.

"하지만 후작님, 이 불상은?"

"후지와라 시대의 목조 아미타여래상이죠."

"아뇨, 저는 그런 뜻이 아닙……."

아케치는 잠시 아미타여래상을 응시했다. 그리고 무슨 생각인지 주먹을 쥐더니 돌연 불상의 뺨을 세게 쳤다.

"아니, 뭐 하는 거야. 당신, 제정신이야."

후작이 격노하여 달려갔지만 이미 불상은 단단한 콘크리트 바닥에 떨어져 산산조각이 났다.

"후작님, 보십시오. 이게 후지와라 시대의 목상입니까?"

자세히 보니 석고로 만든 위조품이 틀림없었다.

너무도 훌륭한 위조품이었다. 어느 틈에 이런 석고상을 준비해놓은 걸까. 어제 대사를 안내할 때만 해도 위작이 아니었다는 걸 후작은 기억한다.

아케치는 아무렇지도 않게 아미타여래상의 아랫부분에 해당하는 석고 조각을 주워 만지작거리다가 표면에 A. L이라는 각인이 있는 걸 발견했다.

A. L이라니 대체 무슨 기호일까. 설마 이런 범죄용 위작에 작가가 서명을 할 리도 없을 테고. 그렇다면…….

아케치는 비밀의 실마리를 찾으려는 듯이 골똘히 생각했다. 이윽고 뭔가 짚이는 게 있는지 아케치의 표정이 돌변했다. 천하의 명탐정이 그런 모습을 보일 정도면 무척 놀랍고 두려운 일인 듯했다.

후작은 후작대로 절망한 나머지 눈앞의 공간만 물끄러미 쳐다보며 침묵에 빠졌다. 그는 좀처럼 정신이 안 차려지는지 별안간 힘없이 웃었다.

"아니, 보물은 걱정할 필요가 없어. 그런 물건을 은밀히 처분하는 건 불가능하니까. 게다가 급하게 살 사람이 나타날 리도 없으니 곧 소재를 찾겠지. 하지만 이제 영원히 돌아올 수 없는 내 딸은……."

말을 하던 도중 분노를 참지 못하겠다는 듯이 후작이 물었다.

"아케치 씨, 당신은 아까 딸을 죽인 범인을 안다고 했잖소."

힐책하는 말투였다.

"네, 압니다. 후작님도 잘 아는 사람입니다."

"누굽니까. 그놈이 대체 누구냐고요."

후작은 평소의 교양을 버린 채 아마추어 탐정에게 따지고 들었다.

정말 의외다!

"누굽니까. 그놈이 대체 누구냐고요."

사랑하는 딸의 참사에 이어, 금전으로 환산할 수 없는 보물을 도난당한 와시오 후작은 다이묘 화족의 품위도 내팽개친 채 아케치 고고로에게 따져 물었다.

"서두르실 필요 없습니다. 그자는 도망칠 염려가 없어요.

도망치지 않는 편이 오히려 안전하다는 걸 알고 있으니까요."

아케치는 차분히 대답했다. 후작을 비롯해 그 자리에 있던 사람들은 미심쩍은 표정으로 아케치를 바라봤다. 무슨 말을 하는 건가. 도둑질을 하고 사람까지 죽인 자인데 도망칠 염려가 없다니, 그런 어이없는 말이 어디 있나. 사람들의 얼굴에서 그런 마음을 읽을 수 있었다.

"전혀 염려하실 필요 없습니다. 범인을 체포한 것이나 다름없습니다. 5분 안에 인도한다고 약속드릴 수 있습니다. 하지만 여기는 좀 그러니 모두 저쪽 방에 가 계셨으면 합니다."

5분 내로 범인을 인도하겠다니 왜 이리 자신만만한가. 사람들은 명탐정의 자신감에 압도당했는지 그가 시키는 대로 본채로 돌아갔다. 후작이나 미요시 할아범도 너무 놀랐는지, 아니면 더 이상 도난당하지 않을 거라 방심했는지 한시라도 빨리 범인을 보기 위해 미술관 문도 잠그지 않고 부랴부랴 본채로 돌아갔다. 하지만 그때 문을 잠그지 않은 탓에 나중에 아주 골치 아픈 일이 생긴다.

그들은 아까 아케치가 요시코 살해 의혹으로 심문을 받던 넓은 응접실로 갔다. 한쪽 구석의 탁상 위에는 섬뜩하게도 그때 본 금색 가면과 망토가 놓여 있었다.

아무도 의자에 앉으려 하지 않았다. 그들은 한시라도 빨리 범인을 보고 싶을 따름이었다.

"앞으로 3분 남았군요. 약속한 5분까지 말입니다."

경찰서장은 못마땅한 듯 적대적으로 말했다.

"3분이라고요? 좀 길군요. 3분은커녕 1분, 아니 30초면 충분합니다."

아케치가 흔쾌히 반격했다.

"자네, 지금 농담을 할 때가 아니잖아."

걱정이 되는지 친구인 나미코시 경부가 나직한 목소리로 주의를 줬다. 고작 30초 안에 그 흉포한 황금가면을 체포하다니 신이라도 불가능한 일이었다.

"각하, 따님의 시녀를 여기로 불러주십시오."

아케치는 나미코시 경부의 주의를 묵살한 채 와시오 후작에게 말했다.

"고유키에게 무슨 용무가 있습니까? 이미 물어볼 만큼 물어서 더 이상 들을 말이 없을 텐데요."

후작은 아케치의 역량을 의심하고 있다. 30초라니, 마술사도 아니고 그런 단언을 하니 부아가 치밀었다.

"저는 범인을 인도하기로 약속했습니다. 약속을 지키려면 꼭 필요한 일입니다."

"그렇다면……."

후작은 마지못해 옆에 있던 서생에게 고유키를 불러오라고 떨떠름하게 말했다.

이윽고 고유키가 퉁퉁 부은 눈으로 들어왔다. 친구처럼 가까이 지내던 요시코가 참혹하게 죽은 것이 너무 비통해 울음을 그칠 수 없는 모양이었다. 아름다운 얼굴이 눈물로 얼룩지니 묘한 매력이 감돌았다.

"아케치 씨, 지금부터 고유키를 심문해 범인을 밝히려면 30초로는 무리일 텐데요. 봐요, 이러는 사이에 30초는 지나갔잖소."

이 같은 상황에서 경찰서장이 추궁하지 않을 리 없다.

"지났습니까?"

아케치가 태연히 대답했다.

"하지만 저는 분명 약속을 지켰습니다."

"이런 별난 사람이 있나. 범인이 어디 있다고 그러오?"

"당신이 체포하기를 기다리고 있습니다."

"뭡니까, 대체 그 남자는 어디 있는데요?"

"남자라니요?"

아케치는 묘한 웃음을 띠우며 말했다.

"남자라고 하진 않았습니다. 여기 참새처럼 떨고 있는 고유키가 있을 뿐이죠."

"고유키? 그럼 자네는……."

"그렇습니다. 딱하지만 이 시녀가 따님을 살해한 범인입니다."

너무 의외의 지명이라 오히려 사람들은 우스갯소리라 생각했다. 좌중에서 웃음소리가 들렸다. 하지만 단 한 사람은 웃지 않았다. 다름 아닌 고유키였다.

설마설마하며 명탐정을 얕잡아보던 고유키는 그가 자신을 가리키자 순간적으로 숨도 못 쉴 만큼 경악했다. 하지만 곧바로 결심했다. 그 유명한 아케치 고고로의 손에 잡히면 아무리 변명한들 소용이 없다는 걸 깨닫고 어떤 자가 알려준 최후의 수단을 쓰기로 한 것이다. 사람도 죽인 여자다. 유사시에는 남자보다 더한 정신력도 발휘할 수 있었다. 아름다운 얼굴이 점점 창백해지더니 고유키의 눈이 무서운 결의로 번뜩였다.

"이런, 안 돼."

상황을 감지한 아케치가 놀라 소리쳤으나 이미 때는 늦었다. 하지만 나머지 사람들은 여전히 웃고 있었다.

황급히 구석에 놓인 테이블로 달려간 고유키는 금색 가면과 망토를 집어 재빨리 몸에 걸치더니 사람들의 앞을 가로막고 섰다.

고유키의 가련한 얼굴은 감쪽같이 사라지고, 대신 흉악한 황금가면이 초승달 모양의 입술로 히죽 웃고 있었다.

사람들은 기묘한 착각 때문에 잠시 주춤했다. 어린 여자라는 걸 알지만 황금가면 분장을 하니 어쩐지 대단한 사람처럼 보였기 때문이다.

나미코시 경부는 겨우 눈앞의 환각을 떨치고 금색 괴인에게 달려들었다. 하지만 고유키는 사람들이 주춤하는 틈에 도주할 준비를 할 수 있었다. 금빛 제비처럼 경부의 손아귀에서 벗어난 고유키는 쏜살같이 문밖으로 달려 나갔다.

복도를 몇 번 도는 것이 보이더니 금빛 무지개가 훌쩍 날아갔다. 나미코시 경부가 그 뒤를 쫓았고, 서장과 형사들도 뒤따랐다.

본채를 벗어난 고유키는 질풍처럼 정원을 가로지르더니 문이 열려 있는 미술관으로 몸을 날렸다.

추격자들은 어린 여자라서 도망친들 멀리 못 갈 거라 생각해

방심했다. 도망자는 하늘에 운명을 맡긴 채 필사적으로 달렸다. 그런데 예상치 못한 허점이 생겼다.

고유키가 미술관에 들어가자마자 안에서 문을 잠근 것이다. 다시 말해, 그녀는 콘크리트 수장고 안에 스스로를 가둔 셈이었다.

"저기 들어갔으니 이제 독 안의 쥐죠. 서두를 것 없습니다."

"하지만 뒷문 쪽 창은요?"

뒤늦게 아케치 고고로와 함께 도착한 와시오 후작이 물었다.

그쪽은 이미 살펴봤는지 나미코시 경부가 대답했다.

"괜찮습니다. 창에는 모두 쇠창살이 설치되어 있습니다. 여자 힘으로는 창살을 부술 수 없습니다."

"그럼 열쇠가 있어야겠군요. …… 미요시 씨는 어디 갔죠?"

"방 안에서 우왕좌왕하더군요. 이봐, 형사 중에 누가 가서 미요시 씨를 불러 와. 하지만 서두를 필요는 없어. 이미 잡은 거나 다름없으니까."

황금가면은 마지막까지 안간힘을 썼으나 모두 수포로 돌아가고 추격자들의 손에 잡힐 운명이었다.

황금가면이 고유키라니 어찌 된 일인가. 너무 의외여서 오히려 믿기 힘든 진상 아닌가. 과연 이 어린 여자가 박람회의 산업탑에서 곡예를 벌였을까. 뭔가 어처구니없는 착오가 숨겨진 것 아닐까. 뒤쫓던 사람들은 마음 한구석으로 그런 생각을 했다. 독자 여러분도 아마 같은 의혹을 품었으리라.

갑옷 입은 무사

금색 참새는 남다른 정신력으로 추격자들을 따돌리고 미술관으로 들어갔다. 하지만 산 넘어 산이라고, 추격자들을 막기 위해 잠근 문이 도리어 자신을 가두는 덫이 되었다.

밖에서는 경찰관들이 문을 난타하는 소리가 들렸다. 미술관 안의 어둑어둑한 진열장에는 으스스한 불상과 두루마리 지옥화가 있고, 몇 안 되는 창은 모두 쇠창살로 막혔다. 고유키는 자진해서 감옥에 갇힌 셈이었다.

그녀의 얼굴은 초조와 공포로 심하게 일그러졌지만 그 위에 쓴 황금가면은 여전히 무표정하게 초승달 모양의 웃음을 짓고 있었다. 그 얼굴로 고유키는 독 안에 든 쥐처럼 비참하게 미술관 안을 바삐 돌아다녔다.

어디에도 출구가 없다는 건 자명했다. 하지만 잠자코 있을 수 없었다. 당장이라도 미요시 집사가 열쇠로 문만 열면 곧바로 경찰에 체포당하리라는 걸 알 수 있었다. 그 뒤에 닥칠 호송차, 법정, 감옥, 교수대. 모골이 송연해지는 환영이 빠르게 뇌리를 스쳤다.

그렇게 종종거려봤자 소용없다는 걸 깨닫자 고유키는 겁먹은 짐승처럼 가장 어두운 구석으로 갔다. 그곳에는 고자쿠라오도시[15] 갑옷을 입은 무사가 우뚝 서 있었다. 그 뒤에 몸을 숨긴 고유키는 숨죽인 채 바깥소리에 귀를 기울였다.

갑옷 입은 무사는 이키닌교가 아니다. 안이 텅 빈 갑옷을 궤 위에 앉혀 놓은 진열품이다. 고유키는 궤에 몸을 기댔다. 방망이질 치는 심장 박동이 진정되지 않았다. 그뿐 아니라 무시무시한 이명에 박자를 맞춰 몸 전체가 떨리는 듯했다.

괴이한 정적과 극심한 이명 때문에 다른 소리는 전부 사라진 걸까. 밖에 있던 사람들이 어디론가 멀리 사라진 것처럼 아무 기척도 들리지 않았다. 아무도 없는 미술관만 아득한 허공에 홀로 떠 있는 것 같았다.

그때 이루 말할 수 없이 괴상한 일이 생겼다.

고유키의 심장 말고도 또 다른 박동이 근처에서 들리는 듯했다. 콩당콩당 빠르게 뛰는 그녀의 심장 박동 사이사이에 어디선가 쿵, 쿵 매우 느리게 뛰는 박동 소리가 끼어들었다.

깜짝 놀라 주의를 집중해 들어보니 무슨 소리인지 알 것 같았다. 그 박동은 손끝을 타고 전해졌다. 고유키의 손가락 끝이 갑옷 엉덩이 부분에 닿아 있던 것이다. 그렇다면 갑옷 입은 무사는 피가 통하는 사람이란 말인가.

갑옷 안에는 지지대로 세워놓은 나무 봉 같은 것밖에 없을 텐데 어떻게 텅 빈 갑옷에서 심장이 뛰는 걸까. 그러고 보니 갑옷 전체에서 불끈불끈한 움직임이 느껴지는 듯했다.

쫓길 때와는 전혀 다른 공포가 고유키의 등줄기를 타고 올라왔다. 앞에는 기괴한 불상과 불화 유명계[16]가 있고, 한쪽 구석에는

15_ 小桜縅. 산벚꽃 문양을 염색한 가죽으로 이를 엮어 갑옷의 미늘을 만든다.

16_ 幽冥界. 진리의 빛이 없는 세계. 곧 삼악도를 이른다.

여기저기 부식된 수백 년 전 고자쿠라오도시 갑옷이 쿵, 쿵, 박동소리를 냈다.

고유키는 공포에 휩싸여 갑옷 입은 무사의 얼굴을 들여다봤다. 투구 양쪽에서 아래로 뻗은 구릿빛 보호구가 귀신의 입을 가리고 있다. 그 안에 어렴풋이 보이는 허연 것. 아, 역시 사람이다. 갑옷 안에는 진짜 사람이 들어가 있었다.

"꺄악."

고유키가 비명을 지르며 물러서자 그와 동시에 갑옷이 궤에서 벌떡 일어나 말했다.

"겁낼 것 없다. 나는 네 편이다."

귀신이 아니다. 목적이 있어 사람이 갑옷 안에 숨어 있는 것이다. 그렇지만 분장이 너무 섬뜩해 고유키는 한 발을 여전히 뒤로 빼고 있었다.

"당신은 대체 누구세요?"

"이름을 말해봤자 너는 모른다. 나는 두목의 명령으로 어젯밤부터 갑옷 입은 무사로 변장했다. 무슨 목적이냐고? 그런 말을 할 여유가 없다. 너를 구해야 한다. 너를 도와주는 것 역시 두목 때문이다. 도주로는 마련해 놓았다. 나를 따라와라."

"알겠어요. 당신은 그분 동료인가 보네요. 만약 내가 체포되면 그 비밀이 폭로될 테니 그게 두려운 거군요."

"요점만 말하면 네 말대로다. 나는 너를 돕는 게 아니라 우리 두목의 비밀을 지키려는 것이다. 하지만 넌 지금 그런 걸 상관할 때가 아니지 않느냐."

"어디로 도망가면 되나요? 저를 위해 도주로를 마련해 놓으신 거예요?"

"너를 위해서라니……. 하하, 네 악행이 그렇게 빨리 발각날 줄 누가 알았겠느냐. 아케치 놈만 오지 않았더라면 만사형통이었는데. 오지랖 넓은 자식 같으니라고. 그래서 나는 그놈 코를 납작하게 만들어주기로 했다."

서둘러 말하던 무사는 갑옷과 투구를 벗더니 고유키의 손을 잡고 뒤쪽 창가로 달려갔다.

두 사람이 창가에 다다르자 마침 등 뒤에서 덜컹거리는 소리가 났다. 그와 동시에 문이 열리더니 추격하던 사람들이 우르르 들어왔다. 공교롭게도 실내가 어두워 그들에게는 창가의 두 사람이 보이지 않았다.

"여기다. 너를 위해서가 아니다. 내가 도주하려고 이 쇠창살을 잘라놓은 거다."

쇠창살을 잡고 흔들자 미리 네 군데를 줄질해 놓았는지 창살이 쑥 빠지고 큰 구멍이 생겼다. 그곳을 기어 밖으로 나가니 완만한 언덕에 잔디밭이 보였고, 낮은 산울타리 건너로는 C호수가 끝없이 펼쳐졌다. 호숫가에는 모터보트 한 척이 있었다. 후작의 유람선이다.

"너, 모터보트 작동할 줄 알지?"

"네, 알아요."

"다행이다. 그럼 너 혼자 그걸 타고 도망가거라."

"하지만 어딘가 상륙하면 바로 잡히잖아요."

"그러니까. 확실히 준비해 둔 거지."

사내가 무슨 말인가 속삭이자 고유키는 깜짝 놀라며 보트 안에 놓여 있는 대나무 장대를 쳐다봤다. 장대는 지팡이보다 약간 길었다.

"그럼, 이걸로요?"

"그렇지, 추격자한테서 도망치려면 그 정도 고생은 해야지. 넌 살인범이다."

"네, 그렇게 하죠. 어차피 교수대로 갈 목숨이니까요. 죽을 각오를 한다면 여자라도 그쯤은 할 수 있겠죠."

고유키는 결연히 말하고 혼자 보트에 탔다. 엔진은 아무 때나 가동할 수 있게 준비되어 있었다.

"절대로 벗으면 안 된다. 아까 말한 것처럼 그걸 이용하는 방법을 잊지 말아라."

고유키가 금색 가면과 망토를 벗으려 하자 사내가 말렸다. 추격자들이 노리고 있는데 이 의상은 왜 입고 있으라는 걸까. 고유키는 별 희한한 지시도 다 있다고 생각했다.

"그럼 똑바로 잘해라. 나는 나대로 일이 있다."

고유키가 탄 모터보트가 용맹스럽게 폭음을 내며 떠나는 모습을 지켜보던 사내는 물가를 따라 바람처럼 사라졌다.

갑옷 입은 사내는 대체 누구인가. 또한 그가 두목이라고 부르는 자는 누구인가. 그런 의문은 이야기가 진행되면 차차 풀릴 것이다. 다만 지금은 갑옷 입은 무사로 변장한 사내가 어젯밤부터 계속 미술관에 있었다는 점, 따라서 불상이 위조품으로 뒤바

뀐 사실을 아케치가 알 뿐 아니라 거기 새겨진 A. L이라는 기호를 확인하는 모습까지 어두운 구석에서 다 지켜봤다는 점을 기억해두길 바란다.

기묘한 호흡기

독 안에 든 쥐라 생각했던 포획물이 무슨 수로 쇠창살을 잘랐는지 창을 빠져나가 출발 준비가 끝난 모터보트를 타고 도망쳤다. 아케치 고고로도 예상치 못한 기막힌 수완이었다.

뒤쫓던 경찰들은 상식적으로 풀기 힘든 기적을 접하자 입을 다물 수 없었다. 그들은 호숫가에 모여 멀어지는 보트를 허탈하게 바라볼 뿐이었다.

저 멀리 안개 낀 호수 건너로 드문드문 농가가 보였다. 범인이 만일 그쪽에 상륙한다면 더 골치 아프다. 호숫가를 우회해 앞지를 변변한 도로조차 없기 때문이다.

"저 보트 말고는 발동선이 없습니까?"

아케치가 큰 소리로 물었다.

"있습니다. 보세요, 저기 오네요. 근처 사는 어부 소유의 배입니다."

추격에 합류한 후작 문하의 서생이 외쳤다.

때마침 발동기가 달린 작은 어선이 호숫가로 오고 있었다. 배를 조종하는 사람은 어부처럼 보이는 40대 남자로, 무명 줄무늬 한텐[17] 차림이었다.

"이봐, 그 배 좀 잠깐 빌려주겠나. 모터보트를 급히 쫓아야 하거든. 경찰 일이야."

한 형사가 외쳤다. 어부는 경찰 일이라는 말에 화들짝 놀라 급히 그들 앞에 배를 대었다.

배에는 경찰서장과 나미코시 경부, 아케치 고고로, 형사 두 명, 운전사인 어부까지 모두 여섯 명이 탔다.

"이래 봬도 마력은 우리 배가 셉니다. 저 보트를 따라잡는 건 식은 죽 먹기죠."

어부는 자신 있게 운전대를 잡았지만 그때 이미 두 배 사이의 간격은 3정[18] 정도 떨어져 있었다. 게다가 앞서가던 보트가 곶같이 돌출된 뭍 그늘에 가려 보이지 않았다.

하지만 그 틈에 범인이 상륙할 걱정은 없었다. 그쪽으로 상륙하면 바로 옆이 국도로 통하는 곳이라 사람들 눈에 띄기 쉬웠다. 무엇보다 뭍으로 올라갈 시간이 없었다. 추격하던 어선이 어느새 곶 안쪽까지 훤히 보이는 곳에 이르렀기 때문이다.

모터보트는 곶 그늘에서 방향을 바꾸더니 호수 중심을 향해 쏜살같이 나아갔다. 선미에 웅크린 황금가면의 모습이 거대한 금괴처럼 괴이하게 번쩍거렸다.

상쾌한 호수 위의 추격전.

....

17_ 半纏. 남녀 구별 없이 입는 외투로 일본의 전통 방한복. 옷고름이 없고 깃을 뒤로 접지 않아 활동적이다.

18_ 약 300m. 1정町=109m.

잔잔한 수면을 둘로 가르며 앞으로 나아가는 뱃머리. 배의 모습이 다 보이지 않을 정도로 자욱한 물안개. 보기 좋게 서로 꼬리를 끌어당기는 하얀 파도 두 자락. 목숨을 건 보트 경주였다.

어부가 자신 있다고 한 것도 빈말이 아니었다. 동력의 차이 때문인지 두 배의 거리가 차츰 좁혀졌다.

황금가면의 난폭한 행동을 대비해 두 형사는 특별히 권총 휴대를 허락받았다. 그들은 배가 사정거리에 가까워지자 권총을 높이 들고 도주하는 보트를 위협했다.

"거기, 배를 세워라. 아니면 총을 쏜다."

그러나 보트 위의 황금가면은 꿈쩍하지 않았다. 한눈팔지 않고 앞만 본 채 전속력으로 나아갔다.

뒤쫓는 배에서 흰 연기가 피어오르기 무섭게 수면에 총성이 울렸다. 일부러 빗나가게 공포탄 한 발을 쏜 것이다.

상황이 이러한데도 어찌나 강단이 센지 고유키는 뒤도 돌아보지 않았다. 엔진에 달라붙어 화석이 된 건 아닌지 의심스러울 정도였다.

20간, 10간, 5간. 두 배 사이의 거리가 점점 좁혀졌다. 호수의 중심에 이르자, 드디어 추격하던 어선이 도망치는 보트를 따라잡았다.

한 형사가 적의 보트로 몸을 날려 등 뒤에서 황금가면에게 달려들었다. 그런데…….

"이런, 당했다."

형사의 당혹스러운 외침에 깜짝 놀라 사람들의 시선이 황금가면에 집중되었다.

이게 어찌 된 일인가. 금색 가면과 망토밖에 없는 빈껍데기다. 판자 두 장을 세우고 그 위에 금색 망토를 입힌 허수아비였다.

황금가면의 상투적인 수법이다. 사람이 없어도 배는 가던 방향을 향해 기계적으로 간 것이다.

혹시 이 보트에 처음부터 아무도 타지 않은 건 아닐까.

그건 아니었다. 뒤쫓던 사람들은 보트가 호숫가를 떠날 때 금빛의 사람이 배 안에서 움직이는 걸 똑똑히 봤다.

그럼 중간에 도망치려 물속으로 뛰어든 건가.

그 역시 불가능했다. 수면이 잔잔해서 누군가 수영을 하면 그 흔적을 놓칠 리 없었다.

뭍에 상륙한 건가. 물론 그럴 틈이 없었다.

그럼 고유키가 인어로 변신해 깊은 호수 아래 모습을 감췄단 말인가. 아니면 안개가 되어 하늘 높이 증발했단 말인가. 둘 다 불가능한 이야기였다.

"내가 그 애를 너무 무시했나 보네. 대단한 지혜를 가졌군. 하지만 여러분, 아직 실망할 건 없습니다. 선장, 이 배를 돌려 아까 지나왔던 곳으로 돌아가 주시죠. 어서요."

아케치는 동요하는 사람들을 진정시키며 소리쳤다.

주인 없는 모터보트는 어선의 선미에 연결했다. 어선은 모터보트를 끌고 아까 지나온 코스를 전속력으로 달렸다. 경찰서장을 비롯해 아무도 뾰족한 수를 내지 못했으므로 군소리 없이 아케치의 제안을 따랐다.

"자네, 설마 곶 그늘에 범인이 상륙했다고 생각하는 건 아니지?"

달리는 배 안에서 나미코시 경부가 확인하듯 재차 물었다.

"물론 그건 불가능하지."

"그러면?"

"딱 하나, 남은 방법이 있지. 하지만 그 애가 생각해낸 건 아닐 걸세. 그 방법 말고는 이런 희한한 소멸을 설명할 수 없으니까. 아무리 부자연스러워 보여도 역시 그 방법밖에 없어. ……분명 이건 그 애 혼자 생각한 게 아니야. 미술관 쇠창살을 자른 솜씨도 그렇고 확실히 공범이 있겠지. 그자의 지혜 덕분에 연약한 여자인데도 대담하게 탈출할 수 있었을 걸세."

"공범자라고? 마음에 짚이는 거라도 있나?"

"아마 우리가 모르는 놈일 거야. 그자가 어두운 미술관에 숨어 있다가 때를 기다렸겠지."

역시 명탐정의 추측이 맞았다.

"하지만 모터보트에는 분명 고유키 혼자 타고 있었잖아. 그럼 공범자는……."

"용무를 끝내고 도망쳤겠지. 어디로 도망쳤을까. 우리로서는 그자가 무슨 짓을 할지가 가장 두려운데."

불행히도 아키치의 걱정은 적중했다. 어떤 식으로 적중했는지는 이제 곧 알게 될 것이다.

어느덧 배가 곶 그늘에 도착했다. 그늘이라 해도 호수의 중심에서도 보이는 장소이기에 멀리서도 별 이상이 없다는 걸 알 수 있었다.

"아케치 씨, 우리처럼 평범한 사람들은 당신 생각을 도통 이해할 수 없어요. 대체 여기로 배를 되돌려 어떻게 하려는 겁니까? 보세요, 육지나 수면 어디에도 사람이 숨어 있을 장소는 없잖습니까."

경찰서장은 딱히 자기주장도 없으면서 무슨 수를 써서라도 중간에 끼어든 아마추어 탐정에게 어깃장을 놓지 않고는 못 배기는 모양이다.

아케치는 아랑곳하지 않았다. 어부에게 후미진 여울 여기저기로 이동하도록 지시하고는 무성한 물풀을 헤치며 열심히 뭔가를 찾았다.

"그자가 물에 빠져 자살했나 보죠? 그래서 그 시체를 찾고 있는 겁니까?"

서장이 또 비아냥거렸다.

수면 위는 온통 무성한 물풀 이파리로 가득했고, 가장자리에는 쓰레기처럼 지푸라기가 잔뜩 떠 있었다. 투신하기에는 물이 너무 얕았다. 설령 시체가 가라앉아 있다 해도 물풀과 쓰레기로 물이 혼탁해 속이 들여다보이지 않을 듯했다.

"좋습니다, 배를 멈추십시오. …… 얇은 종이를 가진 분 혹시 계십니까?"

아케치는 이상한 말을 했다.

한 형사가 아주 얇은 휴지를 건네자 아케치는 그걸 잘게 찢더니 뱃전에서 몸을 굽혀 수면 가까이 가져다 댔다. 설마 휴지로 고기를 낚는 건 아닐 테고 너무 해괴한 행동이라 나미코시 경부까지 한마디 했다.

"자네 대체 뭐 하는 거야? 무슨 푸닥거리야?"

"쉿, 조용해. 지금 실험해서 확인시켜주려는 거니까."

아케치는 자못 진지하게 수면에 기다란 휴지를 살포시 가져다 댔다.

사람들은 아케치의 터무니없는 행동에 오히려 압도당한 듯 잠자코 수면 위를 응시했다.

"저기 보세요, 수초 사이에 가는 대나무가 삐죽 솟아 있습니다. 이 휴지가 어떤 반응을 보일까요. 성공하면 좋겠군요."

아케치는 대나무 단면 위로 기다란 휴지를 가까이 가져갔다.

그런데 신기하게도 그 휴지가 일정한 리듬으로 나풀나풀 날아올랐다가 아래로 빨려들기를 반복하며 춤을 추는 것 아닌가.

대나무는 수중에 똑바로 서 있으므로 아래에서 기체를 뿜어대는 것이 틀림없었다.

설마 천연가스는 아닐 테고. 하지만 그 리듬과 일치하는 것이 있었다. 다름 아닌 인간의 호흡이다.

둔감한 사람들도 마침내 자초지종을 알게 되었다. 도망자가 비참하게 이런 노력까지 해야 하나. 사람들은 모골이 송연해져 서로 창백해진 얼굴만 마주 볼 뿐 한참을 아무 말도 하지 못했다.

제2의 살인

대나무 밑에 있는 건 당연히 고유키의 입이었다. 그녀는 물속의 바위에 매달려 몸을 숨긴 채 대나무 관으로 숨을 쉬고 있었다. 소동이 가라앉기를 기다렸다가 수면 위로 올라와 어둠을 타고 도망치려던 계획이었을 것이다. 봄이라고 해도 아직 4월 중순인데 몇 시간이나 물속에 숨어 있다니 너무 무모하다. 교수대의 환영에 시달려 반미치광이가 된 살인자가 아니라면 흉내조차 낼 수 없는 곡예였다.

"좋다, 끈질긴 계집 같으니. 그렇게 떠 있게 해주지."

형사가 갑자기 손을 뻗더니 잔인하게 대나무 단면을 틀어막았다. 그렇게 하면 숨을 쉬지 못하는 고통 때문에 금세 수면 위로 떠오르리라 예상한 것이다.

하지만 범죄자의 공포심은 대단했다. 10초, 12초, 1분이 넘어도 고유키는 수면 위로 올라오지 않았다. 호흡을 멈추고 물속에서 전율할 만한 투쟁을 하고 있는 것이다. 그녀는 생에 대한 집착을 포기하지 않은 채 해녀처럼 숨을 꾹 참으며 물속에서 끈질기게 버티고 있었다.

"이제 그만해라. 불쌍하다."

너무 참혹해 견디기 힘든지 나미코시 경부가 외쳤다.

잔인한 형사도 이제 손을 떼고 싶은 모양이었다. 경부의 말을 듣자마자 가엾은 여자에게 숨 쉴 자유를 줬다.

그 정도가 물속에서 고유키가 견딜 수 있는 인내력의 최대치였다. 형사가 손을 떼자마자 물풀 사이로 머리를 산발한 여자가 두둥실 떠올랐다.

거의 실신하다시피 한 상태였다. 여자는 즉시 배로 끌어 올려졌다.

"아, 더 이상은 못 참겠어요. 어서, 죽여주세요. 어서요."

선실 한가운데 눕히자 고유키는 헛소리하듯 소리를 지르며 발버둥 치다가 마침내 기운이 다 빠졌는지 조용해졌다.

"내 말이 사실과 다르면 바로 말해라, 알겠느냐?"

아케치는 그녀의 의식이 돌아오기를 기다려 급히 선상 심문을 했다.

"네가 아가씨를 죽인 건 영국에 있는 치아키 씨 때문이지?"

고유키는 힘없이 고개를 끄덕였다.

"영국으로 가기 전에 후작 댁에서 살던 치아키 씨는 너와 깊은 관계였다. 치아키 씨는 귀국하면 아가씨와 결혼할 예정이었는데 그걸 참을 수 없었던 거지. 가끔 네가 런던에 있는 치아키 씨에게 편지를 보냈던 걸 알고 있다. 답장이 언제나 네 기대에 어긋났던 것도. 한마디로 너는 치아키 씨한테 버림받은 거지."

고유키는 역시 고개를 끄덕였다. 치아키와 요시코의 결혼이 기정사실이라는 건 앞에서 설명했다.

"성정이 거친 너는 결국 주인인 요시코 씨를 죽이려 음모를 꾸몄다. 경쟁자를 없애면 치아키 씨가 네게 돌아오리라 믿었겠지. 네 살인이 절대로 발각되지 말아야 했는데 그건 쉽지 않은 일이었을 테고. 마침 그때 너는 황금가면에 관한 신문 기사를 읽었다. 그래서 엄청난 계략을 생각해낼 수 있었겠지.

몰래 나무 가면과 망토를 구해 거기에 금박을 입혀서 황금 의상을 완성했다. 그 금박을 산 가게까지 조사가 끝났다. 너는 황금가면인 척 숲속에 숨어 있다가 팔랑거리며 시골 사람들 앞에 모습을 드러냈겠지. 그래서 황금가면이 나타났다는 소문이 퍼지게 되었고, 경찰에서 파견을 나왔지만 그건 이미 네가 예상한 바였고, 너는 감쪽같이 목적을 달성할 수 있었다."

독자 여러분, 드디어 어젯밤 요시코가 황금가면의 얼굴을 확인하고는 "어머, 너는"이라 외친 이유가 판명되었다.

"나는 그 소문을 듣고 변장해 미요시 집사 집에 머물렀다. 철저히 조사를 마쳤으나 F국 대사의 방문과 마취제 소동으로 내 계획이 무참한 실패로 돌아갔다. 내게 마취제를 마시게 한 건 네가 아니었다. 물론 너는 그 불상과 불화를 위조품으로 바꾼 것도 몰랐을 테지. 다시 말해 살인을 저지른 너보다 훨씬 스케일 큰 인물이 돌연 끼어든 거다. 여기까지 사실과 다른 점이 있느냐?"

고유키는 살며시 고개를 저었다.

"아니, 됐다. 네 살인죄에 대해서는 더 묻지 않겠다. 네 사건은 보기보다 아주 간단하니까. 그보다도 내가 묻고 싶은 건 네가 아는 또 다른 범인이다. 그러니까 미술관 불상을 훔쳐 간 놈 말이다. 너는 분명 그자를 봤을 거다. 그렇지?"

나미코시 경부나 경찰서장은 아케치 고고로가 말할 때마다 경악을 금치 못하며 한 마디 한 마디 빨아들이듯 귀를 기울였다.

아케치도 그런 식으로 관계자들에게 하나하나 사건의 진상을 알릴 심산이었다.

고유키가 고개를 끄덕이는 걸 확인하고 아케치가 말을 이어갔다.

"내가 왜 그런 의문을 품었을까? 그건 네가 보란 듯이 너무 잘 도망쳤기 때문이지. 너 혼자 계획했다면 그런 순서로, 게다가 그런 훌륭한 기예를 부리며 도망칠 수 없었을 거다. 누군가 네게 지략을 빌려준 놈이 있었겠지. 그런데 왜 그놈이 그런 지략을 짜내 너를 도망치게 해주었을까. 이유는 간단하다. 네가 그자의 악행을 봤기 때문이겠지. 그자는 네가 재판을 받으면 자신의 악행이 드러나는 게 극도로 두려웠던 거야. 내 말이 틀린가? 그러니 또 다른 범인이 누군지 어떻게 미술관에 잠입했는지 네가 본 그대로 말해봐라."

고유키는 잠자코 있었다. 생각을 정리하는 걸까. 아니면 말할 힘조차 없는 걸까.

바로 그때, 선미에 웅크리고 있던 어부가 돌연 요란스럽게 소리쳤다.

"뭐야, 이상한 것이 떠내려왔다."

놀란 사람들이 벌떡 일어나 뱃전을 보니 지갑 같은 것이 떠내려왔다. 한 형사가 손을 뻗어 끄집어 올렸는데 물에 빠진 지 얼마 안 된 남자 가죽 지갑이었다. 고유키의 소지품도 아닌 남자 지갑(게다가 안에는 상당한 금액이 들어 있었다)이 왜 이런 곳에 떠 있을까 의아했지만 그런 걸 따질 계제가 아니었다.

아케치는 다시 고유키 옆에 웅크리고 앉아 서둘러 질문했다.

"고유키, 어떤 변명이라도 좋으니 내 물음에 대답을 해봐라. 불편하게 이런 배 위에서 심문하는 건 또 다른 범인의 정체를 한시라도 빨리 밝혀야 하기 때문이다. 육지에 돌아간 후에는 무슨 훼방이 있을지 모르니까. 네게 일러준 지략만 봐도 범인의 실력을 짐작할 수 있다. 머리가 상당히 비상하더구나. 부탁이다. 네 죗값이라 생각하고 한마디만 해라. 네 한 마디로 역사상 전례 없는 엄청난 범죄를 미연에 방지할 수 있으니까. 부탁이니 고유키, …… 아니, 이게 어떻게 된 거야. 정신 차려라."

아케치가 깜짝 놀라 고유키의 어깨를 흔들었으나 고유키는 이미 시체로 변해 생명 없는 고무 인형처럼 아무 반응도 하지 않았다.

이렇게 급작스럽게 죽다니 너무 의심스러웠다.

"어찌 된 걸까. 꽤 안정된 상태였는데 뭔가 이상하군."

나미코시 경부가 의심스럽다는 반응을 보였다.

사람들은 기습을 당한 것처럼 막연한 불안감을 느끼며 말없이 시체를 바라봤다.

"피다. 이런, 피가 흐른다."

누군가 외쳤다.

축 늘어진 고유키의 등에서 새빨간 액체가 흘러나와 바닥을 적셨다.

아케치는 한 형사의 도움을 받아 시체를 일으켰다.

"누군가 고유키를 죽였다."

몇몇이 동시에 외쳤다.

말도 안 되는 일이 일어났다. 고유키가 살해당했다. 등에 칼자루가 들어가 있는 걸 보면 잭나이프가 심장까지 관통한 듯했다. 상처에서 나온 피가 젖은 옷을 타고 줄줄 흘러내렸다.

물속에서 건져 올렸을 때는 잭나이프에 찔리지 않은 상태였다. 배 안에 눕힌 후 불과 몇 분 만에 마술사처럼 쥐도 새도 모르게 사람을 죽이고 도주한 것이다.

하지만 배에 탄 사람들은 모두 신원이 확실했다. 경찰 네 명, 아케치 고고로, 그리고 배 주인인 어부. 그들 중 누가 무슨 연유로 어느 틈에 고유키를 죽였단 말인가.

그들 외에는 아무도 물 위에 얼씬하지 않았다. 그럴 리 없어 보여도 살인자는 틀림없이 여섯 명 중에 있다.

그렇다면 혹시…….

어떤 놀라운 진상이 그들의 머릿속에 서서히 떠올랐다.

무시무시한 물의 함정

정말 희한한 일이었다. 배 위에는 경찰과 아케치 고고로, 배 주인인 어부밖에 없었다. 장소는 육지에서 벗어난 호수 한가운데였다. 정말 말도 안 되는 일이 일어난 것이다.

사람들은 어안이 벙벙해졌다. 믿기 힘든 생각이 들끓기 시작했다. 어쩌면 혹시……. 괴이한 생각에 그들은 전율했다.

갑자기 수면에 울리는 시끄러운 엔진소리와 함께 아케치의 고함이 들렸다. 깜짝 놀라 뒤돌아보니 눈앞에는 기상천외한 광경이 펼쳐졌다. 지금까지 뒤에 매달려 있던 모터보트가 배에서 분리되어 엄청난 속도로 달리고 있다. 게다가 언제 옮겨 탔는지 이 배의 주인인 어부가 모터보트를 조종하고 있는 것 아닌가.

"제기랄, 저자군. 저자가 죽였어."

보기 좋게 당했다. 아케치 고고로는 분노에 찬 얼굴로 엔진부로 달려가 배를 조종했다. 다시 시작된 호수 위의 추격전.

"저자는 놈의 부하였군. 고유키에게 지략을 알려준 것도 저자다. 그래도 안심할 수 없어 어부의 배를 손에 넣어 어부 시늉을 한 거지. 같은 편인 척 지켜보다가 고유키가 우리에게 발견되어 뭔가 말할 것 같으니 참지 못하고 칼로 찔러 죽인 거고."

운전하던 아케치가 나미코시 경부에게 고함치며 말했다.

"언제 그럴 새가 있었다고……."

"자네는 몰랐나?"

아케치는 분통을 터뜨리며 말했다.

"아까 그 지갑이 속임수인 거지. 지갑이 떠내려왔다고 알려준 건 어부였어. 물론 자기 지갑을 던져 우리의 주의를 돌려놓고 재빨리 흉측한 범행을 저지른 거지."

듣고 보니 지갑의 내용물을 살펴보느라 모두 뱃전에 모였을 때 잠시 고유키를 혼자 놔둔 적이 있었다. 그때 아무도 모르게 그녀를 찌른 것이다.

그들이 분노하는 동안에도 배는 속도를 높여 범인의 모터보트를 쫓았다.

"문제없어, 속도는 이 배가 더 빠르니까. 이제 범인을 체포하는 건 시간문제다."

경찰서장도 득의양양하게 아까 어부와 같은 말을 했다.

이런, 이상하다. 범인은 분명 이 배가 더 빠르다는 걸 알고 있다. 그런데 왜 뻔히 따라잡힐 걸 알면서 저렇게 도망치는 걸까. 그런 걸 잘못 계산할 놈이 아니다. 방심은 금물이다. 아케치는 문득 그런 생각이 들었다.

그는 키를 잡은 채 배 안을 둘러봤다. 어쩐지 불안이 엄습했기 때문이다.

그런데 이게 어찌 된 일인가. 배 바닥에 두 치 정도 물이 차서 찰랑거리는 소리가 들렸다. 다들 너무 흥분해 발밑이 침수된 걸 알아차리지 못한 것이다.

"누군가 바닥을 좀 살펴봐 주십시오. 어디서 물이 들어오는지."

아케치의 말을 듣고야 겨우 상황이 파악된 사람들은 허둥지둥 물속을 더듬으며 밑바닥을 살폈다.

"이거 어쩌죠. 큰 구멍이 나 있습니다. 뭔가 막을 것 없을까요?"

배 밑바닥에서 구멍을 발견한 형사가 사색이 된 얼굴로 외쳤다.

말하는 동안에도 물은 시시각각 불어났다. 이미 신발이 잠겼고 바짓자락도 젖기 시작했다.

"여기 있어요. 이걸로 막으십시오."

아케치가 재빨리 하오리[19]를 벗어 던졌다.

형사는 그걸 뭉쳐 침수된 곳을 막으려 안간힘 썼다. 하지만 이미 때는 늦었다. 그런 걸로는 여섯 사람의 무게가 주는 압력만큼 배 안으로 밀려 들어오는 물을 막을 수 없었다.

허둥거리는 동안 어느덧 중간까지 물이 차올라 배가 점차 가라앉았다. 엔진이 움직이긴 했지만 배가 침수되어 속도는 반으로 줄었다.

장소는 깊이를 가늠할 수 없는 호수 한복판이었다. 수영할 줄 아는 사람이나 못 하는 사람이나 사색이 되어 마구 비명을 질렀다.

"제기랄, 저자가 파놓은 함정이다. 바보 같으니라고. 왜 이렇게 모자란 짓을 했을까."

아케치는 부스스한 머리카락을 움켜쥐고 분노를 삭였다.

그러는 사이 범인의 드높은 웃음소리가 멀리서 들려왔다. 추격하는 배를 호수 한복판으로 유인해놓고 갑자기 방향을 바꿔 동쪽 호숫가로 쏜살같이 달려간 것이다. 그자는 손을 높이 들고 자못 유쾌하다는 듯이 껄껄 웃었다. 배 밑에 미리 구멍을 내놓고 도망갈 때 마개를 뺀 것이다.

범인이 비웃어도 뒤쫓던 사람들은 분개할 여유가 없었다. 배는 이미 완전히 가라앉고 말았다.

....

19_ 羽織. 기모노 위에 입는 짧은 길이의 서양식 겉옷.

위엄 있게 금색 견장을 번쩍이던 경찰서장이나, 귀신이라 칭송받는 나미코시 경부나, 명탐정 아케치 고고로나 이런 꼴을 당하니 비참했다. 그들은 침몰해가는 뱃전을 붙들고 머리만 물 위에 내놓은 채 가까스로 떠서 불쌍하게 호흡을 이어가느라 정신이 없었다.

하지만 그 상태로 오래 버틸 수는 없었다. 수영을 잘하는 아케치는 몰라도 나머지 사람들은 피로 때문에 앞으로 얼마나 견딜지 몰라 불안한 상태였다.

명탐정의 복통

나중에 생각해보니 정말 우스꽝스럽기 짝이 없는 광경이었다. 하지만 그때는 생사가 걸린 문제였다. 경찰들까지 죽기 살기로 뱃전에 매달려 멀리 떨어진 호숫가를 원망스레 바라보며 온 힘을 다해 구해달라고 외쳤다.

"오, 배다. 우리를 구조해줄 배다."

누군가의 외침에 뒤를 돌아보니 후작의 저택 쪽에서 커다란 엔진소리와 함께 작은 배 한 척이 다가왔다.

배가 점차 가까워지자 안에 탄 사람들이 보였다. 육지에 남아 있던 경찰들이다. 다른 어선을 찾아내 범인을 추격하기 위해 후발대를 편성해 지원하러 온 것이다.

잠시 등골이 오싹했지만 모두 별일 없이 구조되었다. 고유키의 시체가 떠내려갈 짬도 없었다.

범인의 동정을 살펴보니 소란한 틈을 타 모터보트를 동쪽 호숫가에 버리고 뭍으로 올라가 있었다. 그곳을 향해 경찰들이 돌진했다. 아케치를 비롯해 어선에 탔던 경찰들은 물에 빠진 생쥐 몰골이었지만 아랑곳하지 않았다. 숨 한번 크게 내쉴 새도 없이 추격에 추격을 거듭했다. 이중삼중 쌓인 원한 때문에 범인을 체포하지 않고는 체면이 서지 않았기 때문이다.

눈 깜짝할 새에 호숫가에 도착하자 그들은 앞다투어 배에서 내렸다.

"뭐야, 종이에 뭘 써놓았잖아. 우리 읽으라고 남겨놓고 갔나보군."

나미코시 경부가 종이를 발견했다. 모터보트 안에는 종이쪽지가 한 장 있었다. 한 형사가 보트에 올라가 그걸 주워왔다. 적이 남긴 편지가 분명했다.

고유키를 죽인 자는 다른 사람이 아니다. 아케치 고고로 너다. 나는 털끝만큼도 죽일 생각이 없었다. 무엇보다 우리 두목은 피 보는 걸 가장 싫어한다. 고유키를 도망시키기 위해 그토록 고심한 걸 보면 살의가 없었다는 걸 잘 알 거다. 네놈이 쓸데없는 참견을 하는 바람에 결국 그런 참혹한 방법을 쓸 수밖에 없었다. 즉각 손을 떼라. 그러지 않으면 더 이상은 참지 않을 것이다. 다음에는 네놈 차례다.

종이에 그런 내용을 연필로 갈겨 써놓았다.

옷이 젖은 사람들은 뭍에 있던 사람들에게 상의를 빌려 입었다. 임시방편이라 모양은 좀 빠졌다.

아케치는 범인의 편지를 고이 접어 상의 주머니에 넣었다. 한쪽은 산이고, 또 한쪽은 호수를 따라 구불구불 나 있는 좁은 길이었다. 오른쪽 길로 산 넘어 2리 정도만 가면 아시오足尾가 나오고, 왼쪽 길로 가면 근처의 C마을 료칸 거리를 지나 닛코日光로 빠진다. 둘 중 하나다. 달리 도망갈 길은 없었다.

범인이 어느 쪽 길로 갔을지 갈피를 잡지 못하고 헤매는데 왼쪽에서 한 촌부가 걸어왔다. 벌목꾼 아낙처럼 보이는 40대 여자다.

"거기 잠깐. 방금 그길로 어부처럼 보이는 남자가 지나가지 않았나? 오다가 그와 마주치지 않았냐고."

나미코시 경부가 묻자 여자가 대답했다.

"지나갔습죠. 저와 부딪쳤는데 미안하다는 말도 하지 않고 급히 걸어가더군요. 이 근방에서는 못 보던 얼굴이었습죠."

"그자다. 언제쯤이었나. 어디서 부딪쳤지?"

"방금 저기서요. 그 산모퉁이에서 부딪쳤으니까 아직 멀리 가지는 못했을 거예요."

"그렇군. 제군들, 뛰어가서 잡아라. 길은 하나뿐이다. 앞으로 쭉 가면 번화가가 나온다. 놓치면 안 돼."

빌린 양복 상의에 속바지만 입은 나미코시 경부가 용맹스럽게 외쳤다. 그는 말단 순경부터 지금의 자리에 이른 사람이라 과거

에도 기술자나 막노동꾼 같은 차림으로 범인을 체포한 적이 있었다. 일을 위해서라면 어떤 우스운 차림이라도 상관없었다.

세 형사와 아케치는 용감하게 추적에 가담했다. 경찰서장을 비롯해 나머지 사람들은 뱃길로 돌아 C에 가기로 했다.

산모퉁이를 도니 앞이 확 트인 길이 2~3정가량 펼쳐져 있었다. 하지만 범인의 모습은 보이지 않았다. 다섯 명이 숨을 헐떡이며 달려갔지만 코흘리개 아이만 제방 밑에서 놀고 있었다. 혹시 몰라 범인의 외모를 설명해주고 물으니 그 아저씨라면 아까 지나갔다는 대답만 돌아왔다.

산모퉁이를 몇 번 돌고 또 2~3정을 달려갔다. 아, 저기 있다. 어부 같아 보이는 남자가 앞쪽에 급히 걸어가고 있다. 줄무늬 옷, 체형, 얼굴을 가린 수건까지 아까 그자가 틀림없었다.

"상대가 알아채면 귀찮아진다. C까지 가려면 중간에 빠질 길이 없으니 서두를 필요 없다. 숨어서 뒤를 쫓자."

나미코시 경부는 서두르는 형사들에게 목소리를 낮춰 지시했다.

"나는 배가 아파 도저히 못 걷겠어. 미안하지만 뒷일을 부탁하겠네."

아케치가 갑자기 엉뚱한 말을 했다.

"난처하게 되었군. 괜찮을까. 배 있는 곳까지는 걸을 수 있겠나?"

"그 정도는 괜찮아. 거기에는 그자가 타고 갔던 모터보트가 남겨져 있을 테니까. 자네들은 C까지 미행하게, 나는 그걸 타고 후작의 저택에 돌아가기로 하지."

"그러겠나? 그럼 조심하게. 좋은 소식을 가져갈 테니. 반드시 범인을 체포하겠네."

일행은 아케치를 남겨두고 전진했다.

그 후의 일들을 상세히 서술하기는 너무 지루하다. 나미코시 경부의 지휘 아래 형사들이 C 자동차 차고지에서 범인을 따라잡았다. 이제 체포한 것이나 다름없었다.

범인은 어두운 차고지 구석에 웅크리고 앉아 지나가는 사람들에게 얼굴을 보이지 않으려 코끝이 무릎에 닿을 만큼 고개를 푹 숙이고 있었다.

나미코시 경부와 형사들은 그쪽으로 우르르 달려갔다. 맨 앞에 있던 나미코시 경부는 범인과 1~2척 거리에서 얼굴을 마주쳤다. 다가오는 발소리에 놀랐는지 그자가 얼굴을 들었다.

"저기요, 뭐 좀 여쭙겠습니다. 여기서 기다리면 닛코행 승합차가 오나요?"

범인이 틀림없다고 생각했는데 이상하다. 그 남자가 어눌한 말투로 경부에게 질문을 했다.

다른 사람이다. 옷은 같았지만 얼굴이 전혀 달랐다. 영락없는 시골뜨기였다.

뒤쫓던 사람들은 놀라 입을 다물 수 없었다.

하지만 다시 봐도, 옷이며 얼굴을 가린 수건이며 모두 범인과 같았다.

그에게 물어보니 이게 웬일인가. 배에서 내린 범인이 자신을 우거진 숲속으로 데려가더니 복대에 있던 금시계를 꺼내 적당한 구실을 대며 사례한 후 그와 옷을 바꿔 입고 반대 방향으로 가버렸다는 것이다.

"나쁜 의도는 없었으니 제발 봐주세요. 문제가 있다면 이 금시계는 돌려드립죠."

경찰이라는 걸 알자 새파랗게 질린 시골뜨기는 머리를 조아리며 사과했다.

이제 알았다. 아케치 고고로는 이 꼴이 보기 싫어 배가 아프다고 한 것이다. 그는 이런 속 쓰린 일이 생길 줄 알았나 보다.

"자네 너무 약은 거 아냐. 알면서 왜 안 가르쳐준 거야."

나중에 경부가 투덜대자 아케치가 웃으며 말했다.

"확신할 수는 없었거든. 만약 가짜가 아니라면 큰일이잖아. 나는 다만 그자의 뒷모습이 좀 마음에 걸리더군. 만약 체포해야 하는 상황이라도 내가 별 보탬이 되는 것도 아니니까."

그들은 즉시 범인이 도망친 쪽의 경찰서에 전보를 쳐서 체포해 달라고 의뢰했지만, 시간이 지나도 어디로 도망쳤는지 보고받지 못했다.

황금가면의 사랑

C호수에서의 추격전은 아무 소득 없이 끝났다. 후작의 딸 요시코의 살인범이 누구인지는 밝힐 수 있었지만, 살인범 고유

키마저 그자 때문에 덧없는 최후를 맞이했다.

두 미인의 참사. 국보에 비견할 만한 고미술품의 도난. 명탐정 아케치 고고로의 수완으로도 괴물 같은 황금가면의 정체는 고사하고 부하의 범행조차 알아내지 못했다.

이 같은 사회 사건을 신문들이 놓치지 않고 대서특필하는 건 당연했다. 도쿄뿐 아니라 전국의 남녀노소가 전대미문의 괴도 이야기에 전율했다.

그로부터 열흘가량은 별일 없이 지나갔다. 그러나 그동안 소문은 소문을 낳았고, 겁먹은 사람들이 마른 억새풀을 요괴로 착각하는 경우도 빈번했다.

어두운 고물상에서 도금이 군데군데 벗겨진 불상들 사이로 금색의 여래상을 본 누군가가 혹시 저게 황금가면 아니냐고 물으면 또 다른 이가 틀림없다고 맞장구쳐 소문이 일파만파 퍼지기도 했다.

우에노의 황실 박물관에서 장내 청소부가 기절하는 소동도 있었다. 폐관 시간이 가까워진 해 질 녘, 한 청소부가 불상이 늘어선 진열실을 청소하던 중 등신대의 황금불상이 자신을 향해 비틀비틀 걸어오는 환영을 보고 황금가면일 거라 착각해 비명을 지르다가 졸도했다는 것이다.

여하튼 진짜 황금가면의 세 번째 범행 계획이 알려진 때는 4월 말쯤이었다.

구름이 잔뜩 끼고 찌는 듯이 더워 이상하게 몸이 짓눌리는 저녁이었다. 아케치가 세 들어 사는 오차노미즈お茶の水의 개화 아파트에 수상한 손님이 찾아왔다.

우리의 주인공 아케치 고고로의 새 주거지 이야기는 처음인 듯하니 설명을 좀 덧붙이겠다. 그는 '거미남' 사건을 해결하자마자 비경제적인 호텔 생활을 그만두고 개화 아파트로 이사했다. 독신자이기에 따로 집을 마련하는 것보다는 그편이 홀가분하고 편했다. 셋집은 2층의 방 두 개짜리 집이었는데, 7평짜리 넓은 방은 응접실 겸 서재로, 작은 방은 침실로 썼다.

황금가면이 잠잠해지자 아케치는 다소 따분했다. 그날도 응접실의 테이블 겸용 대형 책상에서 턱을 괴고 담배를 피우는데, 갑자기 노크 소리가 들려 나가보니 처음 보는 노인이 와 있었다.

돋보기에 희끗희끗한 콧수염, 문장이 새겨진 하오리와 하카마를 단정하게 차려입은 모습이 예스러웠다.

노인은 인사를 하고 소개장과 함께 공손히 명함을 꺼냈다.

명함에는 '오토리 기사부로大鳥喜三郎'라고 적혀 있었다. 유명한 대부호의 이름이다. 설마 이 노인이 오토리 씨는 아닐 거라 생각하며 물끄러미 쳐다보는데 노인이 격식을 차려 인사했다.

"저는 오토리 가문의 집사 오가타尾形라고 하옵니다."

재계에 있는 친구가 자필로 써준 소개장에는 여러모로 잘 부탁한다는 요지만 적혀 있었다.

한참을 이야기했지만 노인의 말은 모두 각설에 불과할 뿐 결국 '황금가면'과 관련된 사건을 부탁하러 온 것이었다.

황금가면이라는 말을 듣자, 약간 성가신 기색이던 아케치의 얼굴에 갑자기 긴장감이 돌았다.

"자세히 이야기해주십시오. 우선, 경찰을 놔두고 왜 제게 의뢰하시는지요. 뭔가 특별한 이유라도 있으십니까."

"있습니다. 오토리 가문으로 말할 것 같으면, 외부로 소문이 도는 걸 극도로 꺼립니다. 사실은 말이죠, 이걸 어찌 설명해야 할지, 참 말하기 어려운 사건입니다만."

노인은 테이블을 가운데 두고 아케치와 마주 앉았다.

사건은 재미있을 듯했다. 하지만 문득 이상한 의문이 솟구쳤다. 위험하다. 오토리 가문의 집사란 건 새빨간 거짓말이고 만약 이 노인이 황금가면의 첩자라면? 얼마 전 범인이 모터보트 안에 남긴 편지에 '다음은 네 차례다'라는 말이 적혀 있었다. 아케치는 범인에게 매우 성가신 존재였다. 소개장 위조는 식은 죽 먹기다. 위해를 가하지는 않더라도 그를 잘 구슬려 이 사건에 관여하지 못하도록 발을 묶어놓을 계략일지 모른다.

생각이 거기까지 미친 아케치는 느닷없이 연필을 들더니 테이블에 있던 편지지에 노인도 확실히 볼 수 있도록 큰 글씨로 시원시원하게 글자 몇 자를 썼다. 그는 글자를 쓰면서 날카로운 눈초리로 노인의 표정을 계속 주시했다.

그가 쓴 건 어떤 이름이었다. 만약 독자 여러분이 그 자리에 같이 있었다면 너무 의외라 화들짝 놀랄 만큼 대단한 인물의 이름이었다.

아케치는 대체 누구의 이름을 쓴 걸까. 이야기가 진행되면 알게 되겠지만, 그 이름은 아케치가 이미 그때 황금가면의 정체를 알고 있었다는 놀라운 사실을 방증한다.

노인은 아케치가 쓴 글자를 똑똑히 봤다. 만약 범인과 한편이었다면 틀림없이 그 이름을 보고 안색이 변했을 것이다. 하지만 그는 그걸 보고도 무덤덤했을 뿐 아니라 오히려 아케치에게 지금 한가하게 장난할 때냐고 책망하는 듯한 표정을 지었다.

"그럼 어떻게 된 일인지 이야기해주십시오. 저는 이미 당신을 충분히 신뢰합니다."

아케치의 질문에 노인은 비로소 요점을 이야기했지만, 그 이야기를 다 옮기면 너무 지루하므로 대략적인 내용만 전하겠다.

오토리 기사부로에게는 아들 말고도 딸이 두 명 있었다. 올해 스물두 살인 큰딸 후지코不二子는 상당한 재원이었다. 그녀의 미모는 타의 추종을 불허할 뿐 아니라, 일본에서 여학교를 졸업한 후에도 2년 정도 외교관인 백부의 감독하에 유럽에서 공부한 만큼 경력도 뛰어나 이른바 사교계의 꽃으로 추앙받았다. 그런 그녀가, 집사의 말을 빌린다면 정말 어처구니없는 소행을 저지른 것이다.

그 일은 지금부터 약 일주일 전 밤에 벌어졌다. 언제나 어머니께 먼저 허락을 받은 후 외출하던 후지코가 웬일인지 행선지도 밝히지 않고 해가 질 때쯤 나가더니 12시가 지나도 돌아오지 않았다. 더군다나 돌아와서 아무에게도 얼굴을 비추지 않고 살금살금 침실로 들어가는 모습이 예사롭지 않았다.

다음날 어머니의 에두른 질문에도 후지코는 물론 확실히 대답하지 않았다고 한다.

그날 이후에도 매일 밤 그런 일이 일어났고 결국 그 사실은 아버지 귀에도 들어갔다. 오토리 씨는 딸을 그대로 보고만 있을 수 없어 처벌을 내리는 대신 이유를 추궁했으나 후지코는 절대 털어놓지 않았기에 최후의 수단으로 집사 오가타에게 미행을 시켰다.

미행 첫날밤, 후지코의 행동은 실로 변화무쌍했다. 자동차에서 급히 내려 복잡한 골목길을 빙빙 돌더니 엉뚱한 장소에서 자동차를 갈아타는 바람에 그녀를 놓치고 말았다. 하지만 다음 날(바로 어젯밤이었다)은 단단히 벼른 보람이 있어 끝까지 미행할 수 있었다.

후지코가 도착한 곳은 교외인 도야마가하라戸山ヶ原였다. 정말 으슥한 변두리에 양옥집 한 채만 달랑 있었는데 그 일대나 건물 분위기가 왠지 모르게 으스스했다. 게다가 언제부터 차에 타고 있었는지 후지코를 뒤따라 내리는 사람이 있었다. 그는 재빨리 양옥집 안으로 모습을 감췄는데 헤드라이트의 어스름한 반사광에 금색 얼굴과 금색 의상이 힐끔 보였다. 그 모습은 소문으로 듣던 황금가면이 틀림없었다.

창이란 창은 모두 밀폐되어 건물 밖으로는 빛이 전혀 새어 나오지 않았다. 노인은 변변히 엿볼 틈도 없었지만 흘깃 본 괴물의 모습에 간이 철렁 내려앉는 통에 도망치듯 집으로 돌아와서 허둥지둥 자초지종을 보고했다.

이 일을 어쩌면 좋은가. 아무리 마가 끼었다 해도 오토리 가문의 귀한 딸이 수상한 황금가면과 밀회를 할 줄이야.

그걸로 끝났으면 다행이련만 더 큰일이 벌어졌다. 어느 날 오토리 씨가 용무가 있어 창고에 들어가 보니 분명히 며칠 전까지 있던 가보 '무라시키부 일기 에마키'를 넣어둔 상자가 보이지 않았다. 게다가 2~3일 전쯤 후지코가 용건도 없이 창고에 들어가는 모습을 본 사람도 있었다. 여러 사람을 문초했으나 후지코 외에는 수상한 사람이 없었다. 상대는 미술품에 유난히 집착하는 황금가면이다. 그가 후지코를 꼬드겨 훔쳐 갔다고 생각할 수밖에 없었다.

아무리 황금가면의 체포가 목적이라 해도 오토리 씨는 사랑하는 딸에게 악명을 씌우고 싶지 않았다. 하지만 그대로 방치할 수는 없는 문제였다. 그는 고심 끝에 지인의 조언대로 아마추어 탐정으로 유명한 아케치 고고로를 찾아가 은밀히 지혜를 빌리기로 결정했다.

괴도의 출현

"그럼 아무리 물어봐도 아가씨는 전혀 말씀을 안 하시는 겁니까?"

"그렇습니다. 평소에는 정말 상냥한 분이셨는데 무슨 일인지 이번만큼은 다른 사람처럼 고집을 부려 주인어른께서도 곤혹스러워하십니다."

"사랑 때문이군요. 사랑의 힘인 거죠. 잘 알겠습니다. 그자의 최근 동정을 알게 되어 다행이군요. 그런데 아가씨에 대해서 말이 나오지 않게끔 황금가면만 처치하고 에마키를 회수해야 한다는 거네요. 꽤 어려운 일이지만 맡기로 하죠. 어떻게든 해봅시다."

아케치가 듬직하게 말하자 오가타 노인은 안도하는 기색을 보였다.

"걱정했는데 흔쾌히 승낙해주셔서 주인어른께서도 기뻐하시겠네요. 저도 한시름 놓았습니다.…… 아, 이제 생각났는데요. 실은 아까 이곳으로 오는데 누군지는 모르겠지만 현관에서 이 편지를 당신에게 전해달라고 부탁하더군요. 깜빡 잊고 있었습니다."

노인은 작은 봉투를 품에서 꺼내 책상 위에 올려놓았다.

"이상하군요. 그 사람은 집사님이 우리 집에 오시는 걸 어떻게 알았죠?"

"저도 미심쩍더군요. 저를 보더니 불쑥 아케치 씨 댁으로 가냐고 묻고는 실례지만 가는 김에 이걸 전해달라며 다짜고짜 편지를 건네는 겁니다."

"어떤 사람이었습니까?"

"음, 양복 차림의 회사원처럼 보이는, 서른대여섯쯤 되는 남자였습니다."

"전혀 짐작이 가지 않네요. 이상한 일이군요. 어쨌든 편지를 읽어보죠."

아케치는 봉투를 뜯고 안에서 편지지를 꺼내 펼쳐봤다. 거기에는 간략하지만 섬뜩한 문구가 쓰여 있었다.

아케치 군

오토리 아가씨 문제라면 끼어들어봤자 아무 소용없다. 아니, 오토리 아가씨 문제뿐 아니라 이른바 황금가면 사건에서 손을 떼는 게 좋을 거다. 내가 명령한다. 받아들이지 않으면 죽이겠다. 나는 쓸데없이 사람 목숨을 앗아가는 걸 좋아하지 않는다. 하지만 경우에 따라서 내 자비심도 예외가 있다는 걸 명심해라.

당신이 황금가면이라 일컫는 자로부터

왜 이리 기민하고 방약무인한가. 황금가면은 얄궂게도 오토리 아가씨 문제를 의뢰하러 온 사람을 통해 이 편지를 전달했다. 오가타 노인은 사건의 의뢰인이면서 동시에 그 의뢰를 거절하라고 명령하는 편지의 메신저인 셈이다.

"어떤가요, 오가타 씨. 황금가면이란 자는 이런 괴물입니다."

노인은 너무 놀라 할 말을 잃은 채 신음소리를 낼 뿐이다.

"하지만 내가 이 협박장을 두려워한다고 생각 마십시오. 탐정이라면 이런 쪽지에 익숙하죠. 별것 아닙니다."

"하지만 이런 상황이라면 탐정님의 목숨이……."

노인이 더듬거리며 말했다.

"하하, 아닙니다. 그럴 걱정은 없습니다. 잠깐 기다리십시오. 보여드릴 게 있으니까요."

말하기 무섭게 아케치가 문을 열고 복도로 나갔다.

그리고 어디로 갔는지 한참 동안 돌아오지 않았다. 노인은 보지 않으려 했지만 책상 위의 협박장으로 자꾸 눈길이 갔다. 보면 볼수록 행간에서 오싹함이 배어 나왔다. 아무리 나이를 먹어도 이런 상황에서는 신경이 과민해질 수밖에 없다.

그 증거로 옆방 침실에서 달그락거리는 소리도 놓치지 않았다. 혹시 저 문 건너편에 황금가면이 숨어 있는 것 아닐까. 겁쟁이처럼 그런 망상이 떠올랐다.

아니, 망상이 아닌 듯했다. 그는 사람들이 들락날락하는 현관에 있었다. 그런 자가 자신을 노리는 명탐정의 집에 잠입하지 않았다고 어떻게 단언할 수 있겠는가. 그러고 보니 침실에서 인기척이 느껴졌다. 확실한가 보다. 저곳에 그자가 있다. 그렇게 생각하니 갑자기 도망치고 싶었다.

자연스레 오가타 노인의 시선은 침실과의 경계인 문에 고정되었다. 그런데 문득 정신을 차리고 보니 그 문이 조금씩 열리는 것 아닌가. 망상이 그대로 현실에 나타난 것이다. 그는 비명이 나오려는 걸 가까스로 참았다.

한 치 두 치 문틈이 벌어지더니 가차 없이 문이 열렸다. 그 틈으로 눈을 찌를 듯이 번쩍이는 금색 물체가 보였다. 역시 황금가면이다. 그자가 숨어 있다.

노인은 자기도 모르게 의자에서 벌떡 일어나 복도 쪽으로 달려 나갔다. 그러자 눈앞에서 문이 활짝 열리더니 괴물이 전신을 드러냈다. 초승달 모양의 입술로 섬뜩하게 웃는 황금가면. 몸에는 흐느적거리는 금색 망토.

노인은 허리 근육이 무감각해져 걸을 수도 없었다.

"으하하하……."

황금가면은 귀까지 찢어진 입으로 기분 나쁘게 웃었다.

"으하하하……. 어떤가요, 오가타 씨. 이걸 보신 거죠?"

"아니, 뭐 하시는 겁니까?"

노인은 아직 사태가 파악되지 않았다.

"놀라게 해서 죄송합니다. 접니다, 아케치요."

이게 무슨 일인가. 가면을 벗는데 괴물이 아니라 아케치가 빙글빙글 웃고 있다.

"그러니까, 저도 이만큼 준비가 되어 있다는 걸 보여드린 겁니다. 괴물이라면 저도 생각해둔 책략이 있거든요. 언젠가 이 황금가면을 직접 써야 할 일이 생길 것 같군요."

아케치의 설명을 듣고 오가타는 또다시 경이를 느낄 수밖에 없었다.

이 기묘한 시연이 끝나자 서둘러 외출 준비를 마친 아케치는 집사와 함께 고지마치麹町의 오토리 저택으로 갔다.

사랑의 마력

이야기를 옮겨보자. 오가타 집사가 집을 비운 사이 오토리 저택에서는 무슨 일이 일어났을까.

오토리 씨는 오가타에게 미행을 시켜 후지코의 행선지를

확인한 결과, 딸의 연인이 듣기에도 섬뜩한 황금가면이라는 사실을 알게 되었다. 그래서 아케치 고고로에게 도움을 요청하는 한편, 실수를 반복하지 않기 위해 집의 가장 안쪽에 있는 양실에 후지코를 감금했다.

두 개의 방으로 나뉜 양실 한쪽에 임시 침대를 놓고, 방 안은 유모 오토요お豊가 감시했으며 문밖의 복도는 서생 아오야마青山가 지켰다. 아울러 문 바깥쪽에 자물쇠를 채워놓은 채 잠깐 화장실에 다녀올 때조차 안에서 노크를 하면 서생이 열어주는 식으로 빈틈없이 문단속을 했다.

출입구는 그 문 하나밖에 없었다. 창은 몇 개 있었지만 도둑이 들어오지 못하게 전부 쇠창살로 막아놓았기에 안으로 몰래 들어올 수도 밖으로 빠져나갈 수도 없었다.

때때로 오토리 씨가 와서 딸의 마음을 돌리려고 으르고 달래며 타일렀지만 사랑의 힘은 너무도 컸다. 전혀 다른 사람처럼 변한 후지코는 고집스레 아무 반응도 보이지 않았다.

"아가씨, 제가 이런 애처로운 모습을 보다니 정말이지 악몽을 꾸고 있는 것 같습니다. 이 노인네는 아가씨를 그렇게 기른 기억이 없어요. …… 후지코 아가씨, 이 정도 말씀드렸으면 좀 들으셔야죠."

딱하게도 아가씨를 감시하라는 지시를 받은 오토요는 후지코에게 간청했다.

후지코는 커다란 소파에 몸을 파묻은 채 물끄러미 허공을 바라보며 토라진 것처럼 꼼짝하지 않고 침묵을 지켰다.

그린 것처럼 기다란 눈썹, 긴 속눈썹에 쌍꺼풀진 눈, 오뚝하니 예쁜 코, 봉긋한 볼, 동백꽃잎 같은 입술. 그러나 얼굴은 무서울 정도로 창백했고 탐스러운 단발은 의자 등받이에 파묻혀 무참하게 헝클어져 있다.

"아가씨는 악마에 홀리신 겁니다. 제정신이 아니세요. 정신을 좀 차려보세요. 어떻게 이런 일이 있을 수 있어요."

오토요는 노인네처럼 계속 구시렁댔다.

"이제 그만 됐어. 나 좀 가만히 내버려 둬. 유모가 내 마음을 알 리 없으니까."

이윽고 싸늘한 목소리로 윽박지르듯 후지코가 말했다.

"그럼 역시 아가씨는 그 무시무시한 남자를 단념할 수 없다는 말씀인가요?"

깜짝 놀라 눈빛까지 변한 오토요가 후지코에게 따지고 들었다.

"유모도 그분이 대단한 사람이라는 걸 아는구나."

후지코는 오토요가 놀라 자빠질 만한 말을 태연히 했다.

결국 오토요는 주르륵 눈물을 흘렸다.

"아가씨도, 무슨 말을 하시는 거예요. 어떻게 그런 말을 태연히…… 유모는 이날 이때까지 아가씨가 그런 문란한 분일 거라고는 전혀 생각하지 못했습니다."

충직한 오토요는 체면 불고하고 울며불며 설득했다.

"호호호호호, 유모는 그분을 모르니까."

후지코는 점점 엄청난 말을 입에 올렸다.

"아무리 완고한 유모라도 그분이 누군지 알면 깜짝 놀라 되레 나를 칭찬할 거야. 도둑질은 명백히 나쁘지만 그분은 여느 도둑과는 다르니까. 영웅, …… 그래, 영웅이야. 세상 여자들이 모두 동경하는 멋진 거인이지."

꿈꾸듯 넋이 나간 표정을 짓는 후지코를 바라보며 오토요는 한층 더 흐느껴 울었다.

"이 일을 어쩌나, 이게 대체 말이 되는 소린가요……. 미쳤어요, 아가씨는 제정신이 아닙니다. 음, 어쩌면 잘 된 건지도 모르겠네요. 아가씨의 마음이 변할 때까지 이 노인네는 방에서 한 발자국도 나가지 않을 테니까요."

"호호호호호, 유모도 아버지와 같은 말을 하네."

뜻밖에도 후지코는 개의치 않았다.

"하지만 그래도 소용없어. 아무리 문단속을 하고 철통방어를 해도 그분을 방해할 수 없어. 기다려봐. 이제 곧 나를 데리러 오실 테니까."

"뭐라고요?"

오토요는 새된 소리를 냈다.

"그놈이, 그러니까 그 금색 괴물이 아가씨를 데리러 여기에 온다고요? 아가씨는 제정신으로 그런 말씀을 하시는 거예요? 저 문에는 자물쇠를 채워놓았어요. 그리고 아오야마가 복도에서 지키고 있고요. 아오야마가 유도 2단인 건 아시죠?"

"되도록 엄중히 지키면 좋지. 힘든 상황일수록 그분은 더 훌륭한 솜씨를 보여주실 테니까. 유모, 금색 괴물이라고 했어?

그래, 괴물일지도 모르지. 초인은 언제나 신 아니면 괴물로 오인되는 법이니까. 하지만 대단한 괴물이야. 황금가면! 그 이름을 듣기만 해도 힘이 불끈불끈 솟는 것 같아."

이게 어찌 된 일인가. 오토리 가문의 딸인 후지코가 끝내 정신이 나간 걸까. 유모뿐 아니라 누가 봐도 제정신이 아니었다.

"목이 말라. 유모, 홍차 좀 타줘."

후지코는 사람 속도 모르고 한가하게 그런 주문을 했다.

"그러니까 지금 저를 쫓아내시려는 거죠. 안 됩니다. 소용없어요. 이 방에서 한 발자국도 나가지 않을 겁니다. 홍차라면 시녀를 불러 타오라고 하죠."

유모도 꽤 빈틈없이 행동했다. 기둥의 초인종을 누르자 복도에서 발소리가 나더니 문밖에서 시녀의 목소리가 들렸다.

"홍차 두 잔 타와. 유모도 목마르지?"

"그럼 같이 마시죠."

오토요는 문밖의 시녀에게 후지코의 말을 전했다.

잠시 후 서생 아오야마가 문을 열어주자 시녀가 홍차 잔을 테이블 위에 놓고 나갔다. 문에 다시 자물쇠가 채워진 건 두말할 필요도 없었다.

"유모, 어두워."

후지코가 오토요에게 눈으로 신호를 보냈다.

어느덧 땅거미가 깊어져 방 안에는 벌써 밤이 숨어들었다.

"그만 깜빡했습니다. 죄송합니다."

오토요가 일어나 한쪽 벽의 스위치를 눌렀다. 갑자기 방 안이 밝아졌다.

하지만 오토요가 벽 쪽을 보고 있는 그 짧은 시간에 후지코는 이상한 행동을 했다.

그녀는 품에서 작게 접은 종이를 꺼내더니 풀어서 홍차 잔 하나에 흰 가루를 넣고 얼른 스푼으로 저었다. 오토요는 그걸 전혀 눈치채지 못했다.

오토요가 다시 의자에 앉았을 때는 이미 후지코가 홍차 잔을 입으로 가져간 후였다.

"자, 유모도 마셔."

역시 어린 시절부터 자신의 손에서 큰 아가씨답다고 생각했다. 말로는 옥신각신했어도 친절을 베푸는 후지코를 보자 오토요는 눈시울이 뜨거워져 후지코가 시키는 대로 흰 가루가 든 홍차 잔을 들었다. 목도 꽤 말랐던지라 잔을 깨끗이 비웠다.

오토요는 그 후에도 30분가량을 타일렀다. 더 이상 항변 없이 순순히 듣기만 하던 후지코는 유모가 잠시 말을 끊은 틈에 얼른 말했다.

"나 졸려."

"해가 진 지 얼마 안 되었는데요. 게다가 저녁 식사도 아직 안 하셨잖아요."

오토요의 눈물 어린 얼굴에 웃음기가 살짝 돌았다. "어쩜 저렇게 천진무구할까." 그런 말을 할 것 같은 표정이었다.

"어쩐지 피곤해. 이렇게 감금되어 있으니 잠자는 것 말고는 할 수 있는 것도 없잖아. 배는 하나도 안 고파."

후지코는 응석 부리듯 말하고 침실로 들어갔다. (혹시 몰라 다시 말하는데, 이 침실에는 복도와 통하는 문이 없었고 밖으로 나가는 문은 응접실 쪽의 출입구가 유일했다.)

달칵. 침대 머리맡 쪽의 전등이 켜지니 어스레해졌다. 순식간에 나가주반[20] 한 장만 입은 후지코가 짧은 머리 위에 검은 레이스가 달린 나이트캡을 쓰고 침대에 누웠다.

후지코의 천진한 행동에 어안이 벙벙해진 오토요는 그 모습을 흐뭇하게 바라보다가 어쩔 수 없이 다시 의자로 돌아가 후지코를 충실히 감시했다.

하지만 10~20분도 채 지나기 전에 이상한 일이 벌어졌다. 충직하고 강건한 오토요가 무슨 영문인지 무책임하게 꾸벅꾸벅 조는 것이었다.

아, 왜 그런지 알겠다. 아까 후지코가 홍차에 수면제를 넣은 것이 틀림없다. 그러지 않고는 충직하기로는 타의 추종을 불허하는 오토요가 졸음을 참지 못할 리 없었다.

그런데 후지코는 대체 무엇을 위해 이런 바보 같은 짓을 하는 걸까. 방 안의 오토요가 잠이 들어도 문에는 자물쇠가 채워져 있다. 설령 밖으로 나가도 복도에는 유도 유단자인 아오야마가 지키고 있지 않은가. 그뿐 아니다. 후지코가 이 방을 빠져나가려면 현관이나 부엌문까지 도달하기 전에 무수한 방과 복도를 지나가야 한다. 가는 곳마다 엄중한 관문이 기다리고

20_ 長襦袢. 기모노 속에 입는 일본의 전통 내의.

있기에 유모만 잠든다고 해결될 일이 아니었다.

독자 여러분, 그렇기에 더더욱 안심할 수 없는 것이다. 후지코에게는 황금가면이라는 엄청난 방패가 있다. 그자는 마술사 같은 괴물이다. 무슨 생각을 하는지 알 수 없다. 그는 신기한 트릭을 써서 불가능해 보이는 일을 성공시킬지 모른다. 그런 게 아니라면 후지코가 자신을 구출해줄 거라고 이렇게까지 굳게 믿을 리 없었다.

악마의 요술

그로부터 약 30분 후, 복도에서 성실히 보초를 서던 서생 아오야마는 안에서 노크하는 소리를 들었다.

그는 유모 오토요가 자신을 부르는 줄 알고 문 앞으로 가서 무슨 일인지 물었다.

뜻밖에도 후지코의 목소리가 들렸다.

"아오야마야? 빨리 이 문을 열어. 큰일 났어. 유모가, 유모가."

목소리가 다급한 걸 보니 뭔가 큰일이 생긴 것 같았다. 놀란 아오야마는 생각할 겨를도 없이 허둥지둥 자물쇠를 풀고 문을 열었다.

그런데 안에서 누군가 손잡이를 잡고 있는듯했다. 겨우 2~3치쯤 열리다가 문이 쾅 하고 닫혔다.

그 순간, 아오야마는 얼굴이 창백해지더니 어정쩡하게 방어 태세를 취하며 슬금슬금 뒷걸음질 쳤다.

그는 심상치 않은 모습을 본 것이다.

불과 2~3치 열린 틈새로 금색 물체가 번쩍하는 것이 보였다. 정말 의외였다. 언제 집 안에 잠입했는지 황금가면이 손잡이를 붙들고 있었다.

하지만 자신의 뜻을 쉽사리 꺾지 않는 아오야마가 잘 지키라는 지시를 받은 이상 그냥 도망칠 리 없었다. 그는 얼굴이 창백해질 정도로 이를 악물고 버텼다.

"누구냐. 거기 있는 게 누구냐니까."

그는 1간쯤 떨어진 곳에서 문을 노려보며 유사시에는 자신의 특기인 급소 찌르기를 할 요량으로 주먹을 쥔 채 온 힘을 다해 소리쳤다.

그러나 괴물은 의아하게도 침묵을 지켰다.

후지코는 당연히 황금가면을 반기며 그와 함께 도망치려 하겠지만, 방 안에는 그녀를 감시하는 또 한 사람, 오토요가 있지 않은가. 그런데 이상하다. 오토요가 조용했다. 혹시 괴물에게 무참하게 당했나. 그런 생각을 하니 호걸 아오야마도 기분이 꺼림칙했다.

잠시 후 문이 조금씩 열렸다.

좁은 문틈에서 금실처럼 번쩍이는 기다란 것은 분명 황금가면의 의상이 틀림없다.

문이 좀 더 열리자 금실은 점차 굵어지면서 황금 기둥이 되었다.

위쪽으로 그 유명한 황금가면이 보였다. 가느다란 눈과 초승달 모양의 섬뜩한 입술이 소름 끼치게 웃고 있었다.

아오야마는 도망치고 싶은 걸 가까스로 참으며 소리쳤다.

"개자식."

그는 무턱대고 괴물을 향해 돌진했다.

하지만 그런 어설픈 공격에 놀랄 황금가면이 아니었다. 황금가면은 말없이 천천히 권총을 내밀었다.

"흐억."

아오야마는 두려웠다.

괴물은 그 기회를 놓치지 않았다. 문을 열어젖히더니 맹렬히 복도로 뛰쳐나와 번개처럼 빠른 속도로 아오야마 옆을 지나쳐 현관으로 달려갔다.

"누구 좀 와주세요. 그놈입니다, 그놈."

아오야마는 괴물을 뒤쫓으며 온 집안이 떠나가게 소리쳤다.

주인 오토리 씨를 비롯해 서생과 하인들이 모두 방에서 우르르 나왔다. 하지만 한 손에 권총을 들고 날아가듯 달리는 금색 괴물의 모습이 너무도 섬뜩해 아무도 그를 막지 못했다. 결국 그는 무인지경無人之境을 달리듯 문밖으로 사라졌다.

그에 질세라 아오야마는 홀로 괴물을 쫓아 현관으로 달려갔다. 하지만 그가 도착하기도 전에 엔진소리가 울려 퍼졌다. 괴물이 미리 자동차를 준비해둔 것이다.

아오야마는 그를 뒤따라가려고 운전기사를 호출했지만, 자동차가 준비되었을 때는 이미 괴물의 자동차가 멀리멀리 가버린 뒤였다.

황금가면은 후지코 유괴의 목적은 달성하지 못하고 혼자 도망쳤다. 후지코는 안전했다. 오토리 씨는 범인을 쫓는 건 둘째고 먼저 딸의 안위부터 확인해야 했다.

그는 방금 황금가면이 도망친 방으로 허둥지둥 달려갔다.

그런데 이게 어찌 된 일인가. 후지코를 감시하고 있어야 할 오토요가 의자에 기대어 한가로이 자고 있었다.

“이봐, 할멈, 할멈. 어떻게 된 건가?”

오토리 씨가 흔들어 깨우자 겨우 정신을 차린 오토요는 두리번 두리번 주위를 둘러봤다.

“후지코는? 후지코는 무사한가?”

“네? 아가씨가 왜요?”

유모는 잠이 덜 깬 목소리로 대답했다.

“아가씨는 옆방에서 쉬고 계십니다. 보세요, 저렇게 편안히 주무시잖아요.”

오토요가 가리키는 곳을 보니 활짝 열린 문 맞은편 침대에서 후지코가 자고 있다. 후지코는 별일 없구나. 오토리 씨는 마음이 놓였다.

“제가 졸고 있었나요?”

오토요는 이제야 정신이 드는지 새된 소리로 물었다.

“그렇다네. 자네답지 않게 왜 그랬나. 황금가면이 이 방에 잠입한 것도 몰랐나?”

“무슨 말씀인지요, 그 괴물이 이 방에 왔다니 그게 정말인가요?"

오토요는 믿기지 않는 모양이었다. 오토요뿐 아니라 누가 그런 이상한 말을 믿겠는가. 창은 모두 안에서 잠겨 있고, 밖은 튼튼한 쇠창살로 막혀 있다. 자세히 봐도 창에는 이상이 없었다. 게다가 단 하나 있는 출입문에는 자물쇠가 채워져 있을 뿐 아니라 아오야마도 지키고 있었다. 그는 오토요처럼 수면제를 마시지도 않았다. 그런데 그 괴물은 어떻게 철저히 밀폐된 방에 잠입했을까. 동화 속 악마처럼 갑자기 방 안에서 솟아오른 것도 아닐 테고 이 무슨 섬뜩한 악마의 요술인가.

오토리 씨와 오토요가 여우에 홀린 듯한 표정으로 멍하게 서 있는데, 때마침 오가타가 허둥지둥 뛰어 들어왔다.

"한발 늦었네요. 다행히 아케치 선생이 쾌히 승낙해주셨습니다. 함께 오느라 좀 늦었습니다. 정말 유감스러운 일입니다. 하지만 아가씨는 별고 없으신 듯한데요."

"어지간히 피곤했는지 후지코는 저렇게 잘 자고 있네."

오가타는 복도에서 기다리던 아케치를 방 안으로 들어오게 하고는 오토리 씨에게 소개했다. 인사를 마친 오토리 씨는 아케치에게 오늘 밤 일을 자세히 이야기했다. 아케치는 범인 추적을 포기하고 돌아온 서생 아오야마에게 미심쩍은 것을 두세 가지 질문한 후 의미심장한 미소를 지으며 말했다.

"그러면 황금가면이 아가씨 목소리를 흉내 내서 아오야마 군에게 이 문을 열라고 했다는 거네요."

"네, 그렇게 생각할 수밖에 없습니다."

아오야마가 대답했다.

"과연 황금가면이."

아케치는 냉소적인 말투로 말했다.

"그런 바보 같은 흉내를 냈을까요? 목적도 이루기 전에 아오야마 군에게 자신의 모습만 보이고 냅다 도망치다니 좀 이상하잖습니까. 도망치기만 할 건데 힘들게 이 방에 잠입할 정도로 어리석은 자는 아닐 듯합니다만."

"하지만 그것보다 더 이상한 점이 있습니다. 그는 입구도 없는 방에 대체 어떻게 들어온 걸까요?"

오토리 씨는 명탐정의 안색을 살피며 물었다.

"가능한 해석은 한 가지뿐입니다. 그자는 이 방에 들어온 적이 없는 거죠."

아케치가 정말 뜻밖의 이야기를 했다.

"들어오지도 않은 자가 어떻게 도망칠 수 있죠?"

고지식한 아오야마가 깜짝 놀라 하나 마나 한 질문을 했다.

"들어오지 않은 자는 도망칠 수 없습니다."

아케치는 수수께끼 같은 말을 했다.

"그런데, 그때 방 안에는 따님 말고는 아무도 없었던 겁니까?"

"여기 있는 오토요가 감시하고 있었습니다."

오토리 씨가 대답했다.

"아무것도 보지 못한 건가요?"

"그게, 미련하게도 조느라 아무것도 모른다는군요."

"졸았다고요?"

아케치가 호통을 치듯 큰 소리로 묻자 사람들은 얼떨결에 후지코가 있는 옆방을 쳐다봤다.

"해가 진 지 얼마 안 되어 나이 지긋한 분이 조시다니 좀 이상하지 않습니까? 아, 여기 홍차 잔이 있군요. 오토요 씨도 이걸 마셨습니까?"

오토요가 마셨다고 대답하자 아케치는 찻잔을 들고 잠시 안을 들여다보다가 탕 소리가 날 정도로 테이블에 세게 올려놓았다.

사람들은 깜짝 놀라 또 옆방을 봤다.

아까 말소리도 그렇고, 지금 행동도 그렇고, 아무래도 아케치가 일부러 큰 소리를 내는 모양이다.

"따님도 수면제를 먹은 것 아닐까요? 아까부터 미동도 안 하시는 것 같은데요."

그 말에 오토리 씨가 화들짝 놀라며 아케치의 얼굴을 쳐다봤다.

후지코가 살해당했을지 모른다는 섬뜩한 생각이 뇌리에 스친 것이다.

"제 추측이 틀리지 않다면 수수께끼는 모두 저 침대 속에 감춰져 있습니다."

아케치는 그렇게 말하고 사람들이 놀라건 말건 성큼성큼 후지코의 방으로 걸어갔다. 그는 침대 맞은편을 둘러본 후 무례하게도 잠자는 후지코의 얼굴을 가까이 들여다봤다.

"하하하하하하하, 대단하군요. 우리는 아가씨한테 보기 좋게 당했습니다. 그자는 결코 이 방에 잠입한 적도 없고, 도망치지도 않았습니다."

아케치가 정신이 나갔나. 젊은 여자의 침실에 함부로 들어가는 것도 모자라 큰소리로 웃기까지 하다니. 게다가 그는 뚱딴지 같은 소리를 했다.

"후지코가 무슨 짓이라도 했습니까?"

걱정이 된 오토리 씨는 아연실색해 침실에 들어갔다.

"아무 짓도 안 했습니다. 여기 보세요. 이겁니다."

아케치는 갑자기 시트 속에서 후지코의 머리를 끌어냈다.

"자네, 지금 뭐 하는 건가."

오토리 씨가 깜짝 놀라 격분하는데, 후지코의 머리가 맥없이 침대 밑으로 굴러떨어졌다. 그와 동시에 사람들의 입에서 비명이 터져 나왔다.

"으악."

말도 안 되는 일이 벌어졌다. 그걸 알게 된 사람들은 앞다투어 침실로 달려갔다.

아오야마가 후지코의 머리를 주워 올렸다.

"아니, 이런 거였네요."

사람들이 상상한 것처럼 피투성이가 된 사람 머리가 아니었다. 그의 손에 들려 있던 건 푹신한 베개를 뭉쳐 검정 나이트캡을 씌워 놓은 가짜 머리였다. 어슴푸레한 침실 전등 아래 검은 머리 쪽으로 돌려놓은 탓에 아무도 가짜인 걸 눈치채지 못한 것이다.

몸통은 모포 안에 이불을 말아 만들어놓았다.

"그럼 후지코가 그……."

오토리 씨는 너무 놀란 나머지 입을 다물지 못했다.

"그렇습니다. 여기서 도망친 건 황금가면이 아니라 대담하게 그의 가면과 의상으로 변장한 후지코 씨입니다.

물론 그녀의 지혜가 아닙니다. 모두 뒤에서 황금가면이 꾸민 계략이죠. 황금가면은 따님에게 미리 금색 의상, 중절모, 수면제, 권총 등을 주고 가출 방법을 알려줬을 겁니다. 유모가 존 건 수면제 약효 때문입니다. 따님은 그 틈에 이런 가짜 머리를 만들어 침대에 놓고 가면과 모자, 금색 의상을 걸친 후 권총을 들고 문을 노크한 거죠. 그때 아오야마 군이 들은 목소리는 후지코 씨의 목소리가 틀림없습니다."

참으로 멋진 솜씨였다. 괴물 황금가면이 사람들의 의표를 찌른 내막은 대충 그러했다.

사람들은 너무 놀라 할 말을 잃고 꼼짝없이 서 있었다.

"내 딸이 이런 바보 같은 짓을 할 줄은 몰랐습니다."

오토리 씨가 망연자실 말했다.

"후지코는 악마에게 홀렸나 봅니다. 하지만 아무리 타락했어도 엄연히 내 딸입니다. 이대로는 죽은 아내에게 면목이 없어 안 됩니다. 미련한 딸이지만 꼭 찾아내서 원래대로 돌려놓아야죠. 아케치 씨, 당신의 능력을 빌리는 것 외에는 방법이 없습니다."

"알겠습니다. 의뢰가 없었더라도 황금가면은 제 원수입니다.

반드시 따님을 찾아오겠습니다. 아니, 따님을 찾아오는 것뿐 아니라 황금가면을 체포하는 것도 그리 먼일은 아닐 듯합니다."

아케치의 입가에 맴돌던 미소가 불현듯 사라지고, 눈에서 이상한 광채가 타올랐다. 이는 명백히 원한 서린 황금가면을 향한 아케치의 끝없는 투지를 의미했다.

금빛 전투

그날 밤늦게 도야마가하라의 양옥집 지하실에서는 기괴하기 짝이 없는 금빛 밀회가 벌어졌다.

지하실이라 해도 어느 귀족의 응접실보다도 멋지게 꾸며 놓아 방은 안락했다.

복숭앗빛 벽지, 진홍빛 커튼, 어린 풀처럼 부드러운 융단, 몸을 푹신하게 감싸는 소파 쿠션, 사방의 벽에 장식된 몽환적인 유화 액자, 탐스러운 향기, 황홀한 음식들.

다 허물어져 가는 빈집 같은 지상의 건물은 지하의 천국을 숨기려는, 이른바 세속적인 눈속임에 불과했다.

긴 소파에는 사랑하는 남녀가 몸을 바짝 붙이고 앉아 있었다.

남자는 황금으로 된 가면과 망토를 두른 괴도, 여자는 저택을 빠져나올 때 입은 의상을 돌려주고 화려한 무늬의 기모노로 갈아입은 오토리 후지코다.

후지코는 아름다운 얼굴을 괴도의 어깨에 기댄 채 몽롱하게 사랑에 취해 있었다. 황금가면은 후지코의 등에 오른팔을 둘러 그녀를 꽉 안고 있었다.

그들은 한마디도 하지 않았다. 말이 필요 없었다. 언어는 사랑에 방해가 될 뿐이다. 이 달콤한 침묵을 깨지 않으려 숨도 크게 쉬지 않고 미동도 없이 서로 옷 위로 느껴지는 어렴풋한 육체의 감촉에만 취해 있었다.

그들은 전혀 추적자들을 두려워하지 않았다. 오가타는 지상의 집을 알아냈다. 하지만 빈집 지하실에 이런 사랑의 천국이 있으리라고 누가 상상했을까. 실제로 그날 밤, 오토리가 사람들은 지상의 집을 수색하고도 지하실과 통하는 비밀의 문을 발견하지 못했다. 그들은 적이 이 은신처를 버리고 다른 곳으로 도망쳤다고 믿은 채 아무 성과도 내지 못하고 철수했다. 그 후로 다섯 시간가량이 그냥 흘렀다. 지금은 밤 1시다.

이 무슨 기묘한 조합인가. 규중에서 자란 아름다운 소녀와 악마 같은 괴도의 인연이라니 참으로 오싹한 금빛 사랑 아닌가.

"어머!"

후지코가 가냘픈 소리를 내며 황금가면의 무표정한 얼굴을 바라봤다. 그의 움직임이 이상했다.

황금가면은 초승달 모양의 입술을 다른 쪽으로 돌리더니 천장을 보며 귀를 기울였다. 무슨 소리가 난다. 살금살금 걸어 다니는 발소리다. 그의 예민한 귀가 그 소리를 재빨리 포착한 것이다.

콘크리트 천장은 높이 떨어져 있었지만 주위가 너무 조용해 어떤 소리도 놓치지 않고 들을 수 있었다.

분명 사람이 걷는 소리였다. 누군가 지상의 컴컴한 방 안을 귀신처럼 걷고 있었다.

후지코도 알 수 있었다. 겁을 먹은 후지코는 금색 망토에 매달렸다. 황금가면은 그녀의 손을 살며시 내려놓고 벌떡 일어섰다.

후지코를 의자에 남겨둔 채 방에서 나간 황금가면은 소리 없이 암흑의 계단을 올라가 비밀의 문을 통해 복도로 나갔다.

지상에는 달이 떠 있었다. 창문으로 달빛이 새어 들어와 방 안은 어스레했다.

황금가면은 발소리를 죽이고 문 앞으로 가서 손잡이를 쥔 채 망설였다.

뚜벅 뚜벅 뚜벅. 아직 방 안을 걷는 발소리가 들렸다. 이 방이 확실했다.

싸움을 기다리는 맹수의 한숨.

확 열리는 문.

황금가면은 한 발만 방에 들여놓고 가면 속의 가느다란 눈으로 방 안을 둘러봤다.

유리창을 통해 홍수처럼 방 안으로 흘러들어오는 달빛. 그 창백한 달빛을 쐬며 한쪽 구석에 버티고 서 있는 사람은…….

천하의 괴도 황금가면조차 깜짝 놀라 멈칫했다.

그런 큰 거울이 이 방에 있을 리 없다. 그럼에도 불구하고 거울에는 황금가면의 모습이 비쳤다.

하지만 그건 거울에 비친 상이 아니었다. 또 다른 황금가면이 달빛과 함께 느닷없이 이 방에 나타난 것이다.

아름답도록 기묘한 광경이었다. 똑같은 분장을 한 두 명의 황금가면이 서로 대등하게 어깨를 견주며 주먹을 쥔 채 상대를 노려봤다. 냉소적으로 웃는 초승달 모양의 입과 표정 없이 섬뜩한 금빛 얼굴 두 개가 달빛에 비춰 반짝였다.

독자들은 이미 예상했으리라. 거기에 서 있는 또 한 명의 황금가면은 분장을 한 우리의 아마추어 탐정 아케치 고고로라는 것을.

서로 고혈을 빨고 살을 씹어도 시원치 않을 원수, 정의의 거인과 사악한 괴물은 달빛이 아름답게 비치는 방에서 대적하고 있다.

둘 다 꼼짝 않고 있으면 아무 소용없다. 실보다 가는 가면 속 두 눈에서 빛이 활활 타올라 공중에서 맞부딪쳤다.

한 사람이 권총을 빼드니 상대도 간발의 차를 허용치 않고 즉시 총을 움켜쥐었다. 두 총구가 서로의 가슴을 노리며 맞섰다.

한 걸음, 두 걸음, 물러서지 않고 가까이 다가섰다. 호흡을 맞춘 듯이 두 거인의 왼손이 번개처럼 번쩍이더니 은덩이 두 개가 순식간에 발밑으로 떨어졌다. 오른손에 들고 있던 권총을 서로 쳐서 떨어뜨린 것이다.

막상막하의 승부였다.

흉기를 잃자 바로 살과 살이 부딪쳤다. 펄럭거리며 뒤집히는 금색 의상, 그런 상황에서도 냉혹한 웃음을 멈추지 않는 초승달 모양의 입.

푸르스름한 달빛 아래 뒹구는 황금가면의 넓은 양미간. 서로 격렬하게 맞부딪는 무지개. 금빛 전투였다.

지하실의 후지코는 천장 위에서 나는 소리가 심상치 않자 두려움에 떨며 소파에 엎드렸다.

서로 엉겼다 떨어졌다 살덩이가 구르는 소리, 짐승 같은 울음소리, 싸우는 자들의 화염 같은 호흡이 느껴지는 듯했다.

죽음을 불사한 전투가 5분 넘게 지속되더니 돌연 소리가 멈추고 죽음과도 같은 정적이 흘렀다.

잠시 후 후지코는 옆에서 뭔가 꿈틀거리는 기척을 느꼈다. 엎드려 있던 그녀는 깜짝 놀라 얼굴을 들었다. 천만다행이다. 옆에 있는 사람은 사랑하는 황금가면이다! 후지코는 연인이 무사히 돌아왔다고 믿었다.

황금가면은 말없이 후지코의 손을 잡더니 방을 나가 컴컴한 계단을 통해 지상으로 올라갔다. 그녀는 그게 뭘 의미하는지 몰랐다. 다만 연인의 의지대로 꿈꾸듯이 그 뒤를 따를 뿐이었다.

금빛 착각

말없이 후지코의 손을 붙들고 1층으로 올라간 황금가면은 뛰다시피 복도를 지나쳐 현관 밖으로 나왔다.

문 앞에는 자동차 한 대가 전조등을 끄고 기다리고 있었다.

'어느새 자동차까지 준비해둔 걸까.'

그런 의심을 할 새도 없었다. 황금가면은 힘센 팔로 후지코를 차 안에 밀어 넣은 후 운전사에게 뭐라고 속닥이더니 부리나케 후지코 옆에 앉았다.

번쩍하고 켜지는 헤드라이트. 넓은 벌판 앞으로 고목 나뭇가지가 어둠 속에서 흐릿하게 떠올랐다. 바로 그때 자동차가 울퉁불퉁한 길을 쏜살같이 달리기 시작했다. 아, 살았다. 이제 괜찮다.

"나, 무서웠어요."

후지코가 응석 부리듯 말했다. 그러나 자동차가 흔들리자 황금가면의 무릎에 기대 있던 그녀가 소스라치게 놀라며 몸을 일으켰다.

"어머나!"

무심코 새어 나온 공포의 음성.

이상하게 연인의 손길이 전혀 달랐다.

연인들끼리는 얼굴이나 목소리뿐 아니라 서로 몸의 미묘한 구석구석까지도 잘 안다. 그런데 연인의 몸이 완전히 다른 사람처럼 느껴졌다.

"뭐예요, 당신은 대체 누구죠?"

후지코는 가급적 좌석 끝으로 몸을 빼고 창백한 얼굴로 황금가면을 바라보며 떨리는 목소리로 앙칼지게 물었다.

으스스하게도 금빛의 사내는 입을 다물고 있었다. 소름 끼칠 정도로 무표정한 가면 안에서 실처럼 가늘게 뜬 두 눈이 후지코의 얼굴을 뚫어지게 쳐다봤다. 초승달 모양의 입은 히죽히죽 웃었다.

"빨리 얼굴을 보여줘요, 빨리요. …… 안심시켜주세요. …… 나, 무서워요!"

후지코가 계속 소리치자 황금가면이 입을 열었다.

"내 얼굴이 그렇게 보고 싶습니까?"

역시 다르다. 그 사람 목소리는 절대 이렇지 않다.

"꺄악 ……."

공포에 찬 비명. 후지코는 소매로 얼굴을 가린 채 고양이 앞의 쥐처럼 옴짝달싹 못 했다.

"두려워할 것 없어요. 저는 당신의 편입니다. 당신을 무시무시한 악마의 손에서 구해드린 겁니다."

남자는 차분하게 말하며 금색 가면을 벗었다. 가면 뒤에서 명탐정 아케치 고고로의 환히 웃는 얼굴이 나타났다.

괴이한 달빛

그렇다면 괴도 황금가면은 어찌 된 걸까. 그는 대결에서 아케치에게 졌다. 하지만 아케치가 황금가면을 죽이지는 않았을 것이다. 어딘가에 감금해놓았나. 설사 그를 감금해놓았다 해도 그냥 내버려 두고 이 집을 떠나도 될까. 그 사이 괴물이 도망치지 않으리라 보장할 수 없다.

하지만 그보다 더 마음에 걸리는 게 있다. 황금가면은 대체 누굴까. 아케치가 이겼으니 분명 그의 정체를 알아냈을 것이다. 한시라도 빨리 그 이야기를 듣고 싶다고 독자들이 재촉하는 것도 무리는 아니다.

심히 유감스러운 일이지만, 아케치는 괴도와의 싸움에서 이겼음에도 불구하고 결정적인 순간 그를 놓치고 말았다. 정체를 밝힐 새도 없이 그가 도망쳐버린 것이다.

그렇다면 왜 쫓아가지 않았을까. 후지코를 구하기 전에 우선 적부터 쫓아야 하는 것 아닌가. 틀림없이 그렇게 반문할 것이다.

하지만 그건 불가능했다. 괴도는 도망친 게 아니라 연기처럼 사라졌다. 실내에서 사라졌다면 어딘가 비밀의 문이 있을 텐데 아케치가 그걸 못 찾을 리 있나. 하지만 그는 실내가 아니라 대낮처럼 달빛이 밝게 비추는, 나무 한 그루 없이 평평한 대지에서 사라졌다. 마치 동화 속의 악마처럼 땅속으로 들어간 것이다.

두 황금가면이 서로 살을 부딪치며 싸운 것까지는 독자 여러분이 아시는 그대로다. 그 후로도 짐승처럼 살벌한 격투가 5분쯤 더 이어졌다.

완력은 거의 호각을 다투었다. 아케치는 유도 2단의 유단자고, 적도 유파는 다르지만 유도를 잘했다. 강하기는 막상막하였다.

'유도에 묘한 특징이 있다. 하지만 엄청나게 센 놈이다.'

아케치는 맞붙어 싸우면서 그런 생각이 들었다.

하지만 정파와 사파가 싸울 경우, 아무래도 악인 쪽이 약세다. 설사 그가 더 강하더라도 이기지는 못한다. 황금가면의 경우도 마찬가지였다. 아케치는 가면이 벗겨져도 상관없지만 괴도는 달랐다. 가면이 벗겨져 적에게 얼굴을 보이게 되면 일신의 파멸을 초래하게 되므로 그는 자연히 몸을 마음껏 움직일 수 없었다.

그 점을 잘 아는 아케치는 격투할 때 상대의 가면만 공략했다. 한 손가락이라도 가면에 닿으면 된다. 가면을 벗겨 민낯을 드러내자. 오직 그 생각만 했다.

괴도도 아케치의 빠른 손끝이 가면에 날아드는 걸 막느라 안간힘을 썼다.

아무리 달인이라도 그러다 보면 예기치 못한 틈이 생긴다. 얼핏 보이는 커다란 틈.

민첩한 아케치가 그걸 놓칠 리 없었다.

"얍."

아케치는 기합을 넣으며 달려들었다. 허리치기는 보기 좋게 적중했다.

꽈당. 엄청난 소리와 함께 괴도의 거구가 마룻바닥에 내동댕이쳐졌다.

하지만 그도 여간내기는 아니었다. 나가떨어지자마자 그의 긴 몸은 롤러처럼 데굴데굴 굴렀다. 뒤이어 닥칠 적의 누르기 공격을 허사로 만든 것이다. 너무 순식간에 일어난 일이라 성급하게 덤벼든 아케치가 그 기세를 감당하지 못하고 마룻바닥에 고꾸라졌다.

아케치가 일어서는 사이 괴도도 몸을 일으켰다. 두 사람은 1간쯤 떨어져 또 서로를 노려봤다.

이번에는 괴도가 공세를 취했다. 그는 당장이라도 덤벼들 것처럼 양팔을 벌렸다. 아케치는 단단히 무장하며 공격을 기다렸다. 둘 다 단 1분도 틈을 주지 않았다. 순간 폭풍전야의 불길한 정적이 감돌았다. 둘 다 미동도 없었다. 오직 상대의 호흡소리만 들릴 뿐이다.

하지만 어처구니없는 일이 별안간 벌어졌다.

달려들 줄 알았던 괴도가 거꾸로 뒷걸음을 치더니 눈 깜짝할 새 창틀에 발을 올렸다. 그는 몸에 탄력이 붙자 단숨에 밖으로 뛰쳐나갔다.

예상치 못한 상대의 수법에 제아무리 아케치라도 긴장이 풀리는지 약간 늦게 반격했다.

그러나 더 희한한 일이 일어났다. 정신을 차린 아케치가 창가로 달려가 보니 넓은 벌판에 그림자 하나 얼씬하지 않았다. 마당은 물론 낮은 산울타리를 제외하고는 어떤 장애물도 없는데도 말이다.

혹시 건물 그늘에 숨었을지 몰라 창을 넘어 주변을 한 바퀴 돌아봤지만 어디에도 모습이 보이지 않았다. 숨을 곳도 없었다.

밤이지만 달빛이 대낮같이 밝게 비쳤다. 아무리 구석진 곳이라도, 그리고 아무리 먼 곳이라도 사람이 있는데 놓칠 리 없었다. 산울타리도 살펴봤다. 산울타리 밖은 사방 1정에 나무다운 나무가 없었다. 그 누구도 그렇게 짧은 시간 동안 넓은 벌판을 가로질러 건너편 어둠에 몸을 숨길 수는 없었다.

괴물 황금가면은 마술사의 진가를 발휘해 바닥을 뚫고 자신의 고향인 지옥으로 모습을 감춘 걸까.

그의 대담한 기예에 아케치는 왠지 모르게 불안을 느꼈다. 이런 마술사라면 당장이라도 어떻게든 지하실에 있는 후지코를 데리고 나갈 것이다. 혹시 두 사람은 손을 잡고 지옥으로 자취를 감춘 것 아닐까. 꿈결같이 푸르른 달빛 때문인지 아케치는 기괴하기 짝이 없는 환상에 사로잡혔다.

아케치는 불안을 참을 수 없어 황금가면의 추적을 단념하고 급히 지하실로 내려갔다. 제아무리 괴물이라도 후지코를 데리고 나갈 마력은 없었는지 후지코는 지하실에 그대로 있었다.

후지코만 데려갈 수 있다면 아케치로서는 목적의 반은 달성한 것이다. 욕심내서 두 마리 토끼를 쫓기보다는 일단 후지코를 오토리가에 데려다 놓는 것이 상책이다.

후지코가 연인의 정체를 모를 리 없었다. 이 아름다운 아가씨는 일본에서 유일하게 그와 대화를 나누고 그의 맨얼굴을 본 증인이나 다름없다. 따라서 후지코만 되찾으면 황금가면은 체포한 거나 마찬가지다.

황금가면 복장을 한 아케치가 괴도인 척하며 후지코를 자동차에 태운 건 그런 연유이다. 그때 황금가면 변장이 제 역할을 톡톡히 했다.

‘야만스러운 모로코족’

다시 자동차 안으로 돌아가 보자.

아케치가 황금가면을 벗고 맨얼굴을 드러냈지만, 후지코는 그가 누구인지 알 수 없었다. 아케치를 처음 보기 때문이다.

"아, 당신은 나를 모르시겠군요. 하지만 걱정하실 필요 없습니다. 저는 오토리 씨의 의뢰로 당신을 모시러 온 아케치라고 합니다."

후지코는 아케치 고고로를 알고 있었다. 불가능을 모르는 자신의 연인 황금가면조차 두려운 적이라고 말했던 이름이다.

이로써 정체를 알 수 없었던 또 다른 황금가면에 대한 공포는 사라졌으나, 대신 후지코는 현실적인 절망이 생겼다.

'이 남자에게 잡히면 말짱 허사다.'

감금은 아마 열 배쯤 더 엄중해질 것이다. 사랑하는 사람과 이 길로 헤어져야 할지도 모른다. 그 점도 슬펐지만 생각해보니 더 두려운 일이 있었다.

"그 사람은 어떻게 된 거예요. 만약 살해당한 거면……."

"그 사람이라면 황금가면 말씀하시는 겁니까? 저는 살인자가 아닙니다. 그 사람은 멀쩡합니다. 지금쯤은 집으로 돌아가 새근새근 자고 있겠죠."

"그럼 그 사람은……."

"네, 도망쳤습니다. …… 하지만 결코 실망하지 않습니다. 부탁드리겠습니다. 그 사람은 누구죠? 어디 출신입니까? 분명 잘 아시겠지요."

아케치는 빙글빙글 웃으며 속 시원히 진실을 알려달라고 부탁했다.

"저는 몰라요. 아무것도 몰라요."

후지코는 아케치를 경계하며 고함치듯 대답했다.

"지금 당장 말하지 않으셔도 됩니다. 댁에 돌아가서 잘 생각해 보세요. 분명 다 털어놓고 싶어질 겁니다. 세상을 위해 당신의 사랑을 버리는 게 올바른 길이라는 걸 깨달을 때가 오겠죠."

아케치는 떼쓰는 아이를 달래듯 친절하게 말한 후 침묵을 지켰다.

후지코는 차츰 불안해졌다. 아케치가 두려웠다. 그의 침착하고 자신만만한 태도에 은근히 압박을 느꼈다.

혹시 내가 그 사람을 배신하게 되는 것 아닐까.

"고백해. 다 털어놓으라고."

모두들 그렇게 추궁하면 나는 언제까지 용기 있게 입을 다물 수 있을까. 이제는 아버지나 집안사람들뿐 아니다. 언젠가는 경찰서나 법원에 불려가 무서운 사람들에게 문책당할지도 모른다.

무서운 얼굴을 한 형사들이 자신을 기둥에 묶고 집요하게 겨드랑이를 간질이는 모습이 환영처럼 떠올랐다.

아, 글렀다. 나는 분명 다 고백할 것이다. 이를 어찌하면 좋을까. 그래서 연인을 감옥에 가두게 된다면, 더구나 그이와 영원히 헤어져야 한다면. 만약 더 한 일이 생긴다면. 맞다, 그거 …….

바로 그때, 아케치는 후지코의 이런 참담한 고민은 전혀 모른다는 듯 엉뚱한 질문을 했다.

"프랑스어 할 줄 아시죠?"

그건 다과회 같은 데서 알게 된 신사들이 화제가 떨어지면 물어보는 질문이었다.

"네, 조금요."

거기에 말려들어 얼떨결에 대답한 후지코는 갑자기 정신이 드는지 소스라치게 놀랐다.

역시 무서운 사람이다. 시침 떼고 있지만 실제로는 다 아는 것 아닐까.

'이제 정말 글렀다.'

그렇게 생각하니 눈앞이 캄캄해졌다.

'차라리. 그래, 차라리.'

그녀는 몇 번씩이나 마음을 다졌다. 그리고 마침내…….

"아케치 씨, 차를 세워주세요. 나를 도망치게 해주세요. 그러지 않으면……."

후지코가 떨리는 목소리로 외쳤다. 그리고 어디서 났는지 권총 총구가 그녀의 소매 사이에서 고개를 내밀었다.

"이런, 이상한 장난감을 가지고 계시네요."

아케치는 권총을 보고도 태연하게 웃었다.

"나를 쏘시려는 겁니까. 하하하하, 당신이 쏠 수 있을까요? 사람을 죽일 수 있으십니까? 한번 해보시죠."

방아쇠에 손가락을 걸어도 아케치는 아무렇지 않은 태도를 보였다. 후지코는 이상한 압박감 때문에 힘이 빠져 도저히 방아쇠를 당길 수 없었다. 인간의 정신력은 무심한 흉기를 정복할 힘을 가진 듯했다.

아, 글렀다. 난 도저히 못 하겠다.

설령 이 권총으로 아케치를 죽인다 해도 과연 여자의 몸으로 끝까지 도망칠 수 있을까. 바로 눈앞에 운전사가 있다. 운전사가 못 본 척해준다 해도 마을 사람들은 어쩌나. 게다가 파출소도 있으므로 무사히 빠져나가는 건 불가능했다.

사람을 해치지 않고 연인을 구하려면 한 가지 방법밖에 없었다. 예로부터 이 같은 상황에 부닥쳤을 때 용감한 여성이 택하는 방법이었다. 후지코도 마침내 결심을 굳혔다.

아케치는 후지코의 안색이 돌변하는 걸 봤다. 두 눈에 이상한 광채가 번뜩이고, 꽉 다문 입술에 심한 경련이 일었다. 권총 총구는 서서히 방향을 바꿔 그녀의 가슴으로 향했다.

"저런, 안 됩니다. 그만두세요."

총구가 자신을 들이댔을 때는 꿈쩍도 안 하던 아케치가 이번에는 안색을 바꿨다. 그는 알아들을 수 없는 말을 외치면서 권총을 빼앗으려 했다.

하지만 후지코는 얼른 몸을 피했다. 그리고 무서운 눈으로 아케치를 노려보며 말했다.

"아케치 씨, 아버지께 이 말만 전해주세요. 부디 불효의 죄를 용서해달라고요. 후지코는 사랑하는 황금가면, 그 악마를 구하기 위해 자살했다고요."

아, 무슨 일인가. 이 아름다운 아가씨는 사람들이 모두 겁내는 악마 황금가면을 구하기 위해 아버지의 탄식조차 외면하려 한다. 괴물은 대체 어디에 그런 무시무시한 마력을 감추고 있단 말인가.

제아무리 명탐정이라도 몹시 난처했다. 지혜나 완력으로는 이 연약한 여자의 결심을 뒤집을 수 없었다. 권총을 빼앗으려 들면 즉시 방아쇠를 당길 것이다. 이런 경우 억지로 말리면 후지코의 죽음만 앞당기게 된다.

세상에는 인력으로 할 수 없는 일들이 있다. 천하의 아케치라도 이런 엄청난 결의 앞에서는 참담하게도 손쓸 도리가 없는 듯했다.

하지만 바로 그 고비에 인력을 넘어서는 것이 출현했다. 전혀 예상치 못한 구원의 손이 나타난 것이다. 기적이 일어났다. 거의 불가능한 일이었다.

대체 누가 어디서 구원의 손을 내민 걸까. 다른 곳도 아닌 3자도 떨어지지 않은 자동차 운전석에서 앞만 보고 있던 운전사가 오른팔을 스윽 뻗더니 후지코의 권총을 빼앗은 것이다.

아케치한테만 신경 쓰던 후지코는 불의의 사태에 맥없이 무기를 건네주고 말았다.

그는 과연 후지코의 적일까. 아니다. 그는 적이 아니다. 놀랍게도 그 운전사는 적은커녕 아군 중의 아군, 그녀의 연인 황금가면이다.

지금껏 헌팅캡을 눌러쓰고 외투 깃을 세워 뒷머리까지 숨겼기에 전혀 몰랐는데, 뒤돌아보는 얼굴을 보니 영락없는 황금가면이다. 번쩍거리는 금색 노 가면은 초승달 모양의 입술로 히죽 웃었다.

기적이다. 언제 그가 진짜 운전사를 쫓아내고 이 자동차에 탄 걸까. 아무리 생각해도 불가능했다. 그 방 창문에서 뛰어나가 자동차가 주차된 곳까지 오려면 집에서 훤히 다 보이는 마당을 지나야 한다. 아케치는 창가에서 줄곧 마당을 지켜봤다. 마당에는 아무도 없었다.

제아무리 아케치라도 불시에 생긴 사건이라 많이 놀란 듯했다. 너무 뜻밖의 일이었다. 게다가 당장 이 위기를 벗어나는 것도 문제였다.

황금가면은 후지코에게 빼앗은 권총을 아케치의 눈앞에 들이댔다. 당장이라도 발사할 태세였다.

순식간에 주객이 전도되었다. 공격하던 아케치가 수세에 몰렸다.

"자동차에서 내리시오. 얼른. 내리지 않으면 당신을 죽이겠소."

황금가면은 괴물 특유의 불명료한 말투로 차분히 명령했다.

생각지 못한 자신의 불찰에 아케치는 이를 꽉 깨물며 분노했다. 어째서 아까 차에 탈 때 운전사의 얼굴을 살펴보지 않았을까. 아케치의 명성을 생각한다면 아무리 후회해도 모자란 실수였다.

"안 내릴 겁니까?"

황금가면이 재촉했다. 그는 말이 끝나기 무섭게 차를 멈춰 세웠다. 적에게 유리한 을씨년스러운 공장 뒤편이었다.

하지만 오기가 나서라도 그 말을 듣고 "네" 하며 순순히 내릴 수는 없지 않은가. 아케치는 그런 모욕을 참을 수 없었다.

이리저리 풍차처럼 머리를 굴리며 순간적인 기지를 생각해내느라 5~10초쯤 지난 때였다.

꽝 하는 소리가 나더니 공기가 격하게 진동했다. 자동차가 찌그러졌나 의심될 정도였다. 기다리다 지친 괴물이 결국 첫 번째 총알을 발사한 것이다.

형언할 수 없는 공포의 외침이 아케치와 후지코의 입에서 동시에 터져 나왔다. 다행히 총알은 빗나갔다. 다만 뒷좌석 유리창이 와장창 깨졌을 뿐이다.

괴물은 두 번째 총알을 발사할 준비를 마쳤다. 조금도 빈틈이 없는 동작이었다.

"젠장."

아케치는 결국 단념했다. 우선 목숨을 보전한 후 다시 일을 도모할 수밖에 없었다. 아쉽지만 그는 몸을 날려 훌쩍 밖으로 뛰어내렸다.

"잘 가라!"

가증스러운 작별 인사를 뒤로하고 자동차는 달리기 시작했다. 동시에 엄청난 충격이 느껴졌다. 비겁하게도 황금가면이 달리는 차 안에서 두 번째 총알을 발사한 것이다.

"어이쿠, 큰일 날 뻔했군."

아케치는 경쾌하게 소리치며 반대 방향으로 토끼처럼 깡충깡충 뛰어갔다.

총알은 위험하게도 옆구리에 스친 채 황금 의상을 뚫고 나갔다.

숲속에서 빨간 꼬리가 보이지 않을 때까지 기다리던 아케치는 뜻을 알 수 없는 말을 중얼거렸다.

"짐승 같은 놈, 일본인을 야만스러운 모로코족으로 알고 있다니."

그가 수수께끼 같은 말을 하는 것은 이번이 두 번째다. 한 번은 후지코에게 프랑스어를 할 수 있냐고 물었고, 지금 또 '야만스러운 모로코족'이라고 말했다. 둘 다 범죄 사건과 무슨 관계가 있는지 전혀 짐작할 수 없지만, 틀림없이 황금가면의 정체와 관련된 말이리라. 나중에 연관이 있으니 독자 여러분도 이 말을 잘 기억해두길 바란다.

단순히 위협하기 위한 발포가 아니었다. 정말로 죽일 마음이 있는 것 같아 아케치 고고로는 깜짝 놀랐다. 상당히 뜻밖이었기 때문이다.

도망치던 아케치는 방향을 바꿔 아까 그 집 쪽으로 돌아갔다. 그곳에 아직 남은 용건이 있는 듯했다.

그는 달빛이 비치는 산울타리 밖을 서성이면서 뭔가를 애타게 찾았다. 황금가면은 마당 한가운데서 연기처럼 사라져버리는 기적을 행사하더니 어느새 대기시켜 놓은 자동차의 운전대를 차지하고 있었다. 아케치는 이 신비한 수수께끼를 꼭 풀고 싶었다.

산울타리를 따라 얕은 개울이 있었다. 아케치는 계속 중얼거리며 개울가를 걸었다.

언뜻 느낌이 이상해 귀 기울여보니 어디선가 신음소리가

들렸다. 분명 고통스러워하는 소리였다. 주변을 둘러봐도 그림자조차 보이지 않고 신음소리만 귓가에 맴돌았다. 하늘에서 쏟아지는 달빛이 괴이했다.

"누구냐. 어디 있는 거냐."

외치고 보니 자신의 목소리도 달빛에 메아리쳐 허공에서 표표히 사라지는 듯했다.

"으으윽……."

그에 응수하듯 신음소리는 더 커졌다. 땅에서 울리는 소리였다.

아케치는 무심코 발밑을 봤다. 메마른 개울이 띠처럼 죽 이어져 있다. 달빛이 몰래 개울 속으로 들어와 아름다운 줄무늬를 만들었다.

아, 있다. 2간쯤 앞의 개울에서 꿈틀거리는 물체는 분명 사람이다. 마침내 그가 애타게 찾던 사람을 발견한 것이다.

달려가 끌어올려 보니 역시 대기시켜 놓은 자동차 운전사였다. 손발에 묶인 밧줄과 재갈을 풀어주니 온몸에 진흙을 뒤집어쓴 남자가 입을 열었다.

"주인님이십니까. 정말 끔찍한 꼴을 당했습니다. 저기 옥상에서 뛰어내린 금색의 괴물은 대체 누굽니까?"

아케치는 운전사에게 황금가면에 관해 말하지 않았다. 또한 자신이 황금가면으로 변장하는 것도 알려주지 않았다. 가면과 의상을 보자기에 싸 들고 집 안에 들어가 변장했고, 의상은 다시 자동차 안에 두고 나왔기 때문에 지금은 원래대로 양복 차림이다.

"지붕에서라니, 그자가 지붕에서 뛰어내렸다고?"

아케치는 운전사의 말을 듣고 깜짝 놀라 되물었다.

"네, 지붕에서요. 금색 새 같았습니다. 너무 이상해서 꿈이라도 꿨나 눈을 비비는 사이, 그자가 산울타리를 넘어 대포알처럼 제게 덤벼들었죠. 뭘 어떻게 할 틈도 없었습니다. 게다가 무지하게 힘이 세더군요. 눈 깜짝할 새 벌써 밧줄에 묶여 있었어요. 재갈까지 채운 후 자동차에서는 보이지 않는 여기까지 짊어지고 와서 개울에 처박아놓고 간 거죠."

아케치는 운전사의 설명을 절반도 듣지 않았다. 그리고 마당의 산울타리를 뛰어넘어 황금가면과 격투를 벌이던 방 창 쪽으로 달려갔다. 그 방은 1층에 있었고 지붕의 차양도 그다지 높지 않았다.

"주인님, 그자는 누구죠? 차를 어디로 가져간 거죠?"

운전사는 숨을 헐떡이며 아케치를 좇아왔다.

"자네, 이 창틀에 손을 대고 물구나무서서 저 지붕으로 올라가는 방법을 생각해봤나? 인간이 그런 곡예를 할 수 있을 것 같은가?"

아케치의 엉뚱한 질문에 운전사는 깜짝 놀라 눈을 깜빡였다.

"저라면 절대 못 합니다. 아니, 누구도 못 하지 않을까요. 아니군요. 예외도 있네요. 박람회 산업탑에 올라간 자라면요. 사다리 타기의 명인인 소방관조차 당해내지 못했으니까요."

그 말을 듣자 아케치는 갑자기 정신 나간 사람처럼 지껄였다.

"아, 난 왜 이렇게 바보 같았을까. 지붕을 생각지 못하다니. 마당만 찾아다니고 위를 보지 않았잖아. 놈은 마당으로 나가는 척하며 창틀을 잡고 반동을 이용해 발끝으로 지붕의 차양에 올라간 거군. 그리고 내가 마당을 찾는 사이 지붕 경사면에 납작 엎드려 숨어 있었던 거네."

"그러고 있다가 주인님을 앞질러 대문 쪽으로 가서 뛰어내렸나 보네요. 그런데 그자는 대체 누구죠? 주인님은 아십니까?"

"이런, 아직 알아채지 못한 모양이군. 금색 괴물이 달리 또 있을까. 놈이 바로 황금가면이지."

"네? 황금가면요?"

운전사는 너무 놀라 백치처럼 입을 떡 벌린 채 말을 잇지 못했다.

명사수

다음날, 히비야 공원 대로에 자동차 한 대가 버려져 있었다. 번호를 보니 어젯밤 아케치가 대기시켜둔 차였다.

그뿐이었다. 황금가면이나 후지코는 대체 어디로 자취를 감췄는지 시간이 지나도 알 수 없었다.

한편, 그날부터 아케치는 집요한 협박을 받았다. 황금가면 일당이 온갖 수단을 써서 유일한 훼방꾼인 아케치를 해치우려 모략을 꾸민 것이다.

적은 결코 모습을 드러내지 않았지만 항상 아케치보다 한발 먼저 가서 기다리는 것 같았다.

한번은 아케치가 길을 지나다 돌연 사나워진 짐마차 말의 발굽에 치일 뻔했다.

또 한 번은 공사 중인 건물 지지대에서 아케치의 머리 위로 철재가 떨어지기도 했다.

아케치가 경계심 때문에 외출을 삼가자 황금가면은 개화 아파트 내부까지 손을 뻗치기도 했다. 어느 날 식당에서 배달시킨 커피를 한 모금 마시는데 맛이 이상한 것 같아 조사해봤더니 독약을 탄 것으로 밝혀졌다. 커피를 가져온 벨보이는 낯선 얼굴이었다. 아파트 고용인이 아니라 그날만 벨보이 복장을 하고 잠입한 것이다.

그 후로 아파트 내에 사복형사가 잠복하며 엄중하게 경계했기에 두 번 다시 그런 일은 일어나지 않았지만, 길가 쪽으로 난 창가에 몸을 숨기고 밖을 내다보면 종종 어둠 속에서 수상한 그림자가 얼쩡거렸다.

황금가면은 아무래도 아케치를 죽일 생각인 듯했다. 우선 훼방꾼을 제거한 후 유유히 다음 범죄에 돌입하려는 계획인가 보다.

어쩐 일인지 이번 협박에는 아케치도 몹시 겁을 냈다. 외출을 삼가는 건 물론이고, 문 안쪽에도 자물쇠를 채워놓은 채 세 끼 식사 때가 아니면 아파트 복도에도 모습을 드러내지 않았다.

그는 우편물에도 세심한 주의를 기울였다. 반신용 봉투나

우표는 절대 입으로 핥지 않고 모두 해면을 사용해 붙였다. 소포는 모두 벨보이를 시켜 개봉했고 위험한 장치가 없다는 걸 확인한 후에야 수취했다.

아케치는 집에 틀어박혀 밤낮으로 독서를 하느라 여념이 없었다. 그의 방은 아파트 2층 현관 쪽에 있었기에 길가에서도 꽉 잠긴 유리창과 노란색 블라인드 너머로 책을 읽는 그의 그림자가 보였다.

책상이 창가에 놓여 있었기에 그림자는 매일 밤 같은 형태로 비쳤다. 때때로 회전의자의 방향을 바꾸거나 자세를 흩트리는 모습이 그림자로도 뚜렷이 보였다.

밤 독서는 8시부터 10시까지 판에 박힌 듯 정해져 있었다. 10시가 되면 어김없이 전등을 끄고 침실로 사라졌다.

황금가면은 어찌할 도리가 없었다. 스스로 아파트에 잠입하는 건 절대 불가능했다. 그렇다고 아케치의 외출을 기다리자니 한도 끝도 없었다. 밤마다 창에 그림자가 비치는데도 손쓸 방법이 없었다. 현관에는 경비 말고도 사복형사가 잠복해 있었다. 게다가 아파트 앞은 전찻길이라 2층 창으로 몰래 올라갈 수 없었다. 설령 올라간다 해도 상대는 빈틈없는 아케치다. 그는 틀림없이 방어책을 준비해놓았을 것이다. 어쩌면 여봐란듯이 비치는 창문의 그림자조차 황금가면을 유인하는 무시무시한 함정일지 모른다.

그렇다고 손가락만 빨며 뒷걸음칠 황금가면이 아니었다. 명탐정의 경계가 철벽같을수록 오히려 투지가 불타는지 차례차례

공격 방안을 내놓았다. 그리고 마침내 그 터무니없는 사건이 터졌다.

황금가면의 압박이 시작된 지 딱 일주일째 되는 밤이었다. 이제 5분만 더 있으면 아케치가 여느 때처럼 창가에서 독서를 마치고 침실로 사라질 시각이었다. 제아무리 명탐정이라도 전혀 예상할 수 없는 방향에서 적이 치고 들어왔다. 공격은 주효했다.

10시 5분 전이었다. 평범한 엔택시[21] 한 대가 스이도바시水道橋 쪽에서 개화 아파트 앞의 전찻길을 전속력으로 달려왔다. 얼핏 보기에 이상한 낌새는 없었다. 다만 뒤쪽 번호판에 진흙이 묻어 흰색 숫자가 절반쯤 가려져 있었다. 하지만 교통경찰들조차 일부러 번호를 감추기 위한 수단이라고 생각하지 못한 채 그냥 통과시킬 정도였다.

그 택시는 외관상으로는 아무렇지도 않았지만 만일 누군가 뒷좌석을 들여다봤다면 깜짝 놀라 비명을 내질렀을 것이다.

차 안에는 규정대로 전등이 켜져 있었으며 창문 블라인드도 열려 있어 뒷좌석이 훤히 들여다보였다. 하지만 이삿짐 같은 큰 보따리 서너 개로 꽉 차 있는 데다가 그 그늘에 가려 손님은 거의 보이지 않았다.

아니다, 보이기는 했다. 보따리 뒤에 끼어 앉은 손님은 어깨에 총 한 자루를 얹고 있었다. 손가락을 방아쇠에 건 채 열린 창틈으

21_ 시내 어디를 가든지 요금이 1엔 균등인 택시. 1914년 오사카에서 처음 등장했으며, 1926년 도쿄에 도입된 후 전국적으로 확대되었다. 1937년경 미터제가 적용된 이후 한동안 명칭만 남아 있었다.

로 총구를 내밀고 당장이라도 발포할 태세였다. 아프리카의 맹수 사냥꾼도 아니고, 아무리 통행이 드문 전찻길이라지만 명색이 도쿄 한복판인데 차 안에서 대체 무엇을 쏘려는 걸까.

아니, 그보다 더 두려운 것이 있었다. 보따리 틈에서 금색 가면이 번쩍 빛났다. 수상한 손님은 바로 황금가면이었다.

전속력으로 달리던 차가 개화 아파트 앞에 다다랐을 때 차 안의 사격수가 목표물을 조준했다. 이런, 총구가 향한 곳은 아파트 2층의 아케치 방이다. 그 방 창문에 비친 명탐정의 검은 그림자를 조준한 것이다. 최근 그의 습관을 보나 곱슬머리를 비롯한 전체적인 실루엣을 보나 사람을 착각할 염려는 없었다.

눈 깜짝할 새에 총성 한 발이 심야의 대기를 흔들었다. 하지만 아무도 놀라지 않았다. 그런 곳에서 사냥하는 사람은 없기 때문이다. 총소리를 들었다 해도 자동차 타이어가 터졌으려니 하며 다들 그냥 지나쳤다.

하지만 아파트 옆집에 사는 사람들은 좀 놀랐다. 아케치 방의 유리창이 요란한 소리를 내며 깨졌기 때문이다.

총알은 보기 좋게 명중했다. 블라인드에 비친 아케치의 그림자가 흔들리더니 책상 위로 푹 쓰러졌다.

해냈다, 잘 끝났다. 이제 도망친다. 전속력으로 도망치자. 자동차는 속력을 올리더니 한적한 골목으로 꺾어 들어갔다.

이 얼마나 훌륭한 사격수인가. 20마일로 질주하는 자동차 안에서 단 한 발로 표적을 맞혔다. 창가의 그림자를 쏴서 쓰러뜨린 것이다.

블라인드의 그림자는 책상 위에 쓰러진 채 등의 일부만 비쳤는데 미동도 하지 않았다. 우리의 아케치 고고로는 많이 다친 건가. 아니다. 만약 다쳤다면 틀림없이 큰 소리로 사람을 불렀을 것이다. 몸부림도 쳤을 것이다. 하지만 그림자가 전혀 움직이지 않고 소리도 내지 않았다. 혹시 이미 숨이 끊긴 건가.

시체 분실 사건

그다음 날, 도쿄의 각 신문사 사회면에는 격정적인 기사가 게재되었다.

혀를 찰 '황금가면'의 마수!

결국 아케치 고고로 씨 습격
아파트 창문에 발포……명탐정은 절명?

어젯밤 10시경, 개화 아파트 서재에서 독서를 하던 민간 탐정 아케치 고고로 씨가 바깥에서 누군가 창문을 향해 쏜 총알에 맞아 목숨을 잃은 듯하다. 들리는 바에 의하면, 아케치 씨는 경시청과 협력해 괴도 황금가면의 체포에 힘쓰던 중 그에게 원한을 사는 바람에 섬뜩한 협박장을 받은 적도 있다. 최근 암암리에 공격이 심해지자 아케치 씨는 극도로 조심하며 아파트에 틀어박혀 외출도 삼갔다. 그런 사정을 종합해보면, 어젯밤의 발포는 황금가면 일당의 소행이 틀림없다고 추정된다. 아파트 옆집에 사는 회사원 O씨의 부인 A씨는 유리창 깨지는 소리에 놀라 창문 밖을 보니 아케치 씨의 방이 심상치 않아 보여 그의 집 문을 두드렸으나 아무 대답이 없었다고 했다. 아파트 사환을 불러 물어봤더니 아케치 씨는 틀림없이 방에 있다고 대답했다는 것이다. 하지만 아무래도 이상해서 여벌 열쇠를 가져오라고 해 문을 열어보니 창가 책상에 피범벅이 된 채 엎드려 있는 아케치 씨를 발견했다.

기괴! 기괴! 탐정소설 같은 괴사건
명탐정의 시체 분실

그걸 본 A씨와 사환은 너무 놀라 비명을 지르며 복도로 뛰어나갔다. 하지만 공교롭게도 2층의 다른 주민들은 아직 귀가하지 않아 급한 소식을 알리기 위해 계단을 통해 아래층 사무실로 뛰어 내려갔다. 문 열린 방 안에 아케치 씨의 시체가 방치된 건 불과 2~3분이었다. 하지만 놀랍게도 그동안 변고가 생겼다. 아파트 사무원이 급히 뛰어가 보니 아케치 씨의 시체가 형체도 없이 사라진 것이다. 아케치 씨가 세 들어 있던 집은 물론, 복도와 계단을 비롯해 아파트 안을 샅샅이 수색했지만 시체는 어디서도 발견되지 않았다. 급보를 듣고 경시청 H 수사과장, 나미코시 계장 등이 출동해 조사했지만, 총알이 창문을 깨고 블라인드를 관통한 흔적과 책상 위의 혈흔을 제외한 다른 단서는 발견하지 못했다. 그들은 총알도 찾지 못한 채 빈손으로 철수했다. 총알이 실내에 남아 있지 않은 걸 보면 아케치 씨의 몸 안에 있다고 해석할 수밖에 없었다. 따라서 그 정도의 중상이라면 스스로 방에서 나갈 기력이 없을 것이므로 범인 일당이 목숨을 잃은 아케치 씨의 시체를 몰래 반출했을 것으로 추정된다. 하지만 범인이 왜 피해자의 시체를 빼갔는지 그 이유는 전혀 밝혀지지 않았다.

연기를 뿜는 자동차
한 통행인의 기괴한 진술

개화 아파트는 앞에 전찻길이 있었지만 한쪽이 강과 맞닿아 있어 꽤 한적했다. 하지만 오후 10시쯤에는 길을 지나는 사람이 좀 있었다고 하는데 범인은 어떻게 통행인들의 눈을 피해 그런 흉악한 범행을 저지를 수 있었는지 매우 의심스럽다. 당시 아파트 앞을 도보로 지나가던 같은 구 S초 ○○번지에 사는 목수 D씨가 다음과 같이 신고했다. 마침 그때 그 앞에는 도보로 한 두 사람이 지나갔을 뿐 전차나 자동차는 보이지 않았는데, 스이도바시 방향에서 매우 빠른 속도로 달려오던 엔택시 한 대가 속도를 줄여 아파트 앞의 골목으로 꺾어 들어갔다. 그런데 그 자동차가 아파트 정면에 다다랐을 때 돌연 펑크가 난 것처럼 엄청난 굉음을 내더니 자동차 창에서 흰 연기가 뿜어져 나왔다는 것이다. 이 진술이 신빙성 있다면 범인이 질주하던 자동차에서 아파트 창을 향해 발포했다는 실로 기상천외한 이야기가 성립되는 것이다.

....

위와 같은 본문 내용 외에도 기사에는 아케치의 시체를 발견한 회사원의 부인을 비롯해 두세 명의 인터뷰, 피해자의 약력 및 아마추어 탐정으로서의 일화 등이 게재되었다.

명탐정 아케치 고고로가 살해당한 데다 그 시체를 황금가면 일당에게 빼앗겼다는 사실이 알려지자 여론은 들끓었다. 현대적 공포라 할 수 있는 '황금가면'이 관계된 일이고, 인기 많은 아케치 탐정의 시체가 분실된 사건인데 이보다 더 격정적인 것이 또 있을까.

아마추어 탐정은 정말 목숨을 잃은 걸까. 혹시 중태에 빠진 채 적의 소굴에 감금되어 죽음을 능가하는 고통을 맛보고 있지 않을까. 황금가면 일당은 그렇게 명탐정을 인질로 잡아놓고 다음 공격을 준비하는 것 아닐까.

사람들은 모이면 그 이야기만 했다. 어떤 사람은 아케치가 죽었다고 말하고, 어떤 사람은 아직 살아 있을 거라고 주장했다. 설왕설래 여기저기 이야기꽃이 피었고, 개중에는 내기를 하는 사람들도 있었다.

밤의 연회

그로부터 일주일 후, 경시청에서 기를 쓰고 수사했지만 허탈하게도 아케치 고고로 시체 분실 사건은 아무런 진전이 없었다. 아케치의 행적은 물론 황금가면의 소재 역시 털끝만큼도 단서가 잡히지 않았다.

수사계장 나미코시 경부는 '거미남' 이후 둘도 없는 친구이자 유일한 의논 상대였던 민간 자문가를 잃은 실망감 때문에 가해자인 황금가면에게 더욱 격렬한 분노를 느꼈다.

아케치의 행적을 수사하는 데 사력을 모았지만 무운武運이 다했는지 단서는 전혀 발견되지 않았다.

그는 오늘도 소진되는 기력을 끌어올려 일찍 출근했다. 그리고 자리에 앉아 골똘히 수사방침을 생각하는데 형사부장이 호출했다.

'뭐야, 오늘은 부장님이 엄청 부지런하시네.'

의아해하며 부장실로 가보니 형사부장의 모습이 평소와 달랐다. 웬일인지 몹시 흥분한 듯했다.

"자네, 이걸 읽어보게."

부장은 나미코시 경부의 얼굴을 보자마자 각설하고 편지를 내밀었다.

받아 보니 새하얀 두루마리 종이에 정중하게 쓴 편지였는데 내용이 참으로 기괴했다.

F국 대사 르젤 백작 각하

오는 15일 밤 각하의 저택에서 열릴 F국 사업가 대표 환영 연회에 불청객이지만 저도 꼭 참석하려 하나이다. 다름이 아니오라 F국 사업가 대표님들께 경의를 표하는 한편 제 본분을 수행하고자 함입니다. 그런 까닭에 미리 각하께 허락을 구하고자 편지드리옵니다.

황금가면

"맙소사, 황금가면이라니! 드디어 나타난 겁니까."

나미코시 경부는 얼굴이 시뻘게져 화를 냈다.

"어제 늦게 F국 대사관에서 급하게 사람을 보냈다. 총감님은 부재중이라 내가 대신 만나고 왔는데, 서기관과 통역관 말로는 이미 사업가 대표들의 일정이 정해져 연회를 연기할 수 없다고 한다. 만약 연기한다 해도 범인이 손 놓고 있을 리 없으니 연회는 예정대로 개최하기로 했다. 만일에 대비해 경시청의 원조를 부탁한다는 요청이다."

형사부장은 매우 무덤덤하고 사무적인 어투로 설명을 이어갔다.

"알다시피 F국 대사의 저택은 대사관 구내에 있기 때문에 일이 성가시다. 황금가면은 정말 곤란한 장소를 택한 거다. 하지만 이런 중대한 사건을 그냥 내버려 둘 수 없다. 외무성과 협의한 결과, 그날 밤 대사 저택에 경시청에서 스무 명쯤 되는 사복형사를 파견해 눈에 띄지 않게 잠복시키고 엄중히 경계하기로 했다. 수고스럽겠지만 자네가 관계했던 일이니, 이번에도 자네한테 형사들의 지휘를 맡기겠다. 조금만 삐끗하면 국제문제가 되는 중차대한 경우니, 실수가 없도록 가급적 신중히 처신하도록."

조금만 생각해보면 황금가면의 편지 한 통으로 대사관과 경시청, 외무성까지 들썩거리다니 뭔가 수상하다고 눈치챌 법도 했다. 하지만 '황금가면'의 이상야릇한 존재감이 그만큼 깊이 사람들의 마음에 잠식해 있었다. 독자들도 아시다시피 F국 대사 르젤 백작은 일전에 닛코의 와시오 후작 저택에서 황금가면의 마력을 목격했기에 이런 예고장을 민감하게 생각하는 것도 무리는 아니었다.

"놈이 온다고 했다면 반드시 올 겁니다."

나미코시 경부는 누적된 경험 때문에 예고장을 믿었다.

"오랜만에 놈을 보겠네요. 이번에는 절대 도망칠 수 없을 겁니다. 놈을 잡든지, 사직하든지 하겠습니다."

그는 굳은 결심을 드러내며 말했다.

문제의 15일까지는 아직 닷새의 여유가 있었다. 그동안 나미코시 경부는 갖은 지혜를 짜내 빈틈없는 경계 태세를 갖추었다. 물론 직접 몇 번이나 대사의 저택을 방문해 대사와 면담하고 건물 구조도 미리 조사해놓았다.

경시청을 통틀어 우수한 형사 스무 명을 발탁해 형사대를 조직했다. 그들은 모두 대사관 하급 관리, 또는 대사 저택의 서생이나 하인 등으로 변장해 연회장 안팎을 지킬 계획이었다.

14일, 출장에서 돌아오는 경시총감도 초청객의 일원으로 연회에 참석해 현장에서 부하의 지휘를 살피기로 했다. 일개 도적에 불과한 황금가면으로서는 분에 넘치는 영광이라 할 수 있다.

드디어 그날이 왔다.

오후가 되기 무섭게 고지마치구 Y초의 F국 대사관 부근에 제복 차림의 순경 십여 명이 배치되었다. F국 사업가 대표 일행은 일본 입장에서도 매우 중요한 손님이었기에 '황금가면' 건이 아니더라도 이 정도 호위는 당연했다.

정각이 가까워지자 자동차가 속속 대사관 구내로 들어갔다. 대사관 현관에는 돌계단을 오르는 구두 소리가 끊이지 않았다.

그 돌계단 위에서 연미복을 입고 접대 담당으로 변장한 나미코시 경부가 사복형사 두 명과 함께 열심히 방문객들을 지켜보고 있었다.

대사의 비서관 두 명(그 한 명은 통역을 겸한 일본인 비서관이었다)이 나미코시 경부와 나란히 서서 방문객들의 신원을 확인했다.

손님 중에는 F국 사람들이 가장 많았고, 그다음은 일본인, 그리고 간혹 다른 외국인들도 있었다. 대부분 부부 동반이었는데 각기 자국어로 대화를 나누며 들어오는 모습이 인종 박람회를 방불케 했다.

모두 유명인사들이었으므로 대충 보기만 해도 얼굴을 알아볼 수 있었지만 간혹 어떤 손님은 비서관이나 나미코시 경부조차 얼굴이 낯설었다. 그런 경우는 정중하게 초대장을 요구하고 성명을 물었다. 일본인 손님의 경우는 나미코시 경부와 두 형사가 날카롭게 의혹의 시선을 번뜩이며 물샐틈없는 경계를 펼쳤다.

초대 손님 수가 정해져 있었으므로 마지막 손님이 도착하자 곧장 현관문을 잠그고 사복형사 여러 명이 안팎에서 보초를 섰다. 뒷문에도 마찬가지로 지키는 사람이 있었고, 건물 바깥쪽에 설치된 비상계단도 두 형사가 지켰다. 그러니까 그 누구도, 설사 고양이 한 마리라도 형사의 눈에 띈다면 건물 밖으로 나가지도 안으로 들어오지도 못하는 신세가 된다.

따라서 대사의 저택에 갇힌 수십 명의 손님 중에는 황금가면으로 의심할 만한 사람은 단 한 명도 없었다. 초대장과 방문객 수가 완벽히 일치했다. 방문객들은 서로 아는 사람들이라 큰 홀 여기저기에서 무리를 지어 반갑게 대화를 나누었다. 낯선 도적이 끼어 있다고는 전혀 생각할 수 없는 모습이었다.

큰 식당에서 열린 호화로운 만찬은 오후 8시쯤 끝났다. 이제 곧 르젤 백작의 기발한 취향을 한껏 뽐낼 일곱 개의 방 무도회가 시작될 참이다. 하지만 그전에 독자 여러분께 만찬 동안 나미코시 경부의 주의를 끈 상황이 있었음을 알려드린다.

나미코시 경부는 접대 담당으로 분했기에 만찬 때도 자유롭게 식당 안에 들어갈 수 있었다. 식사가 시작되자마자 그는 식당 구석의 큰 꽃병 뒤를 서성이며 식사하는 손님들의 면면을 주의

깊게 관찰했다. 그러던 중 문득 이상한 낌새를 느꼈다.

자신 말고도 자리에 앉은 손님들을 뚫어지게 보는 사람이 있었던 것이다.

테이블에서 깔끔한 제복 차림으로 예의 바르게 시중을 드는 일본인 종업원 중에 식사하는 귀빈의 얼굴을 뚫어지게 쳐다보는 자가 있었다. 그는 무심하게 주위를 둘러보는 것이 아니라 눈을 가늘게 뜨고 의미심장한 눈길로 특정 인물을 관찰하고 있었다.

특정 인물이라 함은 첫째, 주인인 르젤 백작이었다. 백작을 힐끔힐끔 훔쳐보는 종업원의 눈초리에 어쩐지 적대감 비슷한 것이 느껴졌다.

두 번째는 경시총감이었다. 종업원이 너무 뚫어지게 쳐다보는지라 총감도 눈치를 채고 두어 번 돌아봤지만 그때마다 그는 얼른 고개를 돌리고 딴청을 했다.

종업원은 비단 그 테이블에 앉은 손님만 훔쳐보는 것이 아니었다. 식당 구석 쪽에 서 있는 세 번째 인물에게도 수 차례 눈길을 보냈다. 세 번째 인물이란 다름 아닌 꽃병 뒤의 나미코시 경부였다.

그 종업원은 거동이 수상했을 뿐 아니라 외양도 상당히 특이했다. 나이는 서른 대여섯쯤 되는 듯했는데 종업원답지 않게 멋진 콧수염을 기르고 점잖아 보이는 무테안경까지 썼다.

경부는 사전에 종업원들의 신원을 충분히 조사했는데 딱히 의심스러운 점은 발견되지 않았다. 콧수염을 기른 종업원이 변장한 황금가면은 아닌 듯했으나 신경이 쓰이는 건 어쩔 수 없었다.

그는 쉬지 않고 종업원의 거동을 살폈다. 종업원 역시 경부의 존재를 의식하는 듯했다.

하지만 이렇다 할 사건은 일어나지 않은 채 만찬이 무사히 끝났다. 그리고 기발한 가면무도회가 시작되었다.

'적사병赤死病의 가면'

F국 대사 르젤 백작이 풍부한 취미와 감각의 소유자라는 건, 그가 부임한 이래 유서 깊은 사찰과 신사, 박물관은 물론 개인 저택까지 찾아다니며 고미술품을 감상하느라 시간이 모자란 것만 봐도 충분히 짐작할 수 있었다. 하지만 백작의 취미는 고미술에만 한정되지 않았다. 그는 아마추어 역사가인 동시에 아마추어 문학가이기도 했다.

자연히 그의 일거수일투족에는 여느 외교관이라면 범접지 못할 지혜와 인간미가 뒤따랐다. 리셉션만 해도 종종 귀빈들이 깜짝 놀랄 만한 기발한 취향을 고안해냈다.

다행히 F국 대사관저는 과거 어느 부호의 호화로운 대저택이라 많은 사람을 수용할 수 있어 백작의 특이한 취미를 손색없이 발휘할 수 있었다.

오늘 밤 백작의 취향은 공교롭게도 음울한 쪽이었다.

백작은 일부러 커다란 홀을 피해 기묘하게 장식한 일곱 개의 방을 무도회장으로 택했다. 일곱 개의 방은 이전 주인의 수수께끼 같은 취미가 만들어낸 장소로, 방들이 몹시 불규칙하게 배열된 탓에 한 번에 방 하나만 보였다. 5~6간 간격으로 모퉁이가 있었기에 코너를 돌 때마다 깜짝 놀랄 정도로 장식이 완전히 다른 방과 마주쳐야 했다.

각 방은 복도 쪽 벽 가운데에 고딕풍의 창을 내고, 창마다 안이 비치는 얇은 명주 커튼을 쳐놓았다.

실내 조도에도 기묘한 아이디어가 발휘되었다. 첫 번째 방은 의자나 테이블은 물론 벽이나 바닥까지 모두 파란 천으로 덮여 있고 창문 커튼도 눈이 번쩍 뜨일 정도로 새파란 색이었다.

그다음 방의 장식은 자주색이라 창문에 드리운 얇은 명주 커튼도 자주색이었다. 마찬가지로 세 번째 방은 녹색, 네 번째 방은 주황색, 다섯 번째 방은 흰색, 여섯 번째 방은 진보라색으로 변화를 주었다. 마지막으로 일곱 번째 방은 다른 방처럼 값싼 염색 천이 아니라 천장이며 벽이며 온통 검정 벨벳 태피스트리로 덮여 있었다. 태피스트리는 겹겹이 주름져 바닥까지 늘어져 있었는데, 바닥 역시 검정 벨벳 융단이 깔려 있어 전체가 깊디깊은 암흑에 싸인 어둠의 방이었다. 다만 특이하게도 다른 방이라면 검은 커튼이 있어야 할 창에 실내 색채와 무관한 진홍색 커튼이 쳐져 있었다.

그 어떤 방에도 전등은 물론 램프나 촛대가 없었다. 대신 얇은 명주 커튼이 드리워진 창 너머 복도에는 삼각 선반이 놓여 있었고 그 위에 불이 활활 타오르는 화로가 있었다. 그

고풍스런 불빛은 색색의 명주 천을 투과해 각 방을 아름답게 밝혔다.

백작의 음울하고도 시적인 연출을 글로 써놓으니 너무 단순해진 듯하지만, 실제로는 한없이 화려하고 몽환적인 광경이었다. 특히 서쪽 별채 쪽의 검정 벨벳 방은 등잔불의 그림자가 핏빛 명주 천을 투과해 벽면의 검은 융단에 드리워지는 바람에 소름 끼칠 정도로 기괴한 느낌을 자아냈다. 거기 들어가면 사람의 얼굴이 이 세상에서는 볼 수 없는 섬뜩한 색으로 보이는데, 방문한 손님 중 선뜻 그 방에 발을 들여놓을 만큼 대담한 사람은 드물었다.

그 방의 서쪽 벽에는 거대한 흑단 시계도 있었다. 시계추는 둔탁하고 무게감 있는 단조의 음색을 내며 좌우로 흔들렸다. 긴 시곗바늘이 한 바퀴 돌아 정각을 알릴 때는 놋쇠로 된 시계 몸통에서 실로 경쾌한 고음의 소리가 울렸다. 음악이라 해도 무방한 그 소리는 아주 섬뜩한 곡조와 강한 음색을 가진 탓에 복도 구석에 있던 연주자들도 정각에는 잠시 연주하던 손을 멈추고 그 소리에 귀 기울일 정도였다. 따라서 왈츠를 추던 사람들도 부득이하게 발을 멈춘 채 그 소리를 들어야 했기에 발랄하던 춤은 돌연 섬뜩한 혼란에 빠졌다. 시계 종소리가 울리는 동안에는 아주 명랑한 사람조차 저절로 어떤 환상이 떠오르는 바람에 마음이 심란해져 안색이 변할 지경이었다.

"참 교묘한 설정이네요. 백작님, 이건 완전히 에드거 앨런 포의 『적사병의 가면』이잖습니까."

영국 대사관 일등 서기관 B씨가 유창한 프랑스어로 백작에게 아첨하듯 말했다.

"아, 눈치채셨습니까?"

르젤 백작은 미소를 흘리며 의기양양하게 대답했다.

"저는 언제나 포에 심취해 있죠. 역시 이런 취향은 좀 음침한가요."

확실히 음침했다. 하지만 이미 취기가 오른 수십 명이 춤을 추고 있었다. 게다가 평소 화려한 연회가 익숙한 사람들이라 그런 취향을 매우 재치 있게 여겼다.

남자들은 이런 장식을 무서워할 연배가 아니었고, 여자들은 오싹했지만 진기함에 이끌려 이 방 저 방 옮겨 다니며 춤을 췄다.

작가는 앞서 가면무도회라고 했지만, 일곱 개의 방에서 광적으로 춤을 추는 사람들의 복장을 보면 오히려 가장무도회라고 칭하는 편이 더 적당할지도 모르겠다.

여자들은 아름다운 야회복 차림에 백작에게 건네받은 검은 눈가리개를 썼을 뿐이지만, 남자들의 반 정도는 저마다 외투 속에 기발한 변장을 하고 왔다.

알록달록한 어릿광대 복장을 한 사람이 있는가 하면, 중세 기사로 변장한 사람도 있었고, 일본식 삿갓과 도롱이 차림을 하거나 인도의 성자 복장을 한 사람도 있었다. 이렇듯 형형색색 특이한 변장을 한 사람들이 연미복을 잘 차려입은 사람들 사이에 군데군데 끼어 있었다.

광대놀음을 좋아하는 사업가 대표들도 저마다 고심해서 변장하고 왔다. 그중에서 일본 갑옷으로 무장한 L씨는 그날 밤 가장 특색 있는 취향을 선보였다고 찬사를 받았다.

"적사병의 가면이라니 어떤 이야기인지, 누가 좀 알려주지 않으시겠어요?"

수다스러운 미국 무관의 딸이 무도회 도중 돌연 자국 문학을 능멸하는 질문을 던졌다.

다행히 그 여자는 매우 아름다웠기에 젊은 남자들이 기꺼이 그 질문에 답했다.

"몸에 온통 붉은 반점이 생겨요. 거기서 피가 쏟아지고 온몸이 시뻘게져 순식간에 죽는 무서운 역병이 돈 거죠."

한 사람이 이야기를 시작했다.

"어느 공작이 그 병을 피하려고 하인들을 데리고 넓은 수도원에 가서 틀어박혀 있었어요. 그리고 밤낮없이 술과 무도로 온갖 환락을 즐겼죠."

다른 사람이 보충해서 설명했다.

"어느 날 밤, 공작이 오늘 밤처럼 가장무도회를 열었죠. 수도원 안에 있던 일곱 개의 방도 지금 우리가 있는 방처럼 장식되어 있었는데, 사람들은 그 방에서 미친 듯이 춤을 췄습니다. 그리고 암흑의 방 큰 시계가 12시를 알리자 그걸 신호로 '적사병'으로 가장한 자가 춤추고 있던 사람들 사이에서 불쑥 모습을 드러냈어요. 사람들은 놀라서 길을 열어줬죠. 그자가 그 길을 따라 천천히 일곱 개의 방을 지나 서쪽 별채에 있는 암흑의 방에 가요. 그리고 그곳에서 온몸에 피를 흘리며 죽고 말죠. 사람들이 다가가 그자의 꺼림칙한 가면을 벗겨보니 안이 텅 비어 있는 거예요. '적사병'이 어느새 수도원 안으로 잠입한 거죠. 수도원 안에 있던 사람들은 그 즉시 병에 감염되어 온몸에서 피를 뿜으며 단말마의 고통에 몸부림치다 전멸했습니다."

세 번째 남자가 소설의 결말을 이야기해줬다.

"이봐, 그런 이야기는 하지 말게."

르젤 백작이 불길한 이야기를 중단시키려 했지만 때는 늦었다.

어느새 그 주위에 모여든 여자들은 그 이야기를 듣고 안색이 변했다.

"어머, 기분이 섬뜩해. 백작님은 정말 엄청난 장난을 치신 거네요."

한 여자가 소름 끼친다는 듯이 중얼거리자 그 말이 기묘한 메아리가 되어 귀에서 귀로 퍼졌다. 남자들조차 몸이 서늘해졌다.

그 후 몇 차례 더 춤을 췄지만 다들 이상하리만치 심드렁했다. 안쪽 방의 커다란 시계 소리만 귀에 들렸다.

검은 방에는 아무도 들어가지 않았다. 밤도 깊었고, 그 방의 얇은 핏빛 명주 천을 통해 비치는 붉은빛이 더욱 선명해져 음침함이 가중되었기 때문이다. 춤을 추던 사람들은 공포를 잊기 위해 그 방에서 가급적 멀리 떨어져 광란의 춤을 췄다. 소설 속의 수도원에 있던 사람들이 그런 것처럼.

춤을 추면서 여자들은 등불이 흔들리는 푸른 방이나 자주색 방의 어두운 구석에서 얼굴 가득 흉측한 반점이 돋은 자가 피를 뚝뚝 흘리며 섬뜩한 몰골로 나타나는 환영에 시달렸다.

마침내 한밤중이 되었다.

인기척이 없던 검은 벨벳 방의 커다란 시계에서 12시를 알리는 종소리가 들리자, 사람들은 몸을 움츠리고 꼼짝하지 못했다. 악사들은 연주하던 손을 멈췄다. 조금 전까지 떠들썩하던 장내가 쥐 죽은 듯이 조용해졌다.

사람들은 서로 창백한 얼굴을 쳐다보며 입을 꾹 다물었다. 그런 가운데 높은 음색의 시계 종소리만 저승에서 들려오는 절규처럼 울려 퍼졌다.

열두 번의 종소리가 울리는 사이, 마치 1년은 지난 것 같았다. 마침내 길고 긴 종소리가 멈추고 그 미묘한 여운이 바람처럼 각 방에 울려 퍼졌다. 하지만 그것도 잠깐, 애써 참고 있던 경쾌한 웃음소리가 사라져가는 종소리를 따라잡겠다는 듯이 음산하게 들려왔다.

오싹해진 사람들은 일제히 소리 나는 쪽으로 고개를 돌렸다. 변장 때문에 아직 정체가 드러나지 않은 낯선 자가 자신들 틈에 섞여 있는 것이 보였다. 새로운 침입자에 관한 수군거림은 바람처럼 퍼져나갔다.

"어머, 아름답군요. 저 사람은 대체 누구죠?"

아까 그 수다스러운 미국 여자가 같이 춤추던 어릿광대 차림의 신사에게 조용히 속삭였다.

"당신은 저자가 누군지 모른다는 말씀입니까?"

깜짝 놀란 신사도 속삭였다.

"글쎄요, 잘 모르겠어요."

여자가 천진난만하게 대답했다.

"저 사람이, 그 유명한 마스크 도르[22]죠."

어릿광대는 허탈했는지 그런 엄청난 말을 이상하리만치 무덤덤하게 내뱉었다.

금빛 죽음

한 세기 전의 괴기 소설에서 벌어진 일이 지금 똑같이 재현된 것이다. 사람들은 이중인화 필름을 본 것처럼 뭐라 형언할 수 없는 이상한 기분에 휩싸였다.

포의 무시무시한 이야기에서는 커다란 흑단 시계가 열두 번째 종을 울리자 변장한 괴인이 나타났다. 바로 지금 상황과 똑같지 않은가. 다만 그 괴인이 '적사병의 가면'이 아니라 더 현실적인 공포를 자아내는 '황금가면'이라는 점만 다를 뿐.

"이상한 취미 아닙니까. 대체 누가 저렇게 꺼림칙한 변장을 하고 왔을까요?"

"지금까지 저런 금색 의상을 입은 사람은 없었어요."

22_ Masque d'Or. 프랑스어로 황금가면.

사람들은 눈살을 찌푸리고 수군거렸다. 황금가면이 보낸 오싹한 예고장은 르젤 백작의 측근과 경시청만 알고 있기에 저 낯선 자가 지금 세간을 떠들썩하게 하고 있는 괴도일지 모른다고 의심하는 사람은 없었다. 어떤 손님이 짓궂게 변장한 거라고 다들 믿었다.

하지만 금제 노 가면처럼 소름 끼치게 무표정한 얼굴과 마주치자 여자들뿐 아니라 갑옷 차림으로 위엄을 뽐내던 남자들까지도 안색이 변해 슬금슬금 뒷걸음질 쳤다.

"마스크 도르다! 마스크 도르야!"

소름 끼치는 웅성거림이 잔물결처럼 춤추는 사람들 사이로 퍼져나갔다.

황금가면을 쓴 자는 사람들이 뒤로 물러나자 넓어진 통로를 가로질러 소설 속 '적사병의 가면'처럼 비틀거리며 이 방 저 방을 걸어 다녔다.

그가 각 방을 지날 때마다 온몸에 두른 금색 망토는, 때로는 푸르게, 때로는 자주색으로, 때로는 주황색으로 아름답게 빛났다.

그때, 악사들과 함께 복도에 있던 나미코시 경부는 실내가 소란해진 걸 깨달았다.

"황금가면, 황금가면."

파도처럼 수군거리는 소리가 들려왔다.

경부가 깜짝 놀라 푸른 방으로 뛰어 들어갔을 때 그자는 이미 두 방쯤 앞서 있었다.

"황금가면을 보셨습니까? 그자는 어디로 갔습니까?"

경부가 당황해서 묻자 누군가 껄껄 웃으며 대답했다.

"황금가면이라니, 그런 바보 같은 말로 사람을 웃기려는 거요. 어디 갔냐고요? 어디로 갔을까요. 저 앞의 검은 방으로 들어갔어요. 적사병의 가면처럼. 아하하하……."

그 일본인은 많이 취한 듯했다.

경부는 얼른 그쪽으로 달려갔다.

그는 기쁨인지 두려움인지 모를 감정 때문에 가슴이 터질 것 같았다. 기다리고 기다리던 황금가면이 불과 몇 간 앞에 있다니 지나친 행운 같아 믿기지 않았다. 물론 도망칠 길은 전혀 없다. 형사들이 건물을 포위하고 있다. 설마 그런 상황에서 황금가면이 무모하게 모습을 드러낼까.

다음 방에 가보니 황금가면을 쫓는 사람이 또 있다는 걸 알게 되었다. 제일 앞에서 쫓는 사람은 주인인 르젤 백작이었다. 그는 변장을 하지 않아 뛸 때마다 연미복 꼬리 두 장이 검은 깃발처럼 나부꼈다.

그 뒤로 또 한 남자가 뛰고 있었다. 변장이 너무 괴해 누구인지 알 수 없었다. 일본인인지 아닌지조차 애매했다. 몸에 딱 달라붙는 검정 셔츠에 검정 작업복, 검정 장갑, 검정 양말, 머리에는 검정 천을 썼는데 그 양 끝이 긴 뿔처럼 삐죽 튀어나와 있었다. 물론 얼굴에는 마스크를 썼다. 그는 서양 연극에 나오는 악마 메피스토의 분장을 한 것이다.

르젤 백작과 메피스토, 접대 담당자 분장을 한 나미코시 경부가 검정 벨벳 방을 향해 줄지어 달려갔다.

경부는 달리면서 준비한 호루라기를 꺼내 부하 형사들에게 신호를 보냈다.

"무슨 일이야. 당신들 뭐 하는 거요."

춤을 추던 사람들 사이에서 의혹의 목소리가 터져 나왔다. 줄지어 달리는 세 사람이 제정신으로 보이지 않았기 때문이다. 그만큼 세 사람의 행동은 엉뚱하고 우스꽝스러웠다.

"여러분, 주목하세요."

르젤 백작은 뛰면서 사람들을 향해 외쳤다.

"저 금색 옷을 입은 자가 진짜 황금가면입니다. 저는 오늘 밤 그가 이 자리에 올 거라고 예고장을 받았습니다."

그 말에 방마다 웅성거리던 소리가 뚝 그쳤다. 숨소리까지 들릴 정도로 이상스러운 정적이 일곱 개의 방을 점령했다.

모두 황금가면이 얼마나 무서운 사람인지 잘 알고 있었다.

'아, 위험하다. 백작은 '적사병의 가면'을 쫓는 공작처럼 황금가면을 쫓고 있다. 프로스페로 공작은 가면을 쫓다가 흑단 시계 앞에서 목숨을 잃지 않았나.'

사람들은 처음부터 끝까지 포의 소설과 똑같이 으스스하게 진행되는 상황을 보고 전율하지 않을 수 없었다.

한편, 황금가면은 드디어 검정 벨벳 방에 발을 들여놓았다. 복도의 화롯불이 시뻘건 명주 천을 투과해 황금가면의 의상을 핏빛으로 물들였다. 그는 온통 피로 번쩍이는 듯한 얼굴로 초승달 모양의 입술을 찡그리며 소름 끼치게 웃었다.

불길하게 암흑과 핏빛으로 물든 방에 들어가기 망설여지는지 세 추격자는 입구에서 발을 멈췄다.

"으흐흐흐흐흐흐흐흐흐흐흐."

억눌렀던 웃음이 지옥 밑바닥에서 들리는 소리처럼 섬뜩하게 방 안에 울려 퍼졌다.

망설이던 세 사람 중 르젤 백작이 가장 용감했다. 그는 두 사람을 입구에 남겨둔 채 혼자 악마가 있는 방으로 들어갔다.

백작이 방에 들어가자마자 빵 하고 총탄 터지는 소리가 났다. 뒤이어 들려오는 야수 같은 울음소리, 꽈당하고 사람이 넘어지는 소리.

누가 총을 쏘고 누가 넘어진 걸까.

이제 더 이상 망설일 때가 아니었다. 나미코시 경부와 메피스토로 분장한 자가 거의 동시에 방 안으로 뛰어 들어가 한 번 더 방아쇠를 당기려는 백작의 손을 붙들었다.

"안 돼요. 중요한 범인입니다. 죽이면 안 됩니다."

상대는 일본어를 알아듣지 못할 테지만 경부는 미친 듯이 외쳤다. 지금 그자를 죽이면 친구 아케치 고고로의 생사나 오토리 후지코의 행방을 알 수 없게 된다.

그자는 상처 입은 한 마리의 금빛 짐승처럼 바닥에 깔린 검정 벨벳 융단 위에 쓰러져 있었다. 총알은 가슴을 관통한 듯했다. 황금 망토의 가슴 부분에도, 초승달 모양의 금빛 입술에도 실 같은 피가 줄줄 흘렀다. 치명상이다. 하지만 아직 목숨은 완전히 끊어지지 않았다.

"마스크, 마스크를."

르젤 백작이 외쳤다.

나미코시 경부는 몸을 수그려 무표정한 황금가면에 손을 댔다. 그 순간 경부의 몸이 부르르 떨렸다.

가면 아래 대체 무엇이 숨겨져 있단 말인가. 이제 그걸 밝힐 수 있다. 세상 사람들은, 피해자들은, 그리고 경시청은, 얼마나 이 순간을 기다렸나. 그 생각을 하니 나미코시 경부는 손이 떨렸다. 너무 기쁜 나머지 오열하고픈 충동을 느낄 정도였다.

아르센 뤼팽

마침내 황금가면은 벗겨졌다.

가면 아래 드러난 얼굴은 뜻밖에도 르젤 백작을 그림자처럼 수행하던 일본인 비서관 우치세 시치로浦瀨七郎였다.

연회가 시작되기 전, 나미코시 경부와 나란히 방문객 접수를 맡았던 점잖은 통역관이 황금가면이라니 너무 기가 막혔다. 나미코시 경부는 잠시 백작과 메피스토의 얼굴을 번갈아 봤다.

그때, 호루라기 소리를 들은 형사들이 우르르 검은 방으로 몰려왔다. 그중에는 총감의 얼굴도 보였다. 범인이 의외의 인물이라 모두 적잖게 당황한 듯했다.

경부는 총감을 보자 정신이 확 들었다.

'황금가면이 F국 대사 통역관이었군. 범인이 치외법권에 숨어 있었으니 알아차리지 못한 것도 무리가 아니다. 그렇군, 이제 앞뒤가 맞는군. 와시오 후작의 도난사건도 이자의 소행이라면 수긍이 간다. 그때 그가 르젤 백작의 수행원으로 미술관에 들어갔으니까.'

경부는 얼른 머릿속으로 따져봤다. 그리고 위압적인 태도로 명령했다.

"너희는 지금 즉시 범인을 병원에 옮겨라. 수사과에 전화해 방금 황금가면을 붙잡았다고 알리고."

하지만 형사들은 망설였다. 나미코시 경부도 멈칫하고 방 안을 둘러봤다. 어디선가 이상한 웃음소리가 들려왔기 때문이다. 빈사 상태의 황금가면은 찌푸린 얼굴로 고통스러워했다. 그가 웃을 리 없었다. 그럼 대체 이런 중요한 순간에 누가 웃는단 말인가.

주위를 둘러보아도 모두 심각한 얼굴이다. 웃는 사람은 아무도 없었다. 하지만 단 한 명, 표정을 알 수 없는 사람이 있었다. 메피스토로 분한 남자였다. 복면이 얼굴을 가리고 있어 웃는 표정인지 우는 표정인지 가늠할 수 없었다.

총감도, 경부도, 형사들도, 그리고 백작조차도 모두 공교롭게 메피스토를 바라봤다. 아, 역시 이 사람이다. 저 시커먼 악마의 입에서 억지로 참고 있던 웃음소리가 터져 나온 것이다.

"왜 그러십니까. 뭐가 그렇게 우습죠?"

나미코시 경부가 화를 내듯 물었다.

"미안합니다. 사람들이 소동 피우는 모습이 너무 우습지 뭡니까."

메피스토는 확실히 일본인이었다.

"소동이라니요. 무슨 말씀이십니까. 당신은 이게 소동 같아 보입니까? …… 대체 누구십니까. 복면을 벗어주세요."

"아르센 뤼팽은 이런 사람이 아닙니다."

메피스토는 경부의 말은 아랑곳하지 않고 쓰러져 있는 범인을 손가락으로 가리키며 갑자기 이상한 말을 했다.

"아르센 뤼팽요? 뤼팽은 왜요."

이 녀석, 유명한 프랑스 괴도 신사의 환영에 사로잡혀 있군. 경부는 그가 제정신인가 의심했다.

"황금가면으로 알려진 도적은 뤼팽입니다. 뤼팽일 수밖에 없어요."

경부는 정신 나간 자의 실없는 소리라 생각해 더 이상 그를 상대하지 않았다. 대신 부하에게 명령했다.

"이자의 복면을 벗겨라."

형사들은 메피스토에게 달려가 다짜고짜 복면을 잡아 찢었다.

복면 아래로 테 없는 안경이 반짝였고 풍성한 콧수염이 코밑을 덮고 있었다.

"뭐야, 자네는 여기 종업원 아닌가."

나미코시 경부가 깜짝 놀라 외쳤다.

만찬 때 백작과 총감, 그리고 나미코시 경부를 의미심장하게 훔쳐보던 수상한 종업원이 틀림없었다.

"이상하군. 자네가 왜 손님들 속에 끼어 있지? 그 변장은 또 뭔가."

나미코시 경부의 호통에도 수상한 종업원은 태연한 얼굴이었다. 그는 경부 따위는 상대하지 않고 경시총감을 향해 성큼성큼 걸어갔다.

"총감 각하, 이 죽어가는 중상자에게 두세 가지만 질문하도록 허락해주십시오."

그는 점점 제정신이 아닌 듯한 말을 했다.

총감은 당황했지만 근엄한 얼굴로 최대한 위엄 있게 반문했다.

"허락 못 할 건 없네만, 자네는 누군가. 대체 무슨 이유로 그런 느닷없는 요구를 하는 거지?"

악마로 분장했던 종업원은 총감의 위엄에도 아랑곳하지 않았다. 그는 얼굴이 닿을 만큼 총감에게 가까이 다가갔다.

"각하, 접니다. 설마 절 몰라보시는 건 아니겠죠."

그는 정말 뜻밖의 말을 했다.

조금 전과는 목소리도 달랐다. 총감은 문득 누군가가 떠올랐다. 말도 안 되는 일이다. 그는 살해당하지 않았나. 하지만, 하지만, 이 목소리, 그리고 이 얼굴. 총감은 반신반의하며 상대를 지긋이 쳐다봤다. 희한하게도 종업원의 볼품없는 얼굴에서 서서히 낯익은 사람의 용모가 드러났다.

"아니, 자네는!"

총감은 신음소리를 내며 엉겁결에 뒤로 한발 물러섰다.

종업원은 빙글빙글 웃으며 안경을 벗고 콧수염을 떼어냈다.

그러자 그 아래에서 우리의 아마추어 탐정 아케치 고고로의 얼굴이 드러나는 것 아닌가.

그를 보자 여기저기서 이상한 신음이 터져 나왔다. 때도 때이고, 장소도 장소니만큼 죽은 줄 알았던 명탐정이 모습을 드러내자 모두 신음소리를 내며 상대의 얼굴만 쳐다봤다.

마침내 정신을 차린 나미코시 경부가 먼저 아케치에게 물었다.

"아케치, 인사는 생략하겠네. 자네가 어떻게 살아 돌아왔는지는 나중에 천천히 듣기로 하고……. 방금 한 말, 좀 이상한데 그건 대체 무슨 의미지?"

"황금가면이 아르센 뤼팽이라는 거지. 황당하게 들릴지도 모르겠군. 나도 한동안 확실히 판단할 수 없었거든. 하지만 2~3일 전에 착각이 아니란 게 판명되었지. 뤼팽은 지금 도쿄에 있다네."

아케치도 흥분했다.

"하지만 여기 쓰러져 있는 자는?"

"물론 가짜지. 뤼팽의 상투적인 수법이잖아. 졸극에 불과해."

놀라 자빠질 만한 일 아닌가! 프랑스의 괴도 신사, 천하의 의적, 아르센 뤼팽의 이름을 모르는 사람은 없을 것이다. 그런데 그 도적들의 왕 뤼팽이 도쿄에 나타났다는 것이다. 아케치가 정신이 나갔나. 아니면 혹시 백일몽을 꾸고 있는 건가. 도저히 믿기지 않는 일이었다.

"아케치 군, 농담할 때가 아니잖소."

총감이 얄궂은 미소를 지으며 말했다.

"아, 각하도 믿지 못하시는군요. 그러시는 것도 무리는 아닙니다. 하지만 범죄에는 국경이 없습니다. 세계적인 미술품 수집가 아르센 뤼팽이 일본의 고미술품을 탐내지 않으리라는 법은 없죠. 미국의 유명한 영화배우가 일본 여자를 만나러 올 수 있듯이 뤼팽이 일본 미술품을 보러 오지 말란 법도 없습니다."

아케치는 거침없이 말했다. 쓴웃음을 지으며 그의 말을 듣던 총감은 참다못해 고함을 쳤다.

"자네 의견을 듣자는 게 아니야. 나는 증거가 필요해. 확실한 증거를 보여주게."

"증거가 없어서 이런 말을 하고 있는 건 아닙니다. 여기 쓰러진 자가 제 질문에 대답할 수 있다면 말입니다. 그럴 수만 있다면 각하를 충분히 만족시켜 드릴 수 있습니다."

"좋아, 이 남자에게 질문을 하게."

가까스로 총감의 허락이 떨어졌다.

우치세는 이미 단말마의 고통에 빠졌다. 꾸물거릴 때가 아니다. 아케치는 죽어가는 남자 옆에 웅크리고 앉아 최면을 걸듯 두 눈에 정신을 집중시키고 힘 있는 목소리로 질문했다.

"이봐, 정신 차려. 내 목소리가 들리나?"

중상을 입은 우치세는 상기된 눈으로 아케치의 얼굴을 쳐다봤다.

"그래, 들리는가보군. 그럼, 지금 내가 묻는 말에 대답해봐. 정말 중요한 문제니까. 그저 두세 마디면 돼."

"그냥 빨리 죽여라."

우치세는 고통을 참으며 피가 고인 입술을 움직였다.

"좋아, 곧 편안하게 해주지. 그 대신 대답해라, 알았지? 너는 황금가면의 부하지? 그와 한패 맞지? 벌써 죽어가는 거냐. 거짓말은 하지 말고."

"그래."

"부하군."

"그래."

"가장 중요한 문제니 직접 네 입으로 말해봐라. 황금가면의 정체가 뭔가? 그는 일본인이 아니지?"

"그래."

"이름은? 그 이름을 말해라. 자, 어서."

"뤼팽 …… 아, 아, 아르, 센, 뤼팽."

그 말에 총감도 이 몽상 같은 사실을 믿지 않을 도리가 없었다. 총감은 나미코시 경부와 함께 죽어가는 남자 앞으로 몸을 수그려 귀를 가까이 댔다. 그가 단말마의 고통 속에서 고백하는 말을 한마디도 놓치지 않으려는 것이다.

아케치는 숨 가쁘게 질문을 이어갔다.

"그래서 아르센 뤼팽은 어디 있나. 너는 그의 소재를 알고 있잖아."

"그래."

"알고 있군. 그럼 한마디만 해라. 그자는 지금 어디 있나?"

그는 이미 혀가 굳기 시작했다. 무슨 말을 하려 했지만 목소리가 나오지 않았다. 힘들게 여기까지 왔는데 가장 중요한 걸 듣지 못하는 건가.

"우치세, 부탁한다. 한 마디, 딱 한 마디만 하면 된다. 자, 말해봐."

아케치는 흥분한 나머지 자신도 모르게 그의 몸을 흔들었다. 잔인하게도 그런 행동은 정신을 잃고 죽어가는 자의 눈을 뜨게 했다.

"뤼팽은 어디에 있지?"

"여, 어, 어, 어……."

"무슨 말이야? 좀 더 확실히 말해봐."

"여, 어, 어……."

하지만 우치세는 외마디 소리만 반복할 뿐이었다.

"여기, 여기 있단 말인가."

"그, 으……."

"이 방에 있군. 그럼 어딘지 손가락으로 가리켜봐. 그게 안 되면 눈짓으로 가리키든지."

우치세는 마지막 힘을 짜내 오른손가락을 움직이더니 방 한쪽을 가리켰다. 이제 거의 흰자위만 보였지만 그의 두 눈도 그쪽으로 향해 있었다.

이게 무슨 일인가. 세계적인 의적 아르센 뤼팽이 도쿄의 대사 관저에, 그것도 이 검은 벨벳 방에 있다니.

모두 숨을 죽였다. 어느새 방 입구로 몰려온 손님들도, 형사도, 총감도, 나미코시 경부도, 아케치 고고로도 숨을 죽였다. 숨을 죽이고 죽어가는 자의 손가락이 가리키는 곳을 봤다. 그의 두 눈이 고정된 곳이기도 했다.

그곳에는 F국 대사 르젤 백작이 미동도 하지 않고 서 있었다.

뤼팽 대 아케치 고고로

수백 개의 눈이 흑단 시계를 등지고 서 있는 유일한 인물인 연미복 차림의 르젤 백작에게 집중되었다.

절멸할 듯한 침묵이 계속되었다. 아무도 꼼짝하지 않은 채 한참 서로 쏘아보기만 했다.

"와하하하……, 안 돼요. 분위기가 너무 침울해지잖아요. …… 자, 모두 춤을 추십시오. 백작님도 그만 저리 가시지요. 뒤처리는 우리에게 맡기시고요."

경시총감은 손짓을 하며 일본어로 말했다.

"총감님!"

아케치가 정색하고 총감에게 말했다.

"이런 명료한 사실을 못 믿으시겠다는 겁니까."

"아하하하……."

총감은 박장대소했다.

"자네, 그러면 되나. 아무리 명탐정이라도 그 말은 받아들이지 못하겠네. 한 나라의 특명전권대사인 분이 도적이라니 말도 안 되지, 하하하……."

"이자가 증인입니다."

아케치는 숨이 끊어진 우치세 비서관을 가리켰다.

"증인이라고? 말이 되나. 백작이 자신에게 총을 쐈으니 원한이 생길 법도 하잖아. 죽어가는 고통 때문에 제정신이 아닌 자가 하는 말인데 알 게 뭔가. 일개 비서관과 F국 대통령의 두터운 신임을 받는 전권대사, 둘 중 누구 말을 믿을 건가. 일고의 여지도 없는 사안이야."

"하지만 이걸 보십시오. 제가 이런 중대사를, 아무런 증거도 없이 경솔하게 입에 올리겠습니까?"

아케치는 검정 모직 셔츠 품에서 서양식 봉투를 고이 꺼내더니 총감에게 보여줬다.

총감은 아케치가 고지식하게 구는 게 괘씸했다. 일개 비서관보다 전권대사를 신뢰하지만, 전권대사보다는 아케치 고고로의 수완을 더 신뢰했다. 아케치가 역설한 것처럼 르젤 백작이 의적 아르센 뤼팽일지도 모른다는 의심이 마음 한구석에 들기도 했다. 하지만 지금 그걸 폭로하면 문제가 너무 커진다. 게다가 개입하고 싶어도 경시총감의 권한으로는 한 나라의 전권대사를 어찌할 도리가 없었다.

그런 까닭에 일단 사건을 무마한 후 관계 기관과 협의하려고 일부러 별일 아닌 듯 웃어넘긴 것이다. 그런데 아케치가 자신의 배짱 두둑한 연기를 이해하지 못하고 고지식하게 굴다니 정말 의외였다.

하지만 이제 방법이 없다. 아케치가 벌써 증거물을 내놓았다.

아케치라면 중대한 증거를 쥐고 있을 것이다.

"기다려주게."

총감은 때를 놓치지 않고 제동을 걸었다.

"여러분. 잠시 물러나 주십시오. 나미코시 경부만 남고, 나머지 형사들은 밖으로 나가 있게. 문도 닫아주고."

상황을 파악한 아케치는 외국 신사들과 귀부인들을 위해 총감의 말을 통역했다.

입구에서 엿보던 사람들이 물러나고 문이 닫히자, 총감은 르젤 백작의 앞을 막아서는 자세를 취했다. 그리고 그를 계속 곁눈질하면서 아케치에게 말했다.

"편지인 것 같은데 그건 어디서 온 건가."

"파리에서 왔습니다."

"파리의 누구한테서?"

"이름을 들어보신 적이 있을 걸로 사료되는데 전직 파리 경시청 형사부장인 베베르 씨가 보냈습니다."

"베베르?"

"그렇습니다. 뤼팽이 관여했던 가장 중요한 범죄 사건인 루돌프 케셀바흐 모의 사건[23]과 코스모 모닝턴 상속 사건[24]에서 뤼팽과 일대일 승부를 겨뤘던 용감한 경찰이죠. 당시 경시총감

23_ 아르센 뤼팽 시리즈 『813』에서 다이아몬드왕 케셀바흐가 살해된 사건을 지칭한다.

24_ 아르센 뤼팽 시리즈 『호랑이 이빨』은 타살 의혹이 있는 부호 코스모 모닝턴의 유산 상속을 다루고 있다.

인 데말리옹 씨의 오른팔로 활약했던 사람입니다.”

“그렇군. 그런데?”

“퇴임 후 지금은 파리 교외에 물러나 있죠. 제가 작년에 파리에 갔을 때 베베르 씨를 찾아가 온종일 이야기를 나눴습니다. 경찰 일은 진력이 났다고 하면서도 뤼팽 이야기만 나오면 험악한 표정을 보이며 이마에 핏대를 세우고 말하더군요. 죽을 때까지 그놈을 잊지 못할 거라고요. 어쨌든 뤼팽이 변장하고 치안국장 노릇을 했을 때 그 밑에서 꽤나 혹사당해 웃음거리가 되었으니까요.”

“베베르 씨가 무슨 말을 하던가.”

“저는 전보로 르젤 백작의 신원조회를 부탁했습니다. 백작은 샹파뉴 대전에서 죽음을 알린 적이 있습니다. 그와 관련해 엄청난 의혹이 있거든요. 대전 이전의 백작과 이후의 백작이 과연 동일인인가 하는 점이죠. 만약 동일인이 아니라면 아르센 뤼팽일지 모른다는 의심이 들었습니다. 뤼팽이라고 하니 베베르 씨가 열심히 조사해주더군요. 전우들을 찾아내고, 백작의 어린 시절 친구를 찾아내고, 사진을 수집하는 등 전방위로 조사한 결과, 대통령을 비롯해 전우들이 큰 착각을 했다는 걸 밝혀냈습니다. 르젤 백작이 샹파뉴에서 진짜로 전사했다는 사실을 알게 된 거죠. 하지만 너무 중대 사안이라 일개 퇴직 경찰의 말만 듣고 일을 처리할 수는 없었습니다. 대통령이 국가를 대표해 일본 황제 폐하를 알현하라며 도적에게 친서를 들려 보냈다고 하면 파리의 정계가 일대 파란에 휘말릴 테니까요. 그뿐 아니라 엄중한 국제문제이기도 하죠. 경솔하게 한 통의 전보만으로 범인 인도를 요구할 수는 없는 노릇이라 뤼팽을 가장 잘 아는 베베르 씨를 은밀히 일본으로 불렀습니다. 르젤 백작을 직접 만나보게 한 후에 적당히 처분을 내리려고요. 베베르 씨는 이 편지를 쓰고 바로 본국을 떠났습니다. 아마 수일 내로 도착할 겁니다."

경시총감도 나미코시 경부도 할 말을 잃었다. 황금가면은 그저 희대의 괴도가 아니다. 그는 서양의 덴이치보[25]인 것이다.

"저는 이만 물러가도 상관없겠죠."

기다리다 지친 르젤 백작이 세 사람의 얼굴을 차례로 보며 자국어로 물어봤다.

"실례했습니다, 백작님. 알고 계시겠지만 저희는 경찰입니다. 살해당한 자가 유명한 도적이라고 해도 어쨌든 여기서 살인사건이 일어난 겁니다. 피해자의 신원도 조사해야 합니다. 그리고 대사 각하님, 성가시겠지만 질문 두세 가지만 드리겠습니다. 잠시 이 방에 머물러주시길 부탁드립니다."

아케치가 정중하게 프랑스어로 대답했다.

"저 사람이 아까 저를 가리키며 뭐라고 했습니까?"

대사는 외국어를 할 수 있는 아케치에게 차분히 물었다.

그 말을 듣자 아케치는 순간 곤혹스러운 표정을 지었다. 하지만 결단을 내렸는지 거침없이 말했다.

25_ 天一坊. 수도자로 1728년경 도쿠가와 가문의 일족을 사칭해 세상을 어지럽게 했다는 명목으로 막부의 손에 처형당했다. 강담, 가부키 등에 자주 등장한다.

"각하가 유명한 괴도 신사 아르센 뤼팽이라고 말했습니다."

백작은 그 말을 듣고 별로 놀라는 기색 없이 아케치의 얼굴을 지긋이 바라봤다. 아케치도 필사적으로 미소를 지으며 대사를 바라보고 있었다.

몇 초간 기묘한 침묵이 흘렀다.

"하하……, 제가, …… 전권대사인 르젤 백작이, 뤼팽이라고요? 당신은 그걸 믿습니까?"

백작은 본심이 드러나지 않게 엷은 미소를 띠며 물었다.

"만약 믿는다면 각하는 어떻게 하실 생각인지요."

아케치는 온 힘을 다해 필사적으로 말을 이어갔다.

"무수한 사실이 그걸 증명한다면, 설령 대사 각하일지라도 의심할 수밖에 없을 겁니다."

"무수한 사실요? 그게 무엇인지 말해주십시오."

대사는 여전히 느긋한 태도였다.

"황금가면은 좀처럼 입을 열지 않습니다. 불가피한 경우 매우 간단한 말만 합니다. 하지만 매우 불분명한, 일본인 같지 않은 발음이죠. 그건 황금가면이 외국인이라는 증거입니다. 기묘한 금색 가면도 금세 눈에 띄는 외국인의 용모를 감추기 위해 고안한 거죠."

"그래서요."

"황금가면은 일본에서 가장 진귀한 고미술품만 노렸습니다. 그러나 만약 그가 평범한 도적이라면 그런 유명한 물건을 처리할 능력이 없을 겁니다. 뤼팽처럼 사설 박물관을 소유하고 있지 않다면야 그런 곡예를 할 필요가 없죠."

"그래서요."

"오토리 후지코 씨가 대체 왜 무서운 황금가면을 사랑했을까요. 그가 아르센 뤼팽이기 때문이죠. 이 세상에서 그런 고상한 여성이 사랑을 느낄 만한 도적은 뤼팽밖에 없을 겁니다. 뤼팽에게는 어떤 여성이라도 유혹할 수 있는 엄청난 마력이 있잖습니까."

"뤼팽이 그 말을 듣는다면 필시 영광으로 생각하겠네요. 하지만 저와는 무관한 일이죠."

"와시오 후작의 여래상이 위작으로 바뀌어 있었습니다. 그 가짜 상 뒤에는 A. L이라는 기호가 적혀 있었고요. 일본 인명 중에는 L을 이니셜로 쓸 만한 것이 없거든요. 아르센 뤼팽이 아니면 누구겠습니까. 이니셜이 일치할 뿐만 아니라 아마도 범죄 현장에 자신의 이름표를 남기고 가는 도적은 뤼팽 외에는 없을 겁니다. 그는 유럽 각국의 박물관에서 보물을 위작으로 바꿔치기하고는 잘 안 보이는 곳에 관례처럼 서명을 남겨두죠."

"……."

"게다가 그 도난사건이 일어났을 무렵, 와시오 후작의 저택을 방문한 외국인은 당신밖에 없었습니다. 저는 당시에도 황금가면이 아르센 뤼팽이고, 뤼팽이 바로 르젤 백작이라는 걸 어렴풋이 알고 있었습니다."

"하하하……, 재미있군요. 제가 세계적인 의적 아르센 뤼팽이라니, 증거는요? 공상이 아니라는 증거라도 있습니까?"

“우치세의 증언입니다.”

“그는 제정신이 아니었죠.”

“베베르 씨의 조사도 있습니다.”

“베베르?”

이때 처음으로 백작의 안색이 변했다.

“기억해보십시오. 뤼팽의 숙적, 베베르 부장 말입니다. 그가 르젤 백작의 신원을 조사한 결과 전모가 밝혀졌습니다. 각하를 체포하기 위해 F국 대통령께서 베베르 씨를 일본에 보냈습니다. 각하는 이미 F국의 신임을 잃으신 겁니다.”

마침내 르젤 백작은 절체절명의 위기에 빠졌다. 반박할 말이 없었다. 그러나 그는 전혀 동요하지 않았다. 이런 상황은 천 번도 더 있었기 때문이다. 동요하기는커녕 오히려 호탕하게 웃었다.

“아하하하. 일본의 명탐정 아케치 고고로, 꽤 대단한데. 이런, 감탄했어. 아르센 뤼팽이라, 내 평생 기억해두지.”

“그럼 고백한 거군.”

거인과 괴인은 지금 대등한 위치에 놓였다.

인체 용해술

말이 통하지 않아 그저 멍하니 있던 경시총감과 나미코시 경부를 제쳐두고 일본의 명탐정은 프랑스 의적과 수수께끼 같은 대화를 이어갔다. 두 거인은 비록 깊은 원한을 품었지만 서로 통하는 데가 있어 표면상으로는 오랜 지인을 만난 듯이 친근하게 대화했다.

"내가 아무래도 일본인을 너무 무시한 모양이군. 아파트 창에 비춘 모습은 분명 자네였는데. 그래서 자네가 죽었다고 믿었지. 자네만 사라지면 오늘 같은 일도 일어나지 않고 잘 끝났을 테니까."

백작은 담뱃불을 붙이더니 푸른 연기를 허공에 길게 뿜으며 느긋하게 말했다. 자신의 위기를 감추기 위함이었다.

"칭찬을 해주다니 얼굴이 다 화끈거리는군. 오래전에 셜록 홈즈가 쓴 수법이지. 밀랍 인형 말이야. 밀랍 인형이라는 게 밝혀지면 절대 안 되니까 총이 발사되자마자 시체를 숨겼지. 그래도 네 총격은 위협적이었어. 인형의 심장부에 정확히 맞았거든. 만약 내가 거기 있었다면 어땠을까 생각하니 오싹하더군."

메피스토 복장을 한 아케치가 르젤 백작 앞을 서성이며 빙글빙글 웃으며 말을 이어갔다.

"그런데 뤼팽, 웃기는 일이 있더군. 천하의 뤼팽도 망령이 드는구나 했지. 네가 살인을 했거든. 와시오 후작의 하녀를 죽인 건 부하의 실수라 해도 넌 내게 총을 쐈어. 다행히 실패로 끝나기는 했지만. 하지만 우치세를 죽인 건 변명할 수 없는 사실이지. 넌 피를 봤어."

"우치세는 일본인일 뿐이다."

뤼팽은 거만하게 말했다.

"나는 일찍이 모로코인 세 명을 한 번에 쏴 죽인 적도 있다."

"나쁜 자식."

아케치는 격분했다.

"백인이라고 인종 편견을 드러내는 건가. 솔직히 너는 여느 범죄자와 다르다고 생각했는데. 일본에도 예로부터 의적이 있었거든. 지금까지는 너를 그런 의적이라 생각해서 어느 정도는 경의를 표했다. 하지만 이제 그런 생각을 버리려 한다. 남은 건 혐오스러운 도적에 대한 경멸뿐이다."

"흥, 네가 경멸하든 존경하든 나는 상관없다."

"아르센 뤼팽이 이런 사람이었나. 실망이군. 무엇보다 우치세에게 황금가면 분장을 시킨 이유는 뭔가. 사람들이 그를 괴도라 생각하고 단숨에 쏴 죽이길 바란 것 아닌가. 그런데 기대와는 달리 그는 즉사하지 않았다. 아마 빈사 상태가 된 부하 때문에 네 정체가 폭로될 줄은 몰랐겠지. 뤼팽도 망령이 들었나보군."

"후후후……, 망령이 들었다고 속단하기에는 아직 이르지."

뤼팽은 둥근 담배 연기를 허공에 뿜으며 뻔뻔스럽게 코웃음을 쳤다.

"그게 무슨 의미냐."

"무슨 의미냐면…… 바로 이거지, 손들어!"

갑자기 뤼팽의 입에서 천둥 같은 고함이 터져 나왔다.

흑단 시계 앞에 버티고 서 있던 뤼팽은 아케치와 나머지 두 사람을 향해 총구를 겨누며 빈틈없는 태세를 갖췄다.

그의 갑작스러운 태세 전환에 아케치조차 꼼짝 못 할 정도로 놀랐다. 경시총감이나 나미코시 경부는 무기가 있었지만 그걸 꺼내 들 시간이 없었다. 그들은 총구를 피해 주춤주춤 뒷걸음질 칠 수밖에 없었다.

"꼼짝하기만 해봐라. 사정없이 발사해주지. 하하하…… 이래도 뤼팽이 망령 들었다고 할 건가. 나는 아직 일본 경찰에게 체포될 정도로 멍청하진 않다."

하지만 천하의 괴도라도 눈이 뒤에 달릴 수는 없다. 아니, 설령 뒤를 볼 수 있다 해도 시계 속까지는 보일 리는 없었다.

흑단 시계 뚜껑이 소리 없이 열리더니 안에서 별안간 누군가 튀어나왔다. 그는 나오자마자 권총을 들고 있던 뤼팽의 손을 움켜쥐었다.

"하하하……, 프랑스 경찰에게 체포될 만큼은 멍청한가 보군."

그가 빠른 프랑스어로 외쳤다.

뤼팽은 그 목소리가 귀에 익었다. 깜짝 놀라 뒤를 돌아보니 동족의 근엄한 얼굴이 눈에 띄었다.

"아, 넌 베베르!"

"그렇다. 예전에 네 부하였던 베베르다. 설마 잊진 않았겠지. 나도 똑똑히 기억하고 있다. 아케치 씨, 이 자가 뤼팽 맞습니다."

"그럼 그 편지와 함께 배로……."

"그렇지. 도착하자마자 여기로 왔다. 연회 시간에 딱 맞춰 올 수 있어서 다행이었지."

"베베르, 네가 특명전권대사를 체포할 권한이나 있나?"

뤼팽이 옛 부하를 꾸짖었다.

"대통령 각하께서 직접 명하셨다. 검사의 영장이 있으니 얌전히 있어라."

뤼팽은 무기를 빼앗겼다. 반대로 나미코시 경부는 주머니에 있던 권총을 꺼내 희대의 괴도를 향해 조준했다.

천하의 괴도 뤼팽일지라도 지금은 진퇴유곡에 빠져 속수무책이었다. 적이 앞뒤로 포위하고 있는 데다가 다들 일당백의 호걸들이었다. 경시총감은 논외로 쳐도, 아케치나 나미코시 경부, 그리고 베베르까지 모두 범인 체포라면 발군의 명수였다. 어찌 도망칠 틈이 있겠는가. 아니, 설령 도망친다 해도 입구는 하나밖에 없는 데다 문밖에는 경시청에서 선발된 형사들이 대기하고 있었다. 아무리 마술사 같은 뤼팽이라도 몇 겹의 포위를 뚫고 도망칠 방법은 없다. 아, 세계적인 괴도 아르센 뤼팽도 이제 운명이 다했나 보다. 극동의 타국에서 옥에 갇힐 신세인 걸 보니.

"이런, 너무 숙연하군. 뭐 슬픈 일이라도 있나? 혹시 내 최후를 불쌍히 여기는 건가. 하하하……, 별 시답지 않은 걱정을 다 하는군. 그래봤자 아무 소용없을 텐데. 내가 체포당하겠다고 허락한 기억이 없거든."

뭐 이렇게 뻔뻔스러운가. 이런 결정적 고비에도 뤼팽은 기가 꺾이지 않았다. 그는 입을 크게 벌리고 웃었다. 괴물이다. 속을 알 수 없는 귀신이다.

"네 허락은 필요 없다. 우리는 뤼팽을 체포한 거나 다름없으니까. 천변지이가 일어나면 모를까, 이미 뤼팽의 운명은 끝났다."

"천변지이라고? 그럼 천변지이가 일어나는가 보지."

"오호, 네가 그렇게 만들겠다는 건가."

"그렇다."

"그게 무슨 소리냐."

"내 힘으로 천변지이를 일으켜보겠다는 거지."

뤼팽은 자신 있다는 듯이 조소를 날렸다.

* * *

아무리 기다려도 방에 있는 사람들이 나오지 않자 문밖의 형사들은 불안했다. 문에 귀를 대보니 조금 전까지 어렴풋이 들리던 대화 소리마저 끊기고 쥐 죽은 듯이 조용했다. 이상한 일이다.

"나미코시 경부님. 나미코시 경부님."

"총감 각하."

형사들은 저마다 문을 두드리며 상관의 이름을 불렀다. 하지만 아무 대답도 없었다.

"이상하다. 문을 열어볼까."

그 말에 모두 동의했다. 문 가까이 있던 형사가 살짝 문을 열고 안을 들여다봤다.

"뭐야, 이상하네. 아무도 없어."

"없다니? 한 사람도?"

"고양이 한 마리 얼씬 안 해."

모두들 방으로 들어가 검정 벨벳 막과 융단을 걷고 벽과 바닥도 두들겨가며 살펴봤지만 어디에도 비밀 출구는 발견되지 않았다. 흑단 시계 안에도 비밀 장치는 없었다. 복도 쪽 유리창은 닫혀 있었고 바깥쪽에는 형사가 줄곧 지키고 서 있었다.

경시총감과 나미코시 경부, 아케치 고고로, 르젤 백작, 우치세 비서관의 시체, 형사들이 아는 사람만 해도 벌써 다섯인데, 그들이 모두 비밀 출구도 없는 밀폐된 방에서 연기처럼 증발한 건가. 아니면 녹아 없어졌단 말인가.

형사들은 여우에 홀린 듯했다. 꿈을 꾸듯 기묘한 기분이라 서로 얼굴만 힐끔힐끔 쳐다봤다.

경시총감이 녹아 없어졌다는 기막힌 보고를 어찌한단 말인가. 하지만 총감뿐 아니라 실제로 다섯이나 되는 장정들이 아무런 자취도 남기지 않고 용해되었다.

"내 힘으로 천변지이를 일으켜보겠다는 거지."

뤼팽의 호언장담이 이런 불가사의한 인체 용해술을 의미했단 말인가. 뤼팽이 아무리 지혜가 뛰어나다 해도 과연 인간을 용해하는 것이 가능할까. 대체 다섯 사람은 어떻게 된 것인가.

열려라 참깨

다시 방 안에 있던 뤼팽과 베베르의 대결로 이야기를 되돌린다.

제아무리 괴도라도 절체절명의 위기였다. 베베르에게 권총을 빼앗긴 뤼팽은 적의 총구 앞에서 꼼짝할 수 없었다.

천변지이가 일어나지 않는 이상 뤼팽의 체포는 확실했다. 숙적 베베르는 속이 시원하다는 듯이 뤼팽을 비웃었다.

"어떤가, 아르센 뤼팽. 이제 내 마음을 이해하겠지? 10년 체증이 단숨에 풀리는 것 같다. 불쌍하게 되었군. 세계적으로 이름을 떨치던 대도적이 극동의 낯선 나라에서 어이없게 말이야, 더 이상 오명도 못 떨치고. 우후후후……, 기쁘기도 하고 슬프기도 한 게 기분이 참 묘하군."

베베르가 프랑스어로 신랄하게 퍼부었다.

"베베르, 어쩌면 좋지? 자네는 내가 아까 한 약속을 잊은 모양이군."

괴도 뤼팽은 절체절명의 궁지에 몰렸는데도 전혀 기죽지 않았다. 그는 입꼬리에 이상야릇한 미소를 지으며 쾌활하게 말했다.

"약속? 글쎄, 네가 무슨 약속을 했더라."

"하하……, 그렇게 딴청을 부려도 소용없어. 자네, 아까부터 걱정했던 거 아냐? 내가 너한테 체포당할 일은 없을 거라고 약속해서 말이야."

"아, 형장에 끌려가는 자들이 늘 하는 타령 말인가. 걱정은 무슨. 체포당할 일이 없을 거라고 말은 하겠지. 하지만 체포당한 거나 다름없지. 넌 권총을 빼앗겼잖아. 우리에게는 권총 세 자루가 있고. 게다가 문밖에는 일본 경찰들이 수두룩하잖아. 아무리 뤼팽의 약속이라도 그것만은 신뢰할 수 없지. 설사 신이라 해도 이런 몇 겹의 포위를 뚫고 도망칠 수 없을 텐데."

베베르는 정색을 하고 호통쳤다. 큰소리를 치긴 했어도 내심 두려웠다. 뤼팽이 어떤 인물인지 너무 잘 알았기 때문이다.

"하하하……, 베베르, 좀 두려운가 보군. 신은 못 해도 이 뤼팽은 할 수 있나 보지. 네가 아까 뭐라고 했더라? 아, 맞다, 천변지이라도 일어나지 않는다면 내가 도망칠 수 없을 거라 했지. 천변지이를 일으킬 힘이 내게 없을 것 같나?"

뤼팽은 점점 쾌활해졌다. 반면 베베르는 조금씩 안색이 창백해졌다.

"젠장, 내가 단언하지. 아르센 뤼팽은 확실히 체포될 거다."

"나는 지금 이 방에서 나갈 거라네."

뤼팽이 거만하게 말했다.

"하하하……, 나가고 싶으면 나가봐라, 문밖에는 경찰이 수두룩할 테니."

베베르가 창백해진 얼굴을 잔뜩 찌푸린 채 소리쳤다.

"경찰이 수두룩하다고? 그런 거 상관없어. 열려라 참깨! 난 주문을 외쳐 감옥 철문을 연 적도 있잖아. 뤼팽의 사전에는 '불가능'이란 글자가 없다고."

대담무쌍한 괴도는 나미코시 경부와 아케치 고고로, 베베르가 자신을 향해 내밀고 있는 총구 따위는 상관없다는 듯이 문을 향해 천천히 걸어갔다.

"베베르, 장관의 명령이다. 문을 열어라."

뤼팽이 예전 르노르망 국장 시절처럼 엄중한 태도로 명령했다.

"하하하……, 쓸데없는 연극은 집어치워라. 그 문을 열면 네놈의 자멸만 앞당길 뿐이다. 르젤 대사는 체면을 잃게 되겠지. 밖에는 경찰뿐 아니라 연회 손님들도 많을 텐데. 그래도 열고 싶다면 네 손으로 직접 열든가."

"좋다, 그럼 내가 손수 열겠다. 이의 없지?"

말이 끝나기도 전에 문 앞으로 간 뤼팽은 손잡이를 돌려 문을 활짝 열었다.

"아, 안 돼."

아케치는 낌새가 불안해 소리쳤지만 이미 때는 늦었다. 방을 뛰쳐나간 괴도는 밖에서 얼른 문을 잠갔다.

하지만 문밖에는 형사가 십여 명이나 있다. 도망칠 테면 도망쳐봐라.

"이런. 제군들, 르젤 백작을 잡아라. 대사가 도망가지 못하게 어서 잡아."

나미코시 경부가 우렁찬 목소리로 고함쳤다.

"와하하……. 이봐, 베베르, 아케치. 일본 경찰들은 어디로 간 거야? 여기는 아무도 없는데. 연회 손님들도 안 보이고. 하하……, 그럼 잘들 있게나, 모두들 거기서 좀 견뎌봐."

밖에서 달그락달그락 열쇠 소리가 들렸다.

"젠장, 발사. 모두들 발사."

베베르는 아케치 말고는 알아들을 수 없는 프랑스어로 소리쳤다. 그의 권총이 불을 뿜었다. 나미코시 경부와 아케치의 권총에서도 연달아 총알이 발사되었다. 두 발, 세 발, 네 발, 총알이 발사되자 문에 구멍이 뚫렸다.

하지만 적이 쓰러진 낌새는 없었다.

베베르와 나미코시 경부가 갑자기 문으로 돌격했다. 그들에게는 여벌 열쇠가 없었기에 문을 부수고 범인을 추격할 수밖에 없었다.

뤼팽은 어떻게 된 걸까. 뒤에서 권총을 난사하는데도 그는 작은 상처 하나 입지 않고 긴 복도를 달려 나갔다. 이걸 어떻게 해석해야 할까. 정말 기괴한 일이었다. 뤼팽 앞에는 정말 단 한 사람도 없었다. 문 앞에 밀집해 있던 형사들과 연회 손님들은 다 어디로 사라진 걸까.

아니다, 사라졌을 리 없다. 독자 여러분은 아까 바깥에 있던 형사들이 기다리다 못해 그 방의 문을 연 것을 기억하리라. 형사들이 방에 들어가 보니 신기하게도 아무도 없었다. 르젤 백작도, 경시총감도, 아케치도, 나미코시 경부도, 가짜 황금가면의 시체도 녹아버린 것처럼 아무 흔적도 남아 있지 않았다.

아까는 분명 방 안에 있던 사람들이 감쪽같이 사라진 것이다.

그런데 뤼팽이 안에서 문을 열자 이번에는 바깥에 있던 사람들이 모두 증발해버린 것처럼 모습을 감췄다. 이건 또 무슨 일인가.

작가는 지금 말도 안 되는 이야기를 하는 걸까. 아니다, 결코 그렇지 않다. 양쪽 다 사실이다. 형사들이 방을 확인했을 때

안에는 아무도 없었으며, 뤼팽이 밖으로 뛰쳐나갔을 때는 밖에 아무도 없었다. 둘 다 확고부동한 사실이다. 그렇다면 그 둘 사이에 시간차가 있는 건가. 아니다, 결코 그렇지 않다. 심지어 뤼팽이 도망치기 몇 분 전에 형사들이 방 안으로 들어갔다.

있을 수 없는 일이었다. 이론적으로도 실제로도 전혀 불가능했다. 그렇다고 작가가 거짓말하지도 않았다. 독자 여러분이 잘못 읽은 건 더더욱 아니다. 괴도 뤼팽의 놀랄 만한 트릭 때문이었다. 뤼팽의 속임수는 정말 아무도 범접할 수 없는 경천동지할 만한 것이었다.

그건 그렇고, 뤼팽이 텅 빈 복도를 달려 맨 끝 방으로 들어갔을 때 캄캄한 방에는 다섯 명이 그를 기다리고 있었다. 그들은 모두 연미복 차림이었다. 셋은 외국인, 둘은 일본인으로 모두 뤼팽의 부하인 듯했다.

그들, 그러니까 뤼팽을 포함한 여섯 명은 말없이 유리창을 열고 비상 사다리에 발을 디뎠다. 그리고 한 사람씩 소리 나지 않게 쇠사다리를 밟고 내려갔다.

사다리 밑에도 형사가 지키고 있다는 건 앞서 말했다. 그들은 성실히 그 임무를 수행하고 있었다.

"누구냐?"

한 형사가 사다리를 내려온 사람들에게 큰 소리로 물었다. 그와 동시에 광선 한 줄기가 눈을 찔렀다. 형사가 랜턴을 켜서 그들에게 비춘 것이다.

"쉿. 조용히 해라. 우리는 수상한 사람이 아니다."

뤼팽의 일본인 부하가 나직하게 말했다.

"누구십니까. 이름을 밝히십시오."

형사는 연미복 차림의 상대에게 존댓말로 경의를 표했다.

"대사 각하십니다. 중대한 용건이 생기는 바람에 연회 자리에서 나와 외출하시는 겁니다. 황공합니다만 각하, 이 사람들에게 얼굴을 좀 보여주셔야 할 것 같습니다."

말이 끝나기도 전에 형사의 랜턴이 사람들의 얼굴을 차례로 비췄다. 가운데 서 있는 사람이 대사인 르젤 백작이었다. 말단 형사라도 이 대사관 주인인 백작의 얼굴을 모를 리 없었다. 신문에도 빈번히 나오는 유명인사가 황금가면이라고 대체 누가 상상하겠는가. 세계적인 대도 아르센 뤼팽일 거라고는 더더욱.

"실례했습니다. 저희는 황금가면을 체포하기 위해 경시청에서 파견된 형사들입니다. 대사 각하신지도 모르고, 정말 면목 없습니다. 이제 지나가시지요."

"그런 거군. 그럼 수고하게."

그들은 자동차가 대기하고 있는 대문 쪽으로 갔다. 두 대의 자동차가 헤드라이트를 켜고 출발 준비를 하고 있었다. 그들은 재빨리 차 안으로 사라졌다.

잠시 후 심야의 대사관 구내에는 요란한 엔진소리가 울려 퍼졌다. 땅 위를 미끄러져 나가는 헤드라이트 빛. 두 대의 자동차가 수상한 바람처럼 대사관에서 사라졌다.

경천동지

이야기를 되돌린다. 검정 벨벳 방에 들어간 경시청 형사들은 흑단 시계 앞에서 여우에 홀린 듯이 우왕좌왕했다.

우두머리인 경시총감을 비롯해 르젤 백작, 아케치 고고로, 나미코시 경부까지 모두 연기처럼 사라지다니 너무 기괴한 일이라 악몽에 휩싸인 듯 기분이 찜찜해 가만히 있을 수 없었다.

그 와중에 저 멀리서 권총이 발사되는 소리가 잇달아 들렸다. 누군가 호통을 쳤고, 뒤이어 문을 때려 부수는 듯한 소리도 들렸다.

그 소리에 십여 명의 형사들이 걸음을 멈추자 순식간에 적막이 감돌았다.

"방금 권총 소리 들었지? 어딜까?"

건물 안이 미로 같은 구조라 금방 식별할 수 없었다.

"잘 들어보자. 뭔가 부딪치는 소리는 천장에서 들리는 게 확실한데, 2층 아닐까?"

그러고 보니 2층 같았다. 호화스러운 건물이라 바닥도 두꺼워 소리가 어렴풋이 들렸다. 방향은 천장 위쪽이 맞는 듯했다.

"가보자."

한 형사가 앞장서 달리자 모두 우르르 뒤따라갔다. 다양한 색으로 된 방을 지나 계단을 올라가니 예상대로 소리가 점점 커졌다.

긴 복도 끝에 문이 보였다.

누군가 안에서 문을 부수고 있는 듯했다. 이미 문 널빤지의 한쪽이 우지끈 갈라지기 시작했다.

"누구십니까, 안에 누가 계시죠?"

한 형사가 큰 소리로 물었다.

"경시청 사람들이다. 아, 자네들이군. 대체 지금까지 어디 있었던 거야? 르젤 백작은 잡았나?"

나미코시 경부의 목소리가 들렸다.

이상한 일이다. 경부는 아래층 검은 방에서 나온 적이 없었다. 그런데 2층에는 언제 올라온 걸까.

어안이 벙벙했지만 형사들은 일단 문을 부수는 걸 도왔다. 한 형사가 영리하게 경첩을 뺀 덕분에 금방 문이 열렸다.

"뭐야, 이상하네. 우리가 지금 있는 곳이 1층이야 2층이야? 방금 계단을 올라왔는데 어떻게 된 거지?"

비명을 지르는 형사도 있었다.

그러는 것도 무리는 아니었다. 문을 여니 검은 벨벳 방이 보였다. 흑단 시계도 거기에 옮겨져 있고, 죽은 가짜 황금가면도 쓰러져 있다. 나미코시 경부뿐 아니라, 총감도, 아케치 고고로도 모두 거기 있다. 하지만 르젤 대사의 모습은 보이지 않았다. 대신 처음 보는 외국인이 공포에 질린 얼굴로 꼼짝하지 않고 서 있다.

이게 어찌 된 일일까.

꿈이다. 그게 아니라면 정신이 나갔나 보다.

형사들은 모두 창백해진 얼굴로 서로를 바라봤다.

"자네들, 왜 그렇게 멍하니 있는 거야. 대사는 어디로 도망쳤나. 그렇게 소리를 쳤는데 왜 잡지 않은 거지?"

나미코시 경부가 버럭 화내며 또 호통을 쳤다.

하지만 형사들은 의아할 따름이었다. 왜 르젤 대사를 잡아야 하는지 도무지 이해가 가지 않았다. 누군가 불가사의한 요술로 나미코시 경부의 정신을 빼놓은 건 아닌지 의심스러웠다.

"그런 명령을 내리셨다고 해도, 우리는 아래층 문 앞을 지키고 있었으니 2층에서 무슨 일이 일어났는지 전혀 알 수 없죠. 그런데 대사를 왜 잡나요?"

한 형사가 도무지 이해할 수 없다는 표정으로 물었다.

"자네들 지금 뭐라고 했나? 2층? 여기가 2층이라고?"

이번에는 경부가 깜짝 놀랐다.

"그렇습니다. 우리는 분명 계단을 올라왔습니다. 그런데 이상합니다. 방이 똑같아요."

형사들은 어리둥절한 표정을 지으며 자초지종을 설명했다.

"그런 얼토당토않은 이야기가 어디 있나. 자네들, 혹시 어디 잘못된 거 아냐? 그럼 아래층 그 방으로 가보든가."

나미코시 경부는 납득할 수 없었다.

"다들 잠깐 기다려 보세요. 어쩌면 우리가 어처구니없이 당한 건지도 모르니까."

복도로 난 창에 드리워진 얇은 핏빛 명주 천을 물끄러미 바라보던 아케치가 입을 열었다.

"무슨 소립니까?"

"저길 보세요. 저 천 너머의 불빛이 좀 이상하지 않습니까? 어쩌면 ……."

아케치는 성큼성큼 창가로 걸어가 명주 천을 확 잡아 뜯었다. 그런데 이게 어찌 된 일인가. 좀 전까지도 창밖에 보이던 복도는 온데간데없이 사라지고 누추한 회벽이 앞을 가로막고 있는 것 아닌가. 복도에서 비치는 화롯불도 알고 보니 창틀에 매달린 작은 알전구였다.

총감도, 경부도, 베베르도, 형사들도, 그저 탄식만 했다.

그런데 방 안을 두리번거리며 돌아다니던 아케치가 무슨 생각인지 시계 앞에 멈춰 허리를 굽히고 바닥을 들여다보는 것 아닌가.

"아, 이거다. 스위치가 여기 있다."

그가 가리키는 곳을 보니 새카만 융단 위에 약간 튀어나온 것이 있었다.

"스위치라니?"

총감과 나미코시 경부가 동시에 되물었다.

"정말로 놀랄 만한 기계 장치군요. 3개월 동안 아무도 눈치채지 못하게 이런 치밀한 장치를 만들다니 역시 뤼팽 아니면 할 수 없는 곡예입니다. 그자는 경천동지할 몽상을 쉽사리 실현시키는 괴물입니다."

"기계 장치라니 그게 뭔가?"

총감이 물었다. 나머지 사람들도 아케치가 무슨 말을 하는지 이해할 수 없었다.

"아까 뤼팽이라는 자가 천변지이를 일으키겠다고 호언장담하지 않았습니까? 사실상 천변지이가 일어난 거나 다름없습니다. 그자는 스스로 일으킨 천변지이로 경찰의 포위에서 쉽게 벗어난 겁니다. 여기 이 흰색의 작은 버튼을 보십시오. 이걸 누르면 뤼팽이 말한 천변지이가 일어나는 거죠. 이것만 있으면 그자는 아무리 어려운 고비와 맞닥뜨려도 태연하게 웃을 수 있습니다."

"그럼 지금 우리가 정말 2층에 있단 말인가?"

어렴풋이 상황을 깨달은 경시총감이 큰 눈을 껌뻑이며 물었다.

"그렇습니다. 이 버튼을 누르면 우리는 여기 선 채 원래대로 아래층으로 돌아갈 수 있습니다."

아케치는 바닥의 버튼을 있는 힘껏 눌렀다.

그러자 괴이한 일이 일어났다. 몸이 저릿저릿해지더니 가벼운 현기증이 느껴졌다.

하지만 원인이 무엇인지는 알 수 없었다.

방은 전혀 움직이지 않았다. 천장도 벽도 바닥도 전부 정지해 있었다. 그런데 상황을 정확히 설명할 수 없었지만 이른바 '움직임'이 느껴졌다.

"여길 보십시오. 우리는 지금 조용히 하강하고 있습니다."

사람들은 아케치가 가리키는 곳을 보자 아연실색했다.

방금 문을 떼어낸 빈 공간이 시곗바늘 움직이듯 눈에 띄지 않는 속도로 천천히 올라가는 것 아닌가.

방은 문과 창문을 제외하면 사방이 모두 검은 벨벳 융단으로 가려져 있었다. 그런데 그 직사각형 틀이 점점 위로 올라가더니 어느새 보이지 않았다.

그러고 나서 잠시 어두운 회벽이 보이더니 다시 직사각형 틀이 나타났다. 거대한 엘리베이터가 2층에서 1층으로 내려온 것이다.

"정말 놀라운 발상 아닙니까. 이 방 전체가 일종의 엘리베이터 장치인 겁니다. 그래서 아까 뤼팽이 시계 앞에 서 있던 거죠. 거기 있어야 버튼도 밟을 수 있을 뿐 아니라 우리 네 사람의 시선을 시계 쪽으로 유인해 문을 보지 못하게 하니까요. 우리는 문을 등지고 있었기 때문에 이 방이 이동하는 걸 전혀 눈치채지 못했습니다. 문을 빼고는 방 안의 물건들이 전혀 움직이지 않았으니까요. 흔들림도 아주 경미해서 설마 방 전체가 위로 올라간 거라고는 생각지 못한 겁니다. 유감스럽게도 우리는 적의 술수에 감쪽같이 넘어갔습니다."

아케치가 말하는 동안 엘리베이터가 완전히 하강해 방의 높이가 문밖의 복도 바닥과 똑같아졌다.

문이 열린 상태라 주변에는 여전히 가면무도회 손님들이 남아 있었다. 그들은 심상치 않은 방 안의 변화에 어리둥절해져서 한곳에 모여 주시하고 있었다.

"하지만 이상합니다. 우리가 아까 조사한 방도 이 방과 한 치도 다르지 않아요. 붉은 창, 거기 드리워진 검은 막, 커다란 흑단 시계, 모두 똑같습니다."

한 형사가 미심쩍다는 듯이 혼잣말을 했다.

"그렇습니다. 그렇기 때문에 이 기계 장치가 교묘한 함정인 겁니다. 이 방과 똑같은 방이 우리 발밑에 하나 더 있는 셈이죠. 다시 말해 엘리베이터 박스 두 개를 이어놓는 식으로 장식이 똑같은 방을 두 개 만들어놓은 것입니다."

아케치가 설명했다.

조사해볼 것도 없었다. 무도회 손님들은 이중의 방을 목격하고는 저마다 한마디씩 했다.

이렇게 거대한 기계 장치가 정말 가능한가. 범죄사상 유례없는 트릭이다. 아니다, 전례가 있다. 뤼팽의 선배라 할 수 있는 프랑스의 대도 지고마와 함께 세계적으로 이름을 떨친 팡토마[26]가 고안해낸 대형 기계 장치 말이다.

어느 방에서 사람이 살해당했다. 엄청난 피바다 속에서 죽어 있었다. 시체를 발견한 사람이 그 사실을 알리기 위해 자리를 비운 사이 피해자의 시체가 소실되었다. 시체만이 아니었다. 엄청나게 흐르던 피까지 모두 흔적도 없이 사라졌다. 당시 파리 경시청은 이 기괴한 사건 때문에 꽤나 골치였는데, 그때도 엘리베이터 장치를 이용한 이중의 방이 등장했다. 세상을 깜짝 놀라게 한 괴도 팡토마의 발상이었다.

철두철미한 뤼팽이라면 평소부터 선배의 아이디어를 연구했

26_ 팡토마는 프랑스 작가 피에르 수베스트르와 마르셀 알랭의 시리즈 소설의 주인공으로 변장의 귀재인 도둑이다. 1913년부터 이를 소재로 영화가 여러 편 제작되었으며 일본에서도 큰 인기를 구가했다.

을 법했다. 그는 전권대사로 부임해 관저에 들어가자마자 그걸 현실화했다. 이 거대한 기계 장치를 만들어 위급할 때 도망칠 준비를 해놓은 것이다.

"뤼팽이 생각해낼 만한 과감한 트릭입니다."

베베르는 오히려 감탄하듯 말했다.

"뤼팽은 엘리베이터 위에 경기구輕氣球를 달아놓고 옥상에 구멍을 뚫어 도망치기도 했죠. 그런 식으로 기상천외한 상상력을 가진 자입니다. 제르부아 사건[27]에서는 동료였던 가니마르 경감이 그에게 혼쭐난 적이 있었죠."

뤼팽은 다섯 부하를 이끌고 당당히 르젤 백작의 지위를 이용해 비상 사다리로 도망친 것으로 판명되었다. 나미코시 경부는 노발대발하며 비상 사다리를 지키던 형사에게 호통을 쳤다. 하지만 아무리 법석을 떨어봤자 이미 엎질러진 물이었다.

괴도 뤼팽과 다섯 부하는 그때를 마지막으로 행방을 감췄다. F국 전권대사의 행방불명이라니! 무슨 이런 우스꽝스러운 사건이 다 있나. 이 중대한 사건은 극비에 부쳐졌다. 신문 보도를 금지시켰으므로 대사 실종 사건은 공표되지 않고 끝났지만 기괴한 소문이 암암리에 전국으로 퍼졌다.

"황금가면은 F국 대사 르젤 백작이 변장한 거라고 하더군. 그런데 대사라는 건 가짜고, 그가 바로 아르센 뤼팽이라더군. 우습지 않나? 뤼팽이 F국 대표로 국서까지 봉정했다니 이런

....

27_ 아르센 뤼팽 시리즈 『뤼팽 대 홈즈의 대결』의 첫 번째 에피소드 「금발의 귀부인」에 나오는 사건.

해괴망측한 이야기는 처음일세."

모이기만 하면 다들 기괴한 소문에 대해 떠들어댔다.

경시청에서는 곧바로 전국의 건축업자를 소환해 엘리베이터를 제작한 기술자들을 찾아냈다. 전기기사 한 명, 전기직공 세 명, 공사 감독 한 명, 목수 스무 명, 실내장식업자 세 명, 총 스물여덟 명이었다. 그들은 품삯뿐 아니라 막대한 사례금까지 받고 공사에 대해 비밀을 지킨 것으로 밝혀졌다.

괴이한 아틀리에

그 후 보름 동안이나 뤼팽 일당의 행방이 묘연했다. 따라서 뤼팽을 연모해 가출한 오토리 후지코의 소재도 여전히 미궁에 빠진 상태였다.

설상가상으로 도쿄의 아이들 사이에서는 기묘한 놀이가 유행했다.

"황금가면 놀이 하지 않을래?"

아이들은 칼싸움 대신 황금가면 흉내를 내며 놀았다.

언젠가부터 종이로 만든 황금가면이 장난감 가게 앞에 매달려 있었다. 아이들은 그걸 한 장씩 사서 황금가면으로 변장하고 귀신 놀이를 했다.

거리마다 꼬마 황금가면들이 넘쳐났다.

어디를 가도 불길한 금색 가면이 보였다.

이 희한한 유행 때문에 시민들은 이루 말할 수 없이 불안했다. 해 질 녘 거리에서 꼬마 황금가면과 마주쳐 숨이 멎도록 놀라는 일이 한두 번이 아니었다.

정체 모를 공포가 꼬리에 꼬리를 물고 퍼져나갔다.

누군가 손님 없는 심야 마지막 전차에 황금가면이 혼자 앉아 있는 걸 봤다는 말을 퍼트렸다. 희한하게도 그 전차에는 황금가면을 제외한다면 손님은 물론 운전사나 차장도 타고 있지 않았다는 말도 덧붙였다.

누군가는 인적 없는 거리에서 금색 괴물이 발소리도 없이 갑자기 쫓아왔다고 말했고, 또 누군가는 마루노우치丸の内의 큰 빌딩 사무실 창에서 금색 얼굴을 보았다는 말도 했다.

사람들은 어렴풋이 황금가면이 이국의 괴도 뤼팽이라는 사실을 알고 있었다. 하지만 아무리 뤼팽이라고 해도 방심할 수 없었다. 그는 이 나라에서 피 보는 걸 두려워하지 않았다. 아무렇지 않게 살인을 저질렀다.

뤼팽의 성격이 180도 변했다. 길든 맹수가 피 맛을 본 것이다. 이제 사람들에게 뤼팽은 괴도 신사가 아니라 정체를 알 수 없는 무서운 자로 인식되었다. 초승달 모양의 입술에서 실 같은 피가 흐르는 황금가면의 모습은 뤼팽을 섬뜩한 존재로 만들었다.

얼마 후, 사람들이 두려워한 대로 뤼팽의 성격이 변했다는 걸 증명이라도 하듯 무시무시한 사건이 일어났다.

그날 밤, 고지마치구의 M초에 있는 가와무라 운잔川村雲山의 저택에는 외동딸 기누에絹枝가 하인 몇 명과 함께 적막한 집을 지키며 아버지를 기다리고 있었다. 운잔은 그 유명한 도쿄 미술학교의 명예교수이자 일본 조각계의 원로였다. 부인은 몇 년 전 작고하고 남은 가족이라고는 외동딸뿐인 쓸쓸한 생활을 했다.

운잔은 일 때문에 이틀 전쯤 간사이關西 쪽에 들렀다가 다음날 돌아올 예정이었다. 그런데 그날 밤 이상한 일이 일어났다.

“기누에, 내가 부재중일 때는 평소처럼 꼭 내 침실에서 자야 한다.”

운잔은 출발 전에 기누에에게 몇 번이나 당부했다.

그는 일본식 건축물인 본채 옆에 서양식 아틀리에를 지어놓고 안에 침실도 마련해두었다. 침실 문만 열면 넓은 아틀리에가 보이는 구조로 그 안에는 심혈을 기울여 조각한 불상들이 많았다. 운잔은 그걸 지키기 위해 집을 비울 때마다 딸에게 양관 침실에서 자라고 한 것이다.

“이 아틀리에에는 내 목숨보다도 귀한 것이 있단다. 하인들을 믿을 수 없으니 반드시 네가 지켜야 한다.”

운잔은 항상 그렇게 말했다.

“그 귀한 물건이란 아버지께서 조각하신 불상을 말씀하시는 거죠?”

“그것들도 소중하지만, 그보다 더 귀한 것도 있다. 목숨과도 바꿀 수 없는 것인데 말해줘도 넌 모를 거야. 하여튼 내가 집을 비울 때는 손님이든 하인이든 절대 아틀리에에 들여보내서는 안 된다. 혹시라도 밤중에 도둑이 들면 베개맡에 있는 벨을 눌러 하인들을 호출해라. 반드시 도둑을 내쫓아야 해."

운잔은 기누에의 질문에 답하며 거듭 주의를 줬다.

'아버지는 왜 이리 의심이 많으실까.'

말을 하지는 않았지만 속으로는 자기 아버지라 할지라도 의구심이 지나치다고 생각했다. 하지만 아버지의 분부를 거역할 수는 없었다. 그녀는 운잔의 출타 때마다 적적함을 견디며 하인들과 떨어져 외딴집 같은 양관에서 홀로 잠을 자야 했다.

그날 밤, 기누에는 어쩐지 잠이 오지 않았다.

'내일이면 아버지가 돌아오신다. 그 후에는 이런 으스스한 데서 혼자 자지 않아도 된다.'

기누에는 어서 날이 밝기를 기다렸다. 이상하게도 주위는 바닷속처럼 고요했다. 모두 죽은 듯이 잠들어 있었다. 이 넓은 세상에 혼자만 깨어 있는 기분이라 한기가 들 정도였다.

'몇 시지?'

뒤척이며 베개맡에 놓인 탁상시계를 보니 이미 1시가 넘었다.

'어, 이게 뭐지. 이런 데 아버지가 편지를 놔두실 리 없는데.'

기누에는 편지를 보고 의아해했다. 아직 봉투도 뜯지 않은 편지 한 통이 시계 앞에 놓여 있었다.

누운 채 손을 뻗어 봉투를 집어보니 봉투 앞면에 '아가씨 귀하'라고만 적혀 있었다. 뒷면에도 보낸 이의 이름은 없었다.

"누가 이런 걸 두고 간 걸까."

기누에는 별생각 없이 봉투를 뜯어 편지를 꺼냈다.

"귀하는 이 편지를 본 순간부터 무슨 일이 있더라도 절대 소리를 내면 안 됩니다. 만약 지시를 어기면 목숨을 부지하지 못합니다."

편지에는 이런 기묘한 내용이 적혀 있었다.

그걸 읽자 기누에는 심장 박동이 멈추는 듯했다. 편지를 바닥에 팽개친 채 꼼짝할 수 없었다. 소리치려 해도 목이 막혀 목소리가 나오지 않았다.

몸이 굳는 것 같아 10분쯤 이키닌교처럼 가만히 있었다. 차츰 마음이 진정되자 베개맡의 벨을 누르기 위해 마음을 다잡고 손을 뻗었다. 그러자 경고하듯 방 한쪽 구석에 내려진 벨벳 커튼이 눈에 띄게 움직였다.

'역시 그러네. 저 뒤에 사람이 숨어 있나 보다.'

그렇게 생각하니 너무 무서웠다. 베개맡으로 뻗은 손은 말을 듣지 않았고 마치 못이 박힌 것처럼 커튼에서 눈을 뗄 수 없었다.

커튼이 움직이면서 틈새가 조금씩 벌어졌다.

1부,[28] 2부, 점점 틈이 벌어지자 좁은 틈새에서 번쩍거리는 물체가 나타났다. 처음에는 금실 같았던 것이 곧이어 금 막대가 되더니 서서히 확대되어 마침내 정체 모를 금색 얼굴로 변했다.

황금가면!

신문에도 나왔고 사람들도 엄청나게 떠들어댔기에 기누에도 황금가면에 대한 소문은 익히 알고 있었다. 그런데 그 황금가면

....

28_ 1부分=0.3cm

이 혼자 자고 있는 넓은 양관 침실에 침입한 것이다. 너무 엄청난 일이라 믿기지 않았다. 혹시 내가 꿈을 꾸는 건가. 악몽이라면 빨리 깨어나길 빌었지만 결코 꿈이 아니었다.

황금가면은 섬뜩하게도 실 같은 눈으로 무표정하게 그녀를 노려봤다. 소문으로만 듣던 초승달 모양의 입이 갑자기 옆으로 벌어져 당장이라도 시뻘건 피를 뚝뚝 흘릴 것 같았다.

기누에는 벨을 누르기는커녕 정신도 차릴 수 없어 머리끝까지 모포를 뒤집어쓴 채 이가 덜덜 떨리는 걸 꽉 깨물고 식은땀만 흘렸다. 기절하지 않은 것이 신기할 정도였다.

잠시 후 바로 옆의 아틀리에에서 심상치 않은 소리가 들렸다. 괴한 몇 명이 들어와 물건을 훔치는지 마치 이삿짐을 꾸리는 것처럼 요란한 소리가 났다.

'아, 그래. 황금가면은 이상하리만치 미술품에 집착한다고 했지. 분명 아버지가 조각하신 불상을 훔치느라 나는 소리일 거야.'

기누에는 두려움 때문에 제정신이 아니었지만 어렴풋이 그런 생각이 들었다.

그녀는 모포를 뒤집어쓴 채 땀범벅이 되어 암흑 속에서 긴 시간을 견뎠다. 날이 밝고 해가 지고, 또 날이 밝고 해가 지고, 몇 날 며칠이 지난 것처럼 긴 시간이었다.

실제로는 아마 세 시간쯤 지났으리라. 귀를 기울여보니 옆방에서 나던 요란한 소리는 어느새 멈춰 있었다. 그리고 아주 깊은 정적을 뚫고 믿을 수 없이 청명한 닭 울음소리가 들렸다.

감고 있던 눈을 떠보니 모포의 성긴 직조 사이로 어스레한 새벽빛이 보였다.

마침내 날이 밝았구나. 이제 살았다. 괴한들은 한참 전에 사라진 게 틀림없다.

하지만 기누에는 여전히 망설였다. 움직임이 보이지 않을 정도로 천천히 모포에서 오른손을 빼더니 벨 쪽으로 뻗었다. 모포를 뒤집어쓰고 있었지만 벨의 위치는 기억할 수 있었다.

손가락이 곧바로 차가운 벨에 닿자 온 힘을 다해 벨을 눌렀다. 그리고 손가락을 떼지 않은 채 꾹 참고 기다렸다.

들리지 않았지만 틀림없이 본채 부엌에는 위급함을 알리는 벨이 울릴 것이다.

'휴, 살았다. 지금 하녀든 할아범이든 누구라도 달려오고 있을 거야.'

그렇게 생각하니 새 생명이라도 얻은 것 같았다. 기운을 차린 기누에는 이제 모포에서 얼굴을 내밀고 주위를 살필 수 있었다. 기운이 생겼다.

어느덧 새벽빛이 창문 커튼을 지나 살며시 방 안으로 들어왔다. 어스레한 빛이 전등불과 어우러지니 모든 물체를 안개 너머로 보는 듯했다.

우선 아틀리에 쪽을 바라보니 아무 일 없었다는 듯이 문이 굳게 닫혀 있었다. 역시 꿈이었나 생각하며 서서히 시선을 옮기는데 벨벳 커튼이 보였다. 그 순간, 지옥 밑바닥에서나 들릴 것 같은 엄청난 비명이 방 안에 울려 퍼졌다.

대체 어찌 된 일인가. 아침 햇살이 두렵지도 않은지 어젯밤처럼 커튼 사이로 번쩍이는 얼굴이 일거수일투족 기누에의 거동을 감시하듯 지그시 노려보고 있었다.

황금가면은 섬뜩한 얼굴에 이상한 웃음을 띠며 서서히 침대 쪽으로 다가왔다. 불상을 훔치는 걸로는 만족하지 못한 건가. 그는 혹시 좀 더 무서운 욕망을 품은 것 아닌가.

기누에는 온 힘을 다 쥐어짜듯 비명을 지르며 모포를 다시 뒤집어썼다. 그녀는 몸을 웅크리고 덜덜 떨었다.

당장이라도 저 괴물이 덮칠지 모른다고 생각하니 이미 죽은 목숨 같았다.

모포 바로 위에서 황금가면의 숨소리가 들리는 듯했다. 기누에는 심장이 터질 것 같았다.

예상대로 거인 같은 손바닥이 그녀의 어깨를 모포째 세게 움켜쥐었다.

으아아악. 말로 표현하기 힘든 엄청난 비명이 기누에의 입에서 터져 나왔다.

아틀리에의 총성

"기누에, 왜 그러는 거야. 정신 차려봐."

그자가 기누에의 어깨를 흔들며 굵은 목소리로 말했다. 그자가 아니다. 귀에 익은 목소리다. 의심할 필요도 없다. 기누에는 기쁨에 겨워 그에게 매달렸다. 모포를 젖힌 사람은 아버지 운산이었다.

야간열차를 타고 돌아온 노 미술가가 지금 막 집에 들어온 것이다.

하지만 아버지의 넓은 어깨 너머로 슬며시 커튼을 보니 …….
역시 있다. 금색 괴물이 눈을 가늘게 뜨고 기누에를 응시하고 있었다.

"아버지, 저기요! 저기!"

기누에는 잔뜩 겁에 질려 아버지에게 매달린 채 그자를 가리키며 가냘프게 말했다.

그 말에 뒤를 돌아본 운잔도 놀라지 않을 수 없었다. 그는 무의식중에 방어 태세를 갖추고 그자를 노려봤다.

그런데 어찌 이리 뻔뻔할 수 있는가. 황금가면은 인형처럼 무감각하게 그들을 쳐다볼 뿐이었다. 초승달 모양의 입술에 이상한 미소를 띤 채.

"하하하 ……."

갑자기 운잔의 입에서 어이없다는 듯이 웃음이 터져 나왔다.

"하하하 ……. 기누에, 뭘 겁내는 거냐. 봐라, 아무도 없어. 금색 가면과 망토가 커튼 뒤에 걸려 있을 뿐이지."

운잔은 커튼을 걷어 올리고 괴물의 정체를 보여줬다.

이게 웬일인가. 어젯밤부터 기누에가 두려워한 것이 고작 가면과 망토라니 그자의 트릭에 감쪽같이 속아 넘어갔단 말인가.

때마침 하인이 방에 들어왔다. 운잔은 그에게 금색 가면과 망토를 꺼내 본채에 가져다 놓으라고 명령했다.

"자, 그럼 됐지? 이제 아무것도 없잖아. 무서운 생각을 했나보구나. 하긴 터무니없는 장난을 치는 놈들이 있지. 황금가면이라나, 암튼 이상한 게 유행이더구나."

"아니에요, 아버지. 장난이 아니라 진짜 도둑이었어요. 빨리 아틀리에를 살펴보세요. 틀림없이 뭔가 훔쳐 갔을 거예요."

황금가면이 이제 없다는 걸 확인하고 정신을 차린 기누에는 어젯밤 일을 차근차근 설명했다.

"덜그럭덜그럭, 뭔가 요란한 소리가 한참 났었어요. 물건을 여러 개 가지고 간 게 틀림없어요."

그 말을 듣고 안색이 변한 운잔은 황급히 문을 열어 아틀리에 안을 들여다봤다.

기누에도 침대에서 내려와 아버지 뒤에서 주뼛거리며 안을 들여다봤다.

"어머, 어떻게 된 거죠?"

놀란 기누에가 엉겁결에 소리를 질렀다.

아틀리에 안은 놀랍게도 어젯밤 자기 전의 모습 그대로였다. 테이블과 의자, 늘어서 있는 불상들까지 전혀 위치가 바뀌지 않았다. 분실된 물건도 물론 없었다.

테이블 위의 자질구레한 물건들도 그대로였다. 리놀륨 바닥도 어제 청소한 그대로 아주 깨끗했고 의외로 발자국 하나 없었다.

정원 쪽에 나 있는 창도 점검해봤지만 아무 흔적 없었다. 창은 안에서 잠겨 있고 창밖의 정원은 땅이 말라 있어 발자국도 뚜렷하지 않았다.

"너, 혹시 꿈을 꾼 거 아니냐?"

운잔은 창백한 얼굴로 기누에를 돌아봤다.

"이상하네요. 하지만 결코 꿈이 아니었어요. 분명히 한참 요란한 소리가 났어요. 그래도 도난당한 물건이 없다니 다행이네요. 여우에 홀린 것처럼 뭐가 뭔지 모르겠지만요."

"아무것도 도난당하진 않았다. 하지만……."

"무슨 일 있나요? 아버지 얼굴이 너무 창백해요. 뭔가 짚이는 거 있으세요?"

기누에가 놀라며 그렇게 물어볼 만했다. 운잔은 도난당한 물건이 없다는 걸 확인하고 나서 오히려 사색이 된 것이다. 휘둥그레진 눈, 덜덜 떠는 입술. 기누에는 지금껏 아버지가 이토록 두려워하는 모습을 본 적이 없었다.

"가엾은 기누에. 너는 상상조차 할 수 없는 엄청난 일이 벌어질 것 같구나."

운잔은 귀신에 홀린 듯 얼빠진 목소리로 말했다.

"아버지, 저 무서워요. 그런 말씀 하지 마세요."

기누에는 힘없이 축 늘어진 아버지의 손을 잡고 어리광부리듯 흔들었다. 그의 손은 죽은 사람처럼 차가웠다.

"기누에, 본채에 가 있지 않겠니? 잠시 혼자 있고 싶구나."

운잔은 힘없는 목소리로 묘한 말을 했다.

"왜 그러세요?"

기누에는 깜짝 놀라 아버지의 창백한 얼굴을 올려봤다.

"곧 알게 될 거다. 별일 아니야, 걱정할 것 없어. 내가 벨을 누를 때까지 본채에 가 있거라. 좀 생각할 게 있구나."

동굴에서 울리는 것처럼 운잔의 목소리는 스산하게 들렸다.

"정말 무슨 일 있으신 거 아니에요? 괜찮으세요?"

"괜찮아. 빨리 본채로 가거라."

기누에는 석연치 않았지만 아버지의 말을 거역할 수 없어 자리를 떴다.

본채 거실에서 하녀들에게 어젯밤의 무서웠던 이야기를 해주던 중에 갑자기 아틀리에 쪽에서 이상한 폭음이 들렸다.

기누에와 하녀들은 입을 꾹 다문 채 서로 얼굴만 쳐다봤다.

"총소리죠?"

"아틀리에 쪽인 것 같아."

그새 얼마나 지났다고. 하지만 조금 전 아버지가 좀 이상했다. '혹시나' 하는 생각에 잠자코 있을 수 없었다. 기누에는 가슴 졸이며 하녀들과 함께 아틀리에로 달려갔다.

"안 돼요, 아버지!"

예상대로 아틀리에에 운잔이 피를 흘리며 쓰러져 있었다. 시체 쪽에 총 한 자루가 뒹굴었다.

총알이 오른쪽 관자놀이를 통과해 뇌수 깊숙이 파고들었는지 털실 같은 피가 바닥을 서서히 물들였다.

기누에는 유일한 혈육이었던 아버지의 시체에 매달려 가슴에 얼굴을 파묻었다. 꽉 다문 입술에서는 구슬픈 흐느낌이 새어 나왔고 점점 격해지더니 결국 주위를 아랑곳하지 않고 대성통곡했다.

밀실

그날 오전, 그러니까 가와무라 운잔이 변사하고 몇 시간 후, 사건 현장에서는 취조를 끝낸 검찰 인사들과 경시청, 관할 경찰들이 불가사의한 사건에 대해 이야기를 나누고 있었다. 그들 중에는 황금가면 사건을 담당한 나미코시 경부의 얼굴도 보였고, 특별 초빙된 민간 탐정 아케치 고고로도 있었다.

여우에 홀린 것처럼 실마리가 잡히지 않는 사건이었다. 무엇 하나 확실한 것이 없었다.

전날 밤 기누에를 위협했던 황금가면은 과연 진짜 황금가면, 즉 아르센 뤼팽이었을까. 아니면 금색 가면과 외투로 치장한 허수아비에 불과할까.

아틀리에에 잠입한 자는 누구이며, 애초에 무슨 목적으로 잠입했을까. 도난당한 건 없었다. 실내도 어지럽혀지지 않았다. 그런데 무슨 연유로 이삿짐 싸는 소리가 났을까.

운잔은 무슨 까닭에 딸을 떼어놓고 혼자 있으려 한 걸까. 그의 사인은 자살인가 타살인가. 타살이라면 범인은 어디로 들어와 어디로 도망친 걸까.

현장에서는 여러 설이 분분했다.

일련의 사건이 모두 아르센 뤼팽의 기상천외한 소행일 거라고 말하는 사람도 있었다. 이는 대대적인 범죄의 서막에 불과하며 진짜 목적은 아예 다른 데 있을 거라는 견해였다.

기누에는 현실과 꿈을 혼동한 것이며 가와무라 운잔은 뭔가 밝힐 수 없는 이유로 자살했을 것이다. 우연히 두 사건이 동시에 벌어진 것에 불과하다. 이렇게 주장하는 사람도 있었다.

아까부터 말없이 여러 가설들을 듣고 있던 아케치 고고로는 대화가 끊기자 혼잣말하듯 불쑥 이상한 질문을 했다.

"아가씨, 아버님은 프랑스어를 할 줄 아십니까?"

구석에서 쭈그리고 있던 기누에가 깜짝 놀라 고개를 들었다.

"아뇨, 아버지는 외국어를 전혀 못 하세요."

"아가씨는요?"

"프랑스어 말씀하시는 거예요?"

"네, 프랑스어요."

"아뇨, 전혀 못 합니다."

"하인들 중에는 할 줄 아는 사람이 있습니까?"

"그런 교육을 받은 하인은 아무도 없습니다."

아케치가 왜 그런 질문을 했는지 깨닫지 못한 기누에는 의아해하며 대답했다.

기누에뿐만 아니라 아무도 그 의미를 깨닫지 못했다.

"아케치, 프랑스어가 이 사건과 무슨 관계가 있나?"

나미코시 경부가 참지 못하고 물었다.

"관계가 있을 듯하네. 이걸 봐."

아케치는 오른손에 쥐고 있던 꾸깃꾸깃한 종이쪽지를 펴서 모두에게 보여줬다. 프랑스어처럼 보이는 문장이 세 줄 쓰여 있었다. 하지만 공교롭게도 아케치 외에는 아무도 프랑스어를 제대로 해독하지 못했다.

프랑스어로 된 문장과는 별개로 종이쪽지 한쪽 구석에는 다음과 같이 숫자와 이상한 기호가 적혀 있었다.

6 ◎ 2 · 11 ◎ 3

이건 누구나 읽을 수 있었다. 의미는 전혀 알 수 없지만 말이다.

"뭉쳐 버려진 걸 아까 이 방 구석에서 찾았습니다. 만약 가족들 중에 프랑스어를 할 수 있는 사람이 없고, 어제 이 방을 청소했다면 아마 이 쪽지는 어젯밤에 잠입한 자가 떨어뜨리고 간 거겠죠."

아케치가 설명했다. 역시 대단한 사람이다.

"그럼 그 프랑스어는 누가 썼다는 거야?"

나미코시 경부가 물었다. 검사, 예심판사를 비롯해 모두들 이 수수께끼 같은 문답에 귀를 기울였다.

"그건 전혀 모르겠네. 광인의 글이나 길흉을 점치는 오미쿠지御神籤처럼 요령부득한 말이 적혀 있어. 여기 이 숫자와 회오리 문양도 모르겠고. 그러니 더 흥미가 생기더군. 혹시 암호일지도 모르니까."

"그자가 떨어뜨리고 간 거고, 암호가 맞는다면 중요한 단서일 텐데……."

"암호 맞아. 거의 확실해. 한번 시험해보자고."

아케치는 또 중간 과정을 빼고 이야기했다.

"시험해보자니? 뭘 시험해보자는 거야?"

나미코시 경부가 이해가 안 간다는 표정으로 되물었다.

"이 숫자와 회오리 문양의 의미를."

모두 아케치의 독단적인 화법에 당황했다.

"제 생각은 이렇습니다."

아케치가 설명을 시작했다.

"가와무라 운잔 씨는 이 방에서 도난당한 물건이 없다는 사실을 알고 나서 안색이 변했고, 딸에게 방에서 나가라고 했습니다. 불가사의해 보이는 이 두 가지 사실이 무엇을 의미하는지 그것부터 생각해봐야 합니다. 방 안에 도난당한 물건이 없다는 게 가와무라 씨로서는 도난당한 것보다 훨씬 불길했을 겁니다. 그는 범인이 아틀리에의 물건이 아니라 훨씬 특별한 물건을 노렸다는 걸 알고 딸에게 방에서 나가라고 한 겁니다. 달리 해석할 방법이 없지 않습니까?"

사람들은 아케치의 설명을 들으니 뭔가 진상을 알 것 같기도 했다.

"아틀리에 안의 물건이 하나도 분실되지 않은 걸 알고 가와무라 씨가 안색이 변할 정도로 놀란 걸 보면 그 특별한 물건을 사람들 눈에 띄지 않게 아주 비밀스러운 장소에 숨겨 놓은 거죠. 이 아틀리에의 옆방에 침실을 마련해둔 채 전기 벨을 달아놓고, 여행할 때는 반드시 딸을 그 방에 재웠다는 건 아틀리에에 몹시 소중한 물건이 있다는 의미겠죠. 혹시 누가 그걸 발견할까 봐 극도로 두려웠던 겁니다. 그렇게 생각하니 아틀리에 어딘가에 비밀스러운 은닉 장소가 있을 거라는 제 추측이 훨씬 그럴듯해집니다.

가와무라 씨가 따님에게조차 그 사실을 말해주지 않았다는 건 목숨보다 중요한 비밀이라는 의미겠죠. 딸에게 방에서 나가라 하고 그 비밀의 장소를 확인한 결과, 목숨을 걸고 지킨 물건이 도난당한 걸 알고 실망한 나머지 자살을 한 거 아닐까요?

자살이 확실합니다. 만약 타살이라면 범인이 흉기를 현장에 놔두고 도망칠 까닭이 없죠. 아니, 증거는 그것만이 아닙니다. 저는 가와무라 씨의 여행 가방 속에서 권총 케이스를 발견했습니다. 이 권총이 그 케이스에 딱 맞습니다.

그런데 가와무라 씨는 왜 권총까지 챙겨 여행을 갔을까요. 그가 끊임없이 어떤 불안에 휩싸여 있었다는 증거 아닐까요? 방어하기 힘든 강적이 있거나, 언제라도 자살할 준비를 해놓았거나. 둘 중 무엇이든 간에 목숨을 걸 만한 비밀이 있는 건 틀림없습니다.

마음껏 상상해보자면, 그런 가와무라 씨의 비밀을 뤼팽이 눈치채고 훔쳐 간 거죠. 뒤이어 가와무라 씨는 절망한 나머지 자살을 한 거고요. 범인이 뤼팽이라는 것은 이 쪽지에 남긴 프랑스어나 기누에 씨를 위협한 황금가면 분장으로 유추할 수 있습니다.

가와무라 씨는 일본 최고의 조각가입니다. 그런 사람이 목숨보다 소중히 여긴 물건이라면 미술품 수집광인 뤼팽도 탐낼 만하겠죠."

아케치가 짠 시나리오는 공상의 소산이었다. 하지만 아무리 공상이라도 논리가 정연해 꽤 그럴듯한 시나리오였다. 적어도 그 자리에 있던 사람들이 내놓은 여러 가설보다는 월등히 훌륭했다.

"한번 시험해보죠. 제 시나리오가 맞는지 틀리는지 실제로 시험해보고 싶습니다.

그러면 이 종이쪽지의 숫자와 회오리 문양이 무엇을 의미하는지 알게 될 겁니다. 제 생각으로는 범인이 가와무라 씨의 비밀을 캐내 그걸 숨겨 놓은 장소의 암호를 외워 적어 놓은 것 같습니다. 제 가정이 맞는지 시험해보자는 거죠."

시험해보자고 말은 했지만 아케치는 이미 확신하는 듯했다.

"저는 아까부터 이 방을 구석구석 탐색했습니다. 그 결과, 암호의 숫자와 일치할 만한 것은 저기 난로 가장자리에 새겨진 옥 장식밖에 없다는 걸 확인했습니다. 아틀리에에 설치된 난로치고는 장식이 너무 화려해 제 주의를 끌었습니다.

옥 장식은 총 열여섯 개입니다. 암호에 나오는 숫자는 6, 2, 11, 3, 네 종류고, 모두 16 이하의 숫자입니다. 이 숫자는 각각 난로의 몇 번째 옥인지 위치를 의미할 가능성이 있습니다.

하지만 그게 아닐 수도 있습니다. 회오리 문양이 좀 독특하죠. 그런데 6과 2 사이의 회오리는 오른쪽에서 시작되고 11과 3 사이의 회오리는 왼쪽에서 시작됩니다. 그건 왼쪽이냐 오른쪽이냐 옥을 돌리는 방향을 의미할지도 모릅니다.

여섯 번째 옥은 오른쪽으로 돌리고, 열한 번째 옥은 왼쪽으로 돌리라는 의미 아닐까요.

그러면 2와 3은 어느 쪽으로 돌려야 할까요. 아, 그건 옥의 위치가 아니라 몇 번을 돌릴지 그 횟수를 써놓은 걸 수도 있겠네요. 여섯 번째 옥을 오른쪽으로 두 번 돌려라, 이게 맞는 것 같습니다."

아케치는 설명하는 과정에서 추리를 더 훌륭하게 발전시켰다.

6 ◎ 2 · 11 ◎ 3

맞다. 여섯 번째 옥을 오른쪽으로 두 번, 열한 번째 옥을 왼쪽으로 세 번 돌리는 게 맞는 것 같다. 정말 기막힌 발상이다.

한 손에 종이쪽지를 들고 난로로 성큼성큼 걸어간 아케치는 먼저 오른쪽 여섯 번째 옥 장식을 힘껏 돌렸다. 돌아간다, 돌아가. 그의 예상이 적중했다. 곧이어 열한 번째 옥을 왼쪽으로 세 번 돌리자 덜컥하는 소리가 나면서 난로 옆의 가벽이 좌우로 열렸다. 벽에는 시커멓고 커다란 빈 공간이 생겼다.

그걸 보고 감탄한 사람들이 밀실 앞으로 몰려갔다.

안에는 3평가량 되는 작은 방이 있었다.

"역시 그랬군. 아무것도 없는 빈방이야."

나미코시 경부가 중얼거렸다.

아케치의 예측이 하나하나 맞아떨어진다. 아마도 밀실 안의 물건은 뤼팽 일당이 훔쳐 갔을 것이다.

아케치는 어두운 방 안으로 고개를 들이밀고 잠시 살펴보더니 손가락 끝으로 작은 물건을 집어 올렸다.

"텅 빈 건 아니네, 이런 게 떨어져 있으니."

그가 내민 손바닥에 5부도 안 되는 길고 납작한 타원형 물체가 반짝거렸다. 금속은 아니었다. 천도 아니고, 종이도 아닌 정체 모를 물체였다. 하지만 그런 게 무슨 의미가 있을까.

아케치는 밝은 창가 쪽으로 가서 빛에 비춰가며 자세히 살펴보더니 뭔가 알아냈는지 놀라움을 감추지 않았다. 그리고 그답지 않게 엄숙한 표정으로 중얼거렸다.

"정말인가. 믿을 수 없다. 하지만…… 정말 놀라운 일이군."

그 모습이 심상치 않아 보여 나미코시 경부는 자기도 모르게 그에게 다가가 말을 걸었다.

"이봐, 아케치, 왜 그러는 거야. 뭐 알아낸 거 있어?"

"그래, 난 지금 엄청난 생각을 했어. 정말 섬뜩한 일이야."

아케치는 평소 웬만한 일에는 아랑곳하지 않았지만 지금은 목소리가 떨렸다.

"그 콩알만 한 물건이 대체 뭔데 그래? 뭔가 알아낸 거야?"

"그런 것 같아. …… 기누에 씨, 전화실이 어디 있죠?"

아케치는 우두커니 서 있는 기누에를 돌아보며 황급히 말했다.

붓다의 성전

황급히 전화실 위치를 물은 아케치는 기누에의 안내를 받아 그쪽으로 뛰어갔다. 사람들은 심상치 않은 그의 행동에 어리둥절해 서로 얼굴만 쳐다보고 있는데 기누에가 돌아와 보고를 했다.

"장거리 전화를 걸고 계세요. 시간이 좀 걸리니 기다려달라고 하셨어요."

급한 통화였기에 아케치는 상대방과 연결될 때까지 전전긍긍 자리를 지켰다. 아케치 같은 사람을 흥분시키다니 대체 얼마나 중대한 사건인가.

아케치가 전화실에서 돌아올 때까지 30분이 넘게 걸렸다. 그동안 손 놓고 기다릴 수 없어 남은 사람들은 기누에와 하인들에게 거듭 질문도 하고 집 안도 조사했다.

"여러분, 역시 예상이 맞았습니다. 정말 무서운 범죄입니다."

돌아온 아케치가 입구에 서서 큰 소리로 말했다. 그는 전화실로 사라졌을 때보다도 훨씬 안색이 창백했다.

"어떻게 된 일이야? 자네는 대체 뭘 알아낸 거지?"

나미코시 경부가 가장 먼저 물었다.

아케치는 함께 있던 기누에와 하인들에게 잠시 아틀리에에서 나가달라고 부탁하고는 그들이 사라진 걸 확인한 후 대답했다.

"도난당한 물건이 무엇인지 알았거든. 여러분, 놀라지 마십시오. 뤼팽이 아틀리에에서 훔쳐 간 건 국보였습니다. 게다가 여느 국보가 아니었습니다. 국보 중의 국보죠. 소학생들도 다 알 정도로 유명한 보물입니다."

"그게 뭔데? 자네는 무슨 말을 하는 건가. 이런 개인 아틀리에에 국보가 있을 리 없잖아."

나미코시 경부가 화들짝 놀라며 물었다.

나머지 사람들도 나미코시 경부와 같은 마음이었다. 가와무라 운잔의 아틀리에에 국보가 있었다니 너무 황당무계한 망상이었다. 아마추어 탐정의 머리가 이상해진 것 아닌가.

"그게 안치되어 있었거든."

아케치가 분노한 목소리로 외쳤다.

"내가 지금 나라奈良의 호류지法隆寺 사무실에 전화해서 확인한 사항이야."

"뭐라고요, 호류지라고 하셨습니까? 그럼 그 국보라는 것이……."

E검사가 화들짝 놀라 반문했다.

아케치는 조심스레 주위를 둘러보고는 소곤거리는 목소리로 대답했다.

"금당에 안치된 다마무시노즈시[29]입니다."

이게 무슨 말인가. 아케치는 제정신인가. 모두 가슴이 철렁해 말없이 아마추어 탐정만 바라봤다.

"이봐요, 농담하는 거 아니죠? 만약 사실이라면 정말 보통

29_ 玉虫厨子. 호류지에 있는 아스카 시대의 궁정형 감실로 일본의 국보이다. 당초문을 세공할 때 비단벌레 껍질을 박아 넣는 방식을 사용한 것으로 유명하다.

사건이 아니잖습니까……. 아무리 그래도 이렇게 귀중한 국보가 없어진 걸 지금까지 호류지에서 몰랐단 말입니까? 작은 물건도 아니고 좀 이상하지 않습니까?"

검사는 믿기지 않는다는 투로 말했다.

"하지만 호류지 금당에는 별 이상이 없습니다. 감실은 거기에 잘 있으니까요."

"네? 그럼 당신 말은……."

"맞습니다. 위작입니다. 몇 개월 동안 호류지에는 정교한 위작이 안치되어 있었습니다."

"위작이요? 그런 고대 미술을 어떻게 모조합니까? 불가능합니다. 믿을 수 없어요."

검사를 비롯해 모두 이 황당한 보고를 쉽게 믿을 수 없었다.

"호류지 사무실의 관리자도 그렇게 말했습니다. 저게 위작이라니 말도 안 된다고. 시답지 않은 장난은 그만 치라더군요. 제가 장난 전화를 걸었다고 생각했나 봅니다."

"그럴 만하죠. 그런데 위작이란 건 어떻게 확인하셨습니까?"

"저는 관리자에게 감실 바닥을 살펴봐달라고 부탁했습니다. 혹시 거기에도 뤼팽이 허영심 가득한 서명을 남겨놓지 않았을까 생각한 거죠."

"그래서 서명이 있었습니까?"

"잠시 후 관리자가 다시 전화를 받았는데 제정신이 아니었습니다. 목소리가 너무 떨려 무슨 말을 하는지 알아들을 수 없을 정도였으니까요. 'A · L'이라는 서명이 있다더군요. 친절하게도 일본어로 '가와무라 운잔 씨를 대신해 A · L'이라고 새겨놓았다고 합니다."

너무 기괴해서 믿기 힘들었다. 하지만 호류지 관리자가 거짓말을 할 리 없었다. 감실 바깥에 그런 서명을 남겨놓았다면 의심할 여지가 없었다. 일본 굴지의 국보를 증오스러운 외국인에게 도난당한 것이다.

"요컨대, 상황은 이러합니다."

아케치가 설명했다.

"가와무라 운잔 씨는 천재적인 조각가답게 병적이라 할 만큼 미술품을 좋아했습니다. 열정이 지나치다 보면 소유하고픈 마음이 생기는 것도 무리는 아니죠. 하지만 가와무라 씨의 경우 불행히도 욕심낸 미술품이 돈으로도 살 수 없는 국보 중의 국보였던 겁니다.

평범한 도둑이라면 어리석게 국보를 훔칠 생각은 하지 않겠죠. 그걸 훔쳐봤자 다른 사람에게 보여줄 수도 없고, 파는 것도 여의치 않아 아무 소용없으니까요.

하지만 가와무라 씨는 달랐습니다. 그는 이 고미술품을 자기 것으로 만들어 연인을 애무하듯 만져보고 싶었던 겁니다. 그러니 다른 사람에게 보여줄 필요가 없었죠. 물론 돈과 바꿀 리도 없고요. 그저 밀실에 안치해 두고 아침저녁으로 감상하고 쓰다듬으면서 혼자 은밀한 기쁨을 만끽하고 싶었던 겁니다. 가와무라 씨가 여행을 떠날 때마다 기누에 씨를 아틀리에에 재우며 지켜보라고 한 것만 봐도 이 밀실에 목숨보다 더 중요한 물건을 숨겨 놓았다는 걸 알 수 있죠."

"뤼팽이 그 사실을 알고 주인이 집을 비운 새 국보를 훔치러 온 거군요. 그러면서 호류지의 위작에 버릇대로 서명을 새겨놓은 거고요."

검사가 맞장구쳤다.

"그렇습니다. 그자는 오래전부터 가와무라 씨의 비밀을 알고 있던 게 분명합니다. 그렇지 않았다면 멀리 떨어져 있는 호류지의 위작에 서명해놓을 시간이 없었겠죠."

"위작을 만든 작가는 물론 가와무라 씨겠군요."

"그렇겠죠. 그런 정교한 미술품을 만들기 위해서는 이 밀실에서 몇 달, 아니 몇 년 동안 착실히 작업을 했을 겁니다. 가와무라 씨처럼 천재적인 미술가가 아니고서야 꾸밀 수 없는 범행이죠."

"하지만 위작과 진품을 바꿔 놓는 건 힘들잖습니까. 지켜보는 사람이 있는데 어떻게 그런 일을 할 수 있었을까요."

"위대한 범죄자는 불가능해 보이는 일을 쉽사리 해내죠. 그들은 일종의 마술사입니다. 하지만 마술이라는 건 진상을 알고 나면 정말 어처구니없는 게 많죠. 이번 경우도 마찬가지입니다. 그 국보는 가끔 수리를 위해 외부로 반출된다는 이야기를 들었습니다. 혹시 몰라 전화로 그게 사실이냐고 물어봤더니 예상대로 넉 달 전쯤 수리한 적이 있더군요. 그게 이번 마술의 진상입니다. 가와무라 씨는 그 계통 사람이라 그 시기를 알고 만반의 준비를 할 수 있으니 별 어려움 없이 바꿔치기할 수 있죠. 아시다시피 십여 명의 입쯤은 어렵지 않게 막을 수 있는 자산가니까요."

뭐 이리 뻔뻔스러운 범죄가 다 있나. 일본 미술계의 원로로 추앙받는 자가 자신의 지위와 능력을 악용해 국가의 소중한 보물을 사유화하려 들다니!

하지만 그는 이미 죄가 탄로 난 걸 알고 자살했다. 책임을 묻고 싶어도 그럴 상대가 없다. 반면 괴도 뤼팽은 살아 있다. 살아서 어딘가에서 경찰이 당황하는 걸 비웃고 있다. 원로 미술가의 잘못된 욕망을 교묘히 이용해 손쉽게 국보를 손에 넣은 뤼팽이야말로 아무리 증오해도 모자랄 흉악한 범죄자다.

"하지만 자네는 어떻게 알아냈나? 밀실에 숨겨둔 물건이 다마무시노즈시라는 걸. 나는 그자의 마술보다도 그게 더 신기한데."

나미코시 형사가 문득 생각났는지 묘하게 웃으며 물었다.

"그건 간단하지."

아케치는 별거 아니라는 듯 설명했다.

"이 종이쪽지에 답이 있었어. 밀실을 여는 암호 위에 프랑스어로 세 줄이 적혀 있었거든. 봐, 이거야."

그는 그 종이쪽지를 테이블 위에 펼쳤다.

"번역하면 이런 내용이지. '오늘 밤, 붓다의 성전을 옮겨라. 미리 정해둔 방법대로. 성전은 매번 그랬듯 흰 거인에게 전해줄 것.' 붓다의 성전이란 사원일 테지만, 사원을 옮기라는 건 아무래도 이상하잖아. 사원처럼 큰 건축물은 옮기는 건 말도 안 되지. 처음에는 은어 아닐까 생각했는데, 아까 밀실 마룻바닥에서 옻칠이 된 조각을 발견한 거야. 척 봐도 그건 일반 옻칠이 아니었어. 전문가가 아닌데도 매우 오래된 물건이라는 건 알겠더군. 그때 딱 감이 왔지.

아틀리에의 주인은 미술계의 대가인 원로 작가잖아. 그런 사람이 아주 많이 공들여 감춰놓았다가 도난당한 걸 알고 자살할 정도로 귀중한 물건이 뭘까. 붓다의 성전…… 오래된 옻칠…… 고미술품 수집광 뤼팽……. 거기까지 생각이 미치니 바로 다마무시노즈시가 떠오르더군. 과대망상에 빠진 뤼팽이 노린 물건, 게다가 옮길 수 있는 붓다의 성전이라면 이 국보밖에 없을 것 같았거든. 그래서 일단 전화를 걸어 확인했지."

"그런 거였군."

나미코시 경부는 아케치의 예리한 상상력에 감탄했다.

"그럼 흰 거인에게 전해주라는 마지막 문장은 대체 무슨 의미지? 그걸 알면 자연히 범인이 국보를 놔둔 은신처도 알 수 있잖아."

"유감스럽지만 그건 나도 아직 알아내지 못했어. 흰 거인, 그러니까 희고 큰 남자란 의미인데, 어쩌면 뤼팽 패거리 중 하나의 별명일 수도 있겠지."

아케치는 곤혹스러운 표정으로 중얼거렸다.

흰 거인

국보 다마무시노즈시가 도난당했다. 게다가 범인은 황금가면, 즉 뤼팽이다.

이 악몽 같은 사건은 곧바로 일본 전역에 알려졌다. 당국자는 모든 수단을 강구해 사건을 극비에 부쳤으나, 신문기자들은 예리한 육감으로 알아차렸다. 그들은 '르젤 백작이 뤼팽'임을 언급하지 않는 범위에서 이 변고를 자세히 보도했다.

미국이라면 폭동이 일어났을 것이다. 온화한 일본인들조차 이 사건에는 몹시 격앙했다. 뤼팽을 체포하고, 국보를 되찾으라는 항의가 전국에서 빗발쳤다. 공격의 화살은 경시청으로 향했다.

"나미코시 경부는 어떻게 된 거냐."

"아케치 고고로는 뭐 하고 있냐."

여기저기서 비난의 목소리가 들렸다.

뤼팽을 체포하기 위해 경찰력을 총동원하여 개미 한 마리 들어갈 틈 없을 정도로 촘촘하게 포위망을 깔았다. 도쿄는 말할 필요 없고 전국의 경찰서마다 르젤 백작의 인상서人相書를 돌렸다. 정거장, 선착장, 세관, 호텔, 여관 등 의심되는 장소는 빠짐없이 조사하고 잠복근무를 했다. 그리고 닷새가 지났다. 하지만 뤼팽도, 다마무시노즈시도, 뤼팽의 연인 오토리 후지코도, 부하들도 여전히 행방이 묘연했다.

일본인이라면 모를까 눈이 파랗고 머리색이 다른 외국인이다. 사람들 틈에 숨으려 해도 그럴 만한 장소가 없을 것이다. 불가사의했다. 아무리 마술사 같은 황금가면이라도 이미 정체가 폭로되어 일본인을 전부 적으로 돌린 채 도주하고 있다. 방방곡곡 감시의 눈으로 둘러싸여 있는 셈이다. 더구나 홀몸도 아니고 여자를 데리고 다니는 데다가 일반 자동차에는 실을 수 없을 정도로 큰 물건(다마무시노즈시는 상하로 나누어도 큰 트렁크가 있는 자동차 두 대는 필요하다. 게다가 그가 가진 장물은 그것뿐이 아니었다)을 가지고 있는데 대체 어디 몸을 숨겼는지 신통한 걸 넘어서 불가사의할 따름이었다.

아케치 고고로는 오늘도 개화 아파트 서재에 틀어박혀 수수께끼 같은 종이쪽지를 앞에 두고 골똘히 고민했다. 뤼팽에게 농락당한 데다 세상은 그에게 비난을 퍼붓고 있어 몹시 초조했다.

'흰 거인, 흰 거인, 흰 거인.'

그는 풀리지 않는 수수께끼 같은 이 말을 해석하기 위해 꼬박 나흘을 바쳤지만 아직도 서광이 비칠 기미는 보이지 않았다. 이렇게 힘든 사건은 아케치도 난생처음이었다.

그가 생각에 잠겨 있는데 탁상 위의 전화벨 소리가 요란하게 울렸다.

"또 나미코시 전화겠군. 시끄럽긴."

어쩔 수 없이 수화기를 들었다. 예상대로 나미코시 경부였는데 목소리가 평소와 달랐다.

"아케치, 좋은 소식이야. 빨리 외출 준비를 하게. 수수께끼 같던 그 희고 거대한 남자가 발견되었거든."

"뭐? 희고 거대한 남자가?"

너무 갑작스러운 이야기라 당황한 아케치가 되물었다.

"암호가 적힌 쪽지의 문구 말이야. 흰 거인이라는 놈. 드디어 그놈을 찾았어.”

“좀 더 자세히 말해봐. 무슨 소린지 모르겠으니.”

나미코시 경부가 ‘희고 거대한 남자’라고 풀어서 말하는 것이 좀 이상했다.

“부하 형사에게 방금 전화를 받았거든. 도야마가하라의 빈집 말이야, 설마 잊은 건 아니지? 자네가 황금가면과 일대일로 승부했던 곳. 혹시 몰라 그 주위에 형사 한 명을 잠복시켰는데, 그 형사에게 전화가 왔거든. 형사 말로는 30분쯤 전에 빈집에서 한 서양인 남자가 나가는 걸 봤다더군. 물론 수상하게 여겨 뒤를 밟았는데 그 서양인은 자동차를 타고 긴자로 가서 방금 카페 딕에 들어갔다고. 문 앞에서 지키고 있을 테니 얼른 오라는 전화였어. 자네도 가지 않겠나.”

“가는 건 좋은데, 그자가 어째서 흰 거인이라는 거지?”

“머리끝에서 발끝까지 새하얗다고 하더군. 흰 중절모, 흰 얼굴, 흰옷, 흰 지팡이, 흰 장갑, 흰 구두. 그 말을 듣고 소스라치게 놀랐어. 그가 바로 문제의 흰 거인인 거지. 키가 무척 크고 엄청나게 뚱뚱한 놈이라고 하더군.”

“좋아, 가겠네. 카페 딕이라고 했지?”

아케치는 전화를 끊었다.

그리고 침실로 들어가 약 5분 동안 자동차 운전사로 변장했다. 갈색이 도는 검정 서지 하복, 때 묻은 헌팅캡, 커다란 선글라스, 붉은 가죽 장화 차림으로 나온 그는 자동차를 불러 뒷자리에 타지 않고 진짜 운전사 옆에 앉았다.

10분 후, 자동차는 카페 딕에 조금 못미처 정차했다. 카페 앞에는 한 중년 남자가 어슬렁거리고 있었는데, 구식 알파카 양복 차림에 선글라스를 끼고, 수염을 붙인 채 검정 손가방과 공단 양산을 들고 있어 보험 세일즈맨처럼 보였다.

차에서 내린 아케치는 중년 남자에게 다가가 어깨를 툭 쳤다.

"나미코시, 변장이 서투르군."

알파카 양복 차림의 남자가 깜짝 놀라 뒤를 돌아봤다. 역시 아케치의 변장은 몰라볼 정도로 감쪽같았다.

"아케치였군. 쉿, 지금 그자가 나온다."

나미코시 경부는 5~6간 앞의 카페 입구를 눈으로 가리켰다. 입구 쪽 처마 밑에는 상점 지배인인 듯한 기모노 차림의 남자가 어슬렁거렸다.

잠시 후 문제의 흰 거인이 카페 앞에 모습을 드러냈다. 새하얗다. 머리끝에서 발끝까지 분을 뒤집어쓴 것처럼 새하얗다. 옷을 벗으면 피부도 색소 결핍증에 걸린 것처럼 새하얀 색일지도 모른다. 백인이라 하더라도 얼굴이 너무 희었다.

거인이라는 말이 무색하지 않게 몸도 엄청나게 컸다. 키가 6척이 넘을 뿐 아니라 스모선수처럼 뚱뚱했다.

그는 카페를 나와 차도 타지 않고 긴자 거리를 어슬렁어슬렁 걸었다.

정말 이상야릇한 미행 행렬이다. 도깨비처럼 분을 뒤집어쓴 뚱뚱한 사람이 맨 앞에 걸어가고, 15~16간 간격으로 알파카 양복에 선글라스를 쓴 중년 남자와 붉은 장화를 신은 운전사,

그리고 상점 지배인 차림의 형사가 뒤따랐다.

"저자가 암호대로 흰 거인이라면 끈질기게 미행해야 해. 거처만 알아내면 뤼팽이 장물을 숨겨 놓은 장소뿐 아니라 자연히 뤼팽의 소재도 알 수 있을 테니까. 절대 놓치면 안 돼."

나미코시 경부가 속삭이듯 조용히 말했다.

"그건 그렇지. 하지만 저 사람, 너무 하얀걸."

아케치는 미심쩍은 눈치다.

"너무 하얗다고? 그러니까 이상한 거지. 저 새하얀 차림에 우리가 모르는 의미가 숨겨져 있을지도 모르지."

소곤소곤 대화하는 중에도 기묘한 미행은 정처 없이 계속되었다.

세 개의 트렁크

흰 거인은 흰 지팡이를 휘두르며 긴자의 전찻길을 건너더니 대형 백화점으로 들어갔다.

"이상하네. 미행당하는 걸 알아챘나. 한가하게 왜 백화점으로 들어가지?"

"그래도 미행을 그만둘 순 없어. 끈질기게 따라붙어 저놈들의 은신처를 밝혀내야지."

나미코시 경부는 유독 열의를 보였다. 아케치는 지겹다는 투로 "아무렴"이라고 말할 뿐이다.

거인은 엘리베이터를 타고 옥상 정원으로 올라갔다. 그를 따라 엘리베이터에 탄 미행자들도 구석에서 몸을 움츠린 채 먹이로부터 눈을 떼지 않았다. 옥상 정원에는 꽤 많은 사람이 하늘을 쳐다보며 누군가를 기다렸다.

"비행기를 보러 온 건가. 저 사람은 프랑스인일지도 모르겠네."

아케치는 문득 그런 생각이 떠올라 중얼거렸다.

그날은 프랑스 비행사 샤플랭의 세계일주기가 도쿄 상공을 지나가는 날이었다.

라디오에서는 시시각각 도카이도 상공으로 다가오는 비행기의 위치를 보도했다.

도쿄 시민들은 전인미답의 거사를 맞아 몹시 흥분했다. 빌딩마다 옥상에 모여든 사람들로 북새통이었다.

"프랑스인은 대단한 국민이네. 샤플랭도 낳고, 뤼팽도 낳고."

운전사 차림의 아케치가 감탄스럽다는 듯이 혼잣말을 했다. 하지만 제아무리 아케치라도 세계일주기가 황금가면 사건과 그런 희한한 관계가 있을 줄은 꿈에도 생각지 못했을 것이다.

곧이어 옥상에서 터져 나오는 환영의 함성. 하늘의 영웅이 도착했음을 알리는 소리였다. 저 멀리 구름 한 점 없는 서쪽 푸른 상공에서 세 대의 솔개가 유유자적 모습을 나타냈다. 두 대는 신문사에서 띄운 유도기였다.

기체는 점점 형체가 커지며 그걸 올려다보고 있는 군중 가까이 왔다. 요란하게 울려 퍼지는 프로펠러 소리, 가슴 벅찬 만세

소리.

"저길 봐. 저놈이 이상한 짓을 하는걸."

나미코시 경부가 아케치의 팔을 툭툭 쳤다. 성실한 경찰관에게는 하늘의 영웅보다 지상의 흰 거인이 더 중요했다.

흰 거인은 너무 이상한 행동을 하고 있었다. 어디서 났는지 그의 양손에는 작고 시뻘건 깃발이 들려 있었다. 그는 옥상 끝으로 가서 무슨 신호를 보내는 것처럼 쉬지 않고 깃발을 흔들었다. 마침 백화점 위로 가까이 다가온 비행기를 향해 환영의 신호를 보내는 듯했으나 꼭 그런 것만도 아니었다. 그의 시선은 하늘이 아니라 주변에 우뚝 솟은 빌딩 중 하나로 향했다. 옥상에 모인 사람 중 누군가에게 보여주기 위한 행동 같았다.

"저놈, 빌딩 옥상에 있는 누군가에게 신호를 보내는 거지? 아무래도 이상하잖아."

나미코시 경부는 눈에 불을 켜고 쳐다봤다.

"그래, 묘한 짓을 하고 있네."

아케치는 여전히 냉담했다.

비행기 그림자가 저 멀리 사라지고 옥상의 함성도 조용해지자 사람들은 감격에 찬 대화를 주고받으며 아래층으로 내려갔다. 흰 거인도 인파에 섞여 걸어갔다.

엘리베이터가 1층에 멈추자 맨 앞의 거인을 따라가던 미행 행렬도 백화점 출구 쪽으로 갔다.

"자네, 뭐 하는 거야. 그렇게 우물쭈물하다간 놓치잖아."

초조해진 나미코시 경부가 아케치를 채근했다. 하지만 아케치는 백화점 관광 안내 출장소 앞에 서서 꼼짝하지 않았다.

벽에는 아름다운 포스터가 걸려 있었다. 외국인을 위한 일본 유람 안내소였다. 사진에는 후지산이 보였다. 이쓰쿠시마 신사嚴島神社의 문과 화려한 기모노를 입은 여자가 춤추는 모습도 보였고, 가마쿠라鎌倉의 큰부처상도 보였다.

"아케치, 얼른 와. 뭘 멍청히 보고 있는 거야."

아케치는 경부를 돌아보더니 갑자기 이상한 말을 했다.

"자네, 일본에 이런 큰부처 불상이 몇 개 있는지 아나?"

"그런 건 알아서 뭐 하려고. 포스터 같은 건 나중에 보고 얼른 미행해야지. 기껏 여기까지 추적했는데 지금 놓치면 되돌릴 수 없어지니까."

나미코시 경부는 신경질적으로 말했다.

"아무래도 내가 몸이 좀 안 좋은 것 같아."

아케치는 이마를 짚으며 미간을 찌푸렸다.

"미행은 자네들에게 맡기겠네. 나는 돌아가야 할까 봐."

"그게 무슨 말이야. 자네, 정말 몸이 안 좋은 건가?"

"정말 안 좋아. 못 걷겠어. 나는 차로 돌아갈 테니 뒤를 좀 부탁하겠네."

그들이 대화를 주고받는 동안에도 흰 거인은 성큼성큼 걸어가는 바람에 간격이 꽤 벌어졌다.

더 이상 꾸물거릴 시간이 없었다.

"그럼 결과는 전화로 알리겠네. 조심하고."

나미코시 경부는 설득을 포기하고 형사들과 함께 거인의 뒤를 쫓았다.

경부를 보낸 아케치는 펜스 안의 여행 안내원에게 다가가 뭔가 분주하게 물었다. 그 모습을 보면 전혀 아픈 사람 같지 않다. 정말 이상한 체질이다.

한편, 나미코시 경부는 아주 끈질기게 거인의 뒤를 쫓았다. 서양인은 차도 타지 않고 건장한 다리로 끊임없이 걸었다.

오와리초尾張町를 돌아 성큼성큼 앞으로 나아가기에 목적지로 가는 줄 알았으나 그는 또 한가로이 히비야 공원으로 들어갔다. 이유는 알 수 없었지만 화단과 운동장을 빙빙 돌았다. 산책을 하는 것 같기도 했고 미행을 눈치채고 사람을 놀리는 것 같기도 했다. 미행자들은 둘 중 무엇이든 상관없다는 듯 집요하게 그의 뒤를 따라가기만 했다.

1시간도 넘게 사람을 끌고 돌아다니더니 드디어 히비야 공원을 벗어났다. 이제 은신처로 가는가 싶어 의욕적으로 따라갔으나 거인은 공원 앞의 테이코쿠 호텔 안으로 사라졌다. 호텔 투숙객인가보다. 하지만 호텔을 장물 보관소로 쓸 수는 없을 텐데.

"말 좀 묻겠네. 지금 여기로 들어온 서양인은 투숙객인가?"

나미코시 경부는 현관에서 벨보이를 붙들고 물어보았다.

"네, 그렇습니다만."

중년의 벨보이가 이상한 표정을 지으며 경부를 빤히 쳐다보았다. 그러는 것도 무리는 아니다. 그의 복장은 어딜 보나 보험 세일즈맨에 불과했다.

나미코시 경부도 그걸 깨닫고 벨보이에게 명함을 건넸다.

"나는 경시청 사람인데 잠시 지배인을 만나게 해주게."

도쿄 시민이라면 나미코시 경부의 이름을 모르는 사람은 없다. 명함을 확인한 벨보이는 정중하게 지배인 실로 안내했다.

지배인의 말에 따르면 거인은 오늘 아침에 투숙했다고 한다. 처음 오는 손님이었지만 딱히 수상한 곳은 없었다. 이름도 알 수 있었다. 국적은 아케치의 추측대로 프랑스였다. 혹시 큰 짐을 가지고 오지 않았냐고 물었더니 대형 트렁크 세 개를 방에 옮겼다는 대답이 돌아왔다. 예상대로다. 그 트렁크가 수상하다. 트렁크 안에 국보 다마무시노즈시가 들어 있을 거라 생각하니 나미코시 경부는 심장이 마구 뛰었다.

"조사할 게 있는데 그 손님의 방으로 안내해주시겠습니까. 아울러 통역도 좀 부탁드립니다."

경부가 부탁하자 지배인은 쾌히 승낙하고는 앞장서서 긴 복도를 걸어갔다. 객실에 가보니 문이 잠겨 있었다. 노크를 했지만 문을 열지 않아 객실 담당을 호출했다.

"손님은?"

"이미 떠나셨습니다."

"떠나셨다고? 말도 안 돼, 오늘 아침에 도착했는데?"

지배인은 깜짝 놀라 객실 담당의 얼굴을 봤다.

"하지만 조금 전에 떠나셨습니다. 외출했다 돌아오셔서 저를 부르시고는 이제 떠날 거라며 빈손으로 나가셨습니다."

그렇다면 나미코시 경부가 지배인 실로 들어가 있는 동안, 그 짧은 시간에 감쪽같이 도망쳤다는 건가.

"빈손으로? 자동차도 부르지 않았다고? 그럼 짐은 어쩌고. 큰 트렁크가 몇 개 있었을 텐데."

"그건 방에 있습니다. 아, 그러고 보니 그분이 남긴 말씀이 있습니다. 잠시 후 나미코시라는 분이 오실 테니 짐은 그분께 드리라고 하셨습니다."

"뭐, 뭐라고?"

당황한 나미코시 경부는 얼떨결에 고함을 쳤다.

"이분이 나미코시라는 분이시다."

지배인도 흥분했다.

"경시청 분이라고 하셨습니다."

"아무래도 이상합니다. 어쨌든 그 트렁크를 조사해보시지요."

지배인이 경부의 얼굴을 바라봤다.

"봅시다. 이리 주십시오."

나미코시 경부는 이제야 아케치가 병이 난 이유를 알게 되었다. 참으로 대단한 친구다. 이런 봉변을 당할 줄 예상했던 것이다. 항상 이런 식으로 아케치에게 당한다. 객실 담당이 마스터키로 문을 열었다. 방에 들어가 보니 커다란 트렁크 세 개가 어서 열어보라는 듯이 입구 바로 옆에 놓여 있었다. 친절하게도 열쇠 구멍에 열쇠까지 꽂혀 있었다.

"열어보게."

경부의 명령으로 형사와 객실 담당이 트렁크를 차례로 열었다.

"망할, 또 당했다."

나미코시 경부가 거친 말을 써가며 화를 냈다.

트렁크 속에는 갓난아기만 한 큐피 인형이 양손을 벌리고 사팔눈을 뜬 채 누굴 놀리기라도 하듯 웃고 있었다. 트렁크 세 개에 모두 그런 인형이 들어 있었다. 그밖에는 아무것도 없었다. 경찰을 야유하기 위해 일부러 마련한 이벤트였다.

도깨비처럼 분을 뒤집어쓴 거인, 이유가 있음 직한 옥상 정원의 깃발 신호, 히비야 공원의 추격극. 게다가 트렁크를 열어보니 국보는커녕 망할 큐피 인형까지. 이런 수작에 넘어갔다고 생각하니 아무리 발을 굴러도 분이 풀리지 않았다.

호텔에서 나온 나미코시 경부는 경시청으로 돌아갔다. 그때부터 퇴근하고 자택에 돌아가 책상 앞에 앉을 때까지 입을 꾹 다물고 있었다. 경찰에 몸을 담은 이후 이토록 침울한 날이 없었다.

어둠 속의 거인

나미코시 경부는 다음날 출근하자마자 아케치에게 전화를 걸었다. 어제 당한 수모에 대해 말할 생각이었다. 하지만 아케치는 어제부터 집에 없다고 했다. 그때부터 밤까지 대여섯 번

전화를 해봤지만 계속 부재중이었다.

이루 말할 수 없이 초조한 가운데 또 하루가 지나고 그다음 날 저녁, 드디어 아케치의 소재를 알게 되었다. 이번에는 아케치가 경시청으로 장거리 전화를 걸었다. 요코하마에서 더 가야 하는 가나가와현 O초에서 온 전화였다.

"자네, 너무 하지 않나. 꾀병을 부리고 도망치다니. 그 후에 나는 엄청난 봉변을 당했는데."

"역시 그랬군. 그자는 가짜야. 왠지 예감이 안 좋더군. 처음부터 탐탁지 않았어. 하지만 자네가 너무 진지해서 그만두라는 말도 못 했지. 내게는 다른 확신이 있었거든."

아케치는 딱하다는 투로 말했다.

"그건 이제 됐어. 그런데 자네는 왜 O초에 간 건가? 물론 그 일 때문이겠지만."

"맞아, 좋은 소식이야. 오늘은 내가 자네를 이곳으로 부르지. 엊그제처럼 가짜가 아니야. 명실상부하게 흰 거인을 밝혀냈거든. 그 때문에 어젯밤에 철야를 했지만 이제 확실한 증거를 잡았지."

"그 거인이 O초에 있나?"

"그래. 얼른 이리로 와. 자네가 도착할 때쯤 정류장에 가서 기다릴 테니. 이번에도 변장하고 와야 해."

이런 좋은 소식을 듣고 가만있을 리 없었다. 경부는 얼른 핫피[30] 차림의 인부로 변장하고 O초로 갔다.

정류장에 도착하니 운전사 차림의 아케치가 기다리고 있었다.

"전화로는 자세한 상황을 모르겠더군. 흰 거인은 대체 어떤 놈이야? 어디 숨어 있어? 거기 아직 장물은 있고?"

나미코시 경부는 아케치의 얼굴을 보자마자 성급히 물었다.

"장물은 물론, 뤼팽과 오토리 후지코도 그 은신처에 숨어 있어."

"뤼팽이라고? 그자도 몸집이 컸지. 그렇게 빨리 발견될 줄이야. 은신처는 대체 어디야? 자네는 거길 어떻게 찾아낸 거지?"

"날 따라와. 그럼 전모를 알게 될 테니."

아케치는 말을 아낀 채 앞장서 걸으며 경부의 발길을 재촉했다.

좁은 마을을 벗어나니 완만하게 경사진 언덕이 나왔다. 좁은 길 양편에는 잡목이 무성했다. 어느덧 해는 완전히 지고 하늘에서 별이 아름답게 빛났다. 별빛 외에는 등불 하나 없는 암흑의 숲이었다.

이런 적막한 언덕에 인가가 있을까. 인가가 있으면 등불이 보일 텐데. 나미코시 경부는 이상하다고 생각했지만 아케치를 철석같이 믿었기에 불평하지 않고 어둠 속을 뚜벅뚜벅 걸어갔다.

하지만 아무리 가도 어둠이 짙어질 뿐 인가는 보이지 않았다. 그는 점차 초조해졌다.

....

30_ 法被. 주로 마쓰리 참가자들이나 장인들이 착용하는 일본 전통 의상. 통소매에 등에는 커다란 상호가 있는 것이 특징인데 원래는 무가의 머슴들이 입던 옷이다.

"아케치, 대체 어디로 가는 거야. 이쪽에 마을이 있을 리 없잖아. 그 거인은 대체 어디 있는데?"

"우리는 이미 그자를 보고 있어. 어두워서 잘 안 보일 뿐이지."

아케치는 이상한 말을 했다.

"보고 있다고? 그럼 이 주위에 있다는 건가?"

"한 걸음 한 걸음 그자에게 다가가고 있지. 이제 얼마 안 남았어."

왠지 오싹해지는 대화다.

잡목이 무성한 숲을 벗어나니 언덕 정상 쪽에 벌판이 보였다. 하지만 어두운 건 변함없었다. 인가도 물론 보이지 않았다.

"모르겠네. 그자는 대체 어디 있는 거야. 내 눈에는 전혀 안 보여."

경부는 조심스레 목소리를 낮춰 또 물었다.

"안 보인다고? 그럴 리가. 이봐, 자네 눈앞에 있잖아."

그 말을 듣자 경부는 깜짝 놀라 한 걸음 뒤로 물러났다.

"뭐, 어디? 어디 있는데?"

"별빛에 비쳐 보이잖아. 자네 앞에 엄청나게 큰 거인이 있는 거 안 보여?"

그 말을 듣고 나미코시 경부는 위를 올려다봤다. 이럴 수가. 별빛이 아름답게 반짝이는 하늘을 등지고 집채만 한 거인이 그들을 내리누를 듯이 서 있다.

"자네, 이 불상을 말하는 건가?"

깜짝 놀란 나미코시 경부가 물었다. 나라의 큰부처 불상보다 거대한 걸로 유명한 O초의 명물인 콘크리트 불상이 언덕 가운데 있었다. 그거라면 아케치가 알려주지 않아도 잘 안다.

백호[31] 유리창

"이상하잖아. 자네는 이 큰부처가 뤼팽과 한패라고 말하는 건가?"

경부는 농담이라 생각했다. 큰부처와 뤼팽. 너무 안 어울리는 조합 아닌가.

"맞아."

아케치는 진지하게 대답했다.

"이게 뤼팽이 말하는 흰 거인이야. 봐, 흰 거인 맞잖아."

맞다. 그 말을 듣고 보니 흰 거인이 틀림없다.

"자네는 참 대단한 사람이야. 그럼 이 불상이……."

경부는 소리를 죽이고 아케치의 검은 그림자를 바라봤다.

"이게 '바늘바위'[32]인 셈이지. 자네는 들은 적이 있을 거야. 그자가 본국에서 '바늘바위'라는 기암 내부에 기묘한 은신처를 만들었던걸."

아케치가 설명했다.

31_ 白毫. 부처의 두 눈썹 사이에 있는 희고 빛나는 터럭. 이 광명이 무량세계를 비춘다.

32_ '기암성岐巖城'의 별칭.

“바늘바위! 에트르타의 속이 빈 바위로 유명하지. 뤼팽이 미술관이라 불렀던.”

“그래, 그 바늘바위! …… 흰 거인 …… 한쪽이 동굴인 거대 바위. 한쪽은 콘크리트 불상. 기괴하게 맞아떨어지네. 너무도 놀라운 상상이군.

사방 2리까지 보이는, 공중에 우뚝 솟은 큰부처가 괴도의 가장 안전한 은신처이자 불가사의한 미술관인 거네.”

아케치는 불상 앞쪽의 밀림을 걸어가면서 소곤소곤 말을 이어갔다.

나뭇가지 사이로 올려다보면 어둠 속의 거인이 악몽처럼 하늘을 한가득 채우며 원령같이 입을 꾹 다물고 있다. 한밤중에 보는 큰부처는 섬뜩했다.

“하지만 자네는 어떻게…….”

나미코시 경부는 너무 기괴해서 그 사실이 쉽게 믿기지 않는 모양이었다.

“전부터 이 숲에 황금가면이 출몰한다는 소문이 있었어. 최근에는 간토 일대에 황금가면 괴담이 만연했지. 아이들도 장난감 황금가면을 쓰고 돌아다니고. 하지만 이 언덕의 괴담을 주목하는 사람은 아무도 없었어. 그런데 나는 그 괴담을 듣고 그냥 지나치지 않은 거지. 이 언덕에 대형 콘크리트 불상이 있다는 걸 알았거든. 너무도 기괴한 아이디어라 전율했지. 하지만 뤼팽은 세계 최고의 마술사잖아. 믿기지 않는 발상일수록 오히려 사건의 본질에 가깝지. 나는 거의 하룻밤 꼬박 이 언덕의 숲을 헤매고 다녔어. 그러다 비로소 놈의 꼬리를 잡았지."

"뤼팽을 본 건가?"

나미코시 경부가 긴장하며 물었다.

"뤼팽이 아니었어. 하지만 뤼팽의 부하로 추정되는 자가 들어오는 건 확실히 봤지. 그들은 모두 황금가면 분장을 하고 있거든. 온몸이 금색으로 번쩍이는 자들이 커다란 은행나무 그루터기의 홈으로 들어가는 걸 봤지. 거기부터 불상 바로 아래까지 10간쯤 터널을 파놓았더군. 거길 지나가면 위쪽에 텅 빈 콘크리트 창고가 떡하니 기다리고 있는 거지."

참으로 간단하고도 기상천외한 발상이었다. 대형 콘크리트 불상 내부가 텅 비어 있다는 걸 모르는 사람은 없다. 하지만 그걸 비밀 창고 겸 주택으로 사용한 건 아마 이 프랑스 도적이 최초일 것이다.

O초의 콘크리트 불상을 택한 건 도쿄에서 가까울 뿐 아니라 가마쿠라 큰부처처럼 내부를 불공 장소로 개방하지 않아 은신처로는 최적이었기 때문이리라.

"나는 뤼팽의 뛰어난 지략이 두려워. 일본의 큰부처 불상 말고도 세계 곳곳에 그자의 장물 미술관이 있을지 모른다 생각하니 오싹할 지경이야. 이를테면, 버마의 유명한 열반상이라든가 뉴욕에 있는 자유의 여신상 같은 거대한 동상 내부야말로 뤼팽 같은 세계적인 괴도가 창고로 쓰기에 적합하지 않겠나."

"믿을 수 없네. 동화 같아."

경부가 어이없다는 듯 중얼거렸다.

"위대한 범죄자들은 언제나 동화를 현실로 만들지. 뤼팽이 설마 '자유의 여신상'을 창고로 쓰지는 않겠지만 곧바로 그런 생각이 떠오를 정도로 그자가 쓰는 마술은 기상천외하지."

"그러면 그 은행나무는 대체 어디 있는 거야."

경부는 반신반의하며 물었다.

"저거야. 저쪽 숲속에 거무스름한 오뉴도[33] 같은 것이 그 은행나무지.

이 언덕에서 큰부처 다음으로 거대한 것이 은행나무 고목이었다. 그 두 개가 부모 자식처럼 나시지[34] 같은 밤하늘에 우뚝 솟아 있었다.

"나도 자네가 쉽게 믿기는 힘들 거라 생각했어. 그자를 체포하는 것보다도 우선 자네가 이 불상의 비밀을 믿어야 하는데, 실제로 보여주는 것 외에는 방법이 없다고 생각했지. 자, 여기야. 저쪽 은행나무 그루터기를 보라고."

쏟아져 내릴 것 같은 별빛 아래 고목의 그루터기가 보였다. 그루터기에 뚫린 커다란 구멍이 마치 원령처럼 떠오르는 듯했다. 불상 안으로 들어가는 입구였다.

"그럼 이 수풀에 숨어서 저 구멍을 지켜보자고."

두 사람은 쭈그리고 앉아 거무스름한 고목을 바라봤다.

어차피 좀 기다려야 할 거라고 각오했다. 그러나 웅크려 앉기 무섭게 약속하기라도 한 것처럼 은행나무 구멍에서 뭔가 꿈틀거

33_ 大入道. 스님의 외양을 한 커다란 몸집의 도깨비.

34_ 梨地. 금가루를 뿌린 표면에 투명한 칠을 한 그림이나 공예품.

렸다.

"이상한 일이군."

아케치는 경계심이 들었다.

구멍에서 황금가면이 기어 나온 것이다. 게다가 한 명이 아니다. 같은 의상을 입은 괴물이 저승사자처럼 자꾸 나왔다.

한 명, 두 명, 세 명, 네 명. 똑같은 황금가면 넷이 은행나무 구멍에서 기어 나오다니 무서운 전래동화 같았다.

별빛 아래 네 개의 황금 망토가 괴기스럽게 반짝였다. 네 개의 중절모 아래로 무표정한 금색 얼굴이 흐릿하게 보이고 초승달 모양의 입술이 귀까지 찢어져 소리 없이 웃고 있었다. 제아무리 명탐정이고 귀신같은 경부라도 소름 끼칠 수밖에 없었다.

네 괴물은 아무 말 없이 발걸음 소리도 내지 않고 이쪽으로 걸어왔다. 뭐 하는 걸까. 우연히 두 사람이 숨어 있는 수풀 옆을 지나는 걸까. 아무래도 두 사람이 거기 있는 걸 알고 다가오는 듯했다.

아케치는 불안감에 자기도 모르게 벌떡 일어섰다.

바로 그 순간, 엄청난 일이 벌어졌다. 느릿느릿 걸어오던 괴물들이 별안간 화살처럼 뛰어와 눈 깜짝할 새에 아케치와 나미코시 경부의 주위를 둘러쌌다. 황금 망토 틈새로 반짝이는 네 개의 물체가 보였다. 권총이었다.

"하하하……. 드디어 올가미에 걸렸군, 아케치 고고로."

한 황금가면이 나직한 목소리로 말했다. 뤼팽의 일본인 부하다.

"옆에는 누굴까. 아마도 나미코시 수사계장일 것 같은데. 아, 역시 맞는군. 이거 참 괜찮은 사냥이네."

초승달 모양의 입술이 기쁜 듯이 말했다. 나머지 세 금색 가면에서도 기뻐하는 소리가 나직이 흘러나왔다.

"아케치, 우리가 이렇게 빨리 마중 나온 게 신기한 모양이군. 명색이 천하의 명탐정이 말이야, 많이 녹슬었나 봐. 우리한테 전망대가 있을 거라는 생각은 안 했나. 설마 큰부처 이마에 박힌 두툼한 유리 백호를 못 본 건 아니겠지. 우리가 그 유리 구멍을 도려내고 바깥을 내다보는 창으로 쓰거든. 어제부터 자네가 이 주변을 어슬렁거리는 모습을 다 봤다네."

황금가면은 밉살스럽게 내막을 밝혔다.

아케치는 한마디도 하지 않았다. 큰부처의 백호가 밖을 내다보는 창일 거라고 전혀 생각하지 못했다. 밤이라도 별빛이 있으니 높은 곳에서 내려다보면 아케치가 움직일 때 그림자를 확인하는 것쯤은 가능했을 것이다.

상대는 네 명이고, 아케치와 나미코시 경부에게는 무기가 없었다. 절체절명의 위기였다.

아케치는 나미코시 경부의 귀에 입을 대더니 급히 무슨 말인가 속닥거렸다. 그리고 적을 돌아보고는 다음과 같이 말했다.

"우리는 무기가 없다. 소동 피울 것 없다. 우리를 어떻게 할 거냐."

"잠시 우리 은신처의 손님이 되어주었으면 한다. 자네들이 자유롭게 활보하면 방해가 되거든."

황금가면이 차분히 대답했다.

"그러면 안내해라. 자네들 은신처나 구경해보자. 뤼팽도 만나고 싶으니까."

아케치는 태연히 말하고 앞장서 걸었다. 네 명의 황금가면은 뜻밖이라 생각했으나 그래도 권총을 겨눈 채 뒤따라갔다.

두세 걸음 걸었을까, 아케치의 몸이 팽이처럼 빠르게 오른쪽으로 돌더니 맨 앞에 있던 황금가면의 손목을 향해 덤벼들었다. 뭘 어찌할 겨를도 없었다. 눈 깜짝할 새 아케치의 손에는 권총 한 자루가 쥐어져 있었다.

"자네들의 총알이 빠를까. 내 총이 이 남자를 쓰러뜨리는 게 빠를까."

아케치의 왼손이 황금가면의 한쪽 팔을 비틀어 올렸다. 방금 권총을 뺏긴 자였다.

동료의 목숨이 달린 일이라 나머지 세 황금가면도 꼼짝할 수 없었다.

손에 땀을 쥐게 하는 대결이 계속되었다. 아케치는 한 황금가면의 옆구리에 총구를 대고 있었고, 나머지 세 황금가면은 조금이라도 틈이 생기면 아케치의 가슴팍에 총구를 겨눌 태세였다. 다섯 사람의 그림자는 어둠 속에서 그렇게 화석처럼 움직이지 않았다.

"하하……, 고생이 이만저만이 아니네. 나미코시만 사정거리 밖으로 도망치면 나는 얌전히 있을 거야."

아케치가 갑자기 권총을 내리고 웃기 시작했다. 무기를 빼앗기는 했으나 아직 남은 총이 세 자루였다. 맞서 싸우기에는 역부족이라 아케치가 교묘하게 트릭을 쓴 것이다. 필사적인 대결을 벌이다가 적의 주의를 자신에게 집중시키고 그 틈에 나미코시 경부가 도망치면 되겠다는 생각이 즉흥적으로 떠오른 것이다.

"이런, 젠장."

아케치가 힘을 빼자 좀 전까지 팔이 비틀려 있던 황금가면이 쏜살같이 덤벼들었다. 그는 권총을 다시 빼앗아 아케치의 등에 총구를 들이댔다.

"이놈은 내가 맡겠다. 빨리 나미코시라는 놈을 추격해라. 도망치면 끝장이다."

거친 프랑스어로 고함치는 소리가 들렸다.

나머지 세 황금가면은 별빛 아래 금색 망토를 휘날리며 저 멀리 달아나는 그림자를 추격하기 위해 무차별적으로 권총을 난사했다.

대폭발

불상 안에는 천장에 매달린 아세틸렌등 하나가 넓은 공간을 어슴푸레 비추고 있었다.

종횡으로 교차하는 철골, 종유굴처럼 으스스한 콘크리트 내부의 굴곡, 여기저기 뒹구는 차 상자 같은 짐들(그 안에는 뤼팽이 훔친 무수한 장물이 들어 있었다). 그런 물건들로 꽉 차 있어 허공에는 기묘한 그림자가 드리워 있었다.

바닥을 가로지르는 굵은 철골에는 상당히 호화로운 깃털 이불이 깔려 있고, 그 위에 두 황금가면이 앉아 있었다.

소곤소곤 속삭이는 말투를 보면 남자들끼리 대화하는 것 같지 않았다. 그중 몸집이 작은 황금가면의 목소리가 맑고 가느다란 걸 보면 여자인 듯했다. 뤼팽과 한패가 될 만한 여자는 오토리 후지코밖에 없다. 그리고 후지코와 밀어를 속삭일 남자도 뤼팽밖에 없을 것이다.

지하 통로를 통해 나머지 네 황금가면이 차례로 돌아왔다. 운전사 차림의 아케치 고고로도 뒷짐 진 팔을 결박당하고 재갈까지 물린 채 끌려 들어왔다.

네 황금가면은 각자 두목 앞에서 일의 자초지종을 보고했다.

도망친 나미코시 경부를 끝내 잡지 못한 것이다.

다리가 긴 서양인도 핸디캡이 많은 모양이다. 계속 쫓다가 O초의 인가에 들어가면 오히려 위험했으므로 아쉽지만 퇴각할 수밖에 없었다. 뒤쫓던 세 명의 황금가면은 아직도 숨을 헐떡였다.

힘들게 아케치를 포로로 잡은 보람도 없었다. 도망친 나미코시 경부는 지체하지 않고 경찰들을 조직해 불상을 습격할 것이 분명했다. 얼른 이 은신처를 버리고 철수해야 한다. 하지만 눈에 띄기 쉬운 외국인들이라 철수해도 갈 곳이 없었다.

뤼팽은 평소 같았으면 실수를 저지른 부하들을 분명 호되게 꾸짖었을 것이다. 그리고 아케치 고고로를 면전에 끌어내 의기양양하게 독설을 퍼부을 것이다. 하지만 아무리 뤼팽이라도 지금은 그럴 계제가 아니다. 일각을 다투는 위급한 상황이었다. 1초라도 아껴 뒷수습할 생각을 해야 했다.

"자동차 두 대를 평소처럼 그곳에 준비시키고 짐을 옮겨라."

뤼팽은 벌떡 일어서 빠른 외국어로 소리쳤다.

명령이 떨어지자 두 부하가 지하 통로로 들어갔다. 부근에 숨겨둔 자동차를 가져오기 위해서였다.

"아케치 놈은 어떻게 할까요?"

"거기 철골에 묶어둬. 나는 피 보는 걸 싫어한다. 하지만 이 누런 악마만은 참기 힘들군. 짐을 옮길 때 폭약에 점화를 해둬라."

철골에 묶인 아케치는 기묘한 신음소리를 내며 미련이 남은 듯 발버둥 쳤다.

깊이 눌러쓴 운전사 모자, 재갈 위로 코와 입을 가린 넓은 손수건, 어두운 석유등 불빛으로는 얼굴도 구분이 안 될 정도로 비참한 몰골이었다. 만약 뤼팽에게 조금이라도 마음의 여유가 있어 모자와 재갈을 벗겨보았다면 이 이야기의 결말은 좀 달라졌을지 모른다. 하지만 도망치는 데 급급해 아케치에 대해서는 그 이상의 조치가 불가능했다.

"짐을 옮겨라."

뤼팽과 두 명의 부하, 그리고 후지코는 다섯 꾸러미 정도

되는 짐을 지하 통로로 옮겼다.

* * *

나미코시 경부가 O경찰서 순경들을 이끌고 불상이 있는 언덕을 올라갔을 때는 그로부터 20분쯤 후였다. 뤼팽 일당이 자동차에 짐을 다 싣고 막 출발하려던 찰나였다.

"이거 엔진소리잖아. 이런 곳에 자동차라니 수상하다."

한 경찰이 건너편 숲에서 나는 소리를 듣고 중얼거렸다.

"놈들이 도망치려는 것일지도 모른다. 얼른 확인해봐라."

나미코시 경부가 명령했다.

그 말이 끝나기도 전에 사람들은 땅이 무너지는 것 같은 격렬한 진동을 느꼈다. 그와 동시에 땅 위의 조약돌까지 훤히 보일 듯이 밝은 불빛이 번쩍하더니 엄청난 폭발음이 들렸다. 으악 하는 비명도 들렸다.

이 찰나의 광경은 오싹할 정도로 아름다워 오래도록 잊지 못할 것 같았다.

나라의 큰부처보다 더 큰 콘크리트 불상이 둘로 쪼개져 화산처럼 불을 내뿜었다. 작은 방만한 큰부처의 머리가 댕강 잘려 하늘 높이 떠올랐다. 언덕을 둘러싼 나뭇가지 끝이 새빨갛게 불타고 하늘에서 콘크리트 파편이 우박처럼 쏟아져 내렸다.

사람들은 자기도 모르게 땅바닥에 엎드렸다. 불상에서 1정 이상 떨어진 곳이었지만 등에 우박이 빗발쳤다.

하지만 사건은 순식간에 끝났다. 눈부신 불빛이 사라지자 주위는 두 배로 어두워졌다. 귀가 먹을 것 같은 폭음 끝에 죽음 같은 정적이 돌아왔다.

사람들은 정신이 들자 혹시 놈들이 소굴을 폭파해 자멸한 것 아닐까 생각했다. 여하튼 현장을 조사해보는 것이 급선무였다.

좀 전에 적의 자동차를 확인해보라는 명령을 받았던 경찰관만 혼자 숲 쪽으로 달려가고, 나머지는 저마다 랜턴을 들고 나미코시 경부를 따라 폭파된 불상 쪽으로 갔다.

불상 가까이 가니 큰 콘크리트 덩어리들이 뒹굴고 있어 발 디딜 틈이 없었다.

"이런 것이 떨어졌습니다."

한 경찰관이 장화 한쪽을 흔들며 나미코시 경부의 랜턴 불빛에 가져다 댔다. 붉은색 고급 가죽 장화다.

경부는 장화를 한눈에 알아보고 경악했다. 확실히 눈에 익었다. 운전사로 변장한 아케치가 신었던 장화다.

경부를 도망치게 하기 위해 일부러 적의 포로가 된 아케치를 놈들이 불상 안으로 데려갔으리라는 건 쉽게 상상할 수 있다. 만에 하나지만 조금 전의 대폭발로 천수를 다하지 못했을 수도 있다.

무엇보다 이 장화가 증거 아닌가. 폭발로 인해 그가 신었던 장화가 날아온 걸 보면 아케치의 몸은 산산이 부서졌을 수도 있다.

나미코시 경부는 뤼팽의 체포보다도 아케치의 죽음이 더 중대한 문제인 듯했다. 이루 말할 수 없는 격정에 몸이 마구 떨려 말할 힘도 없이 그저 우두커니 서 있기만 했다.

* * *

세 대의 자동차가 어두운 게이힌 국도京浜国道를 바람처럼 질주했다. 앞의 두 대는 모든 라이트를 다 끄고 달렸기에 마치 검은 악마처럼 보였다. 뒤의 한 대는 경찰차가 틀림없었다.

뤼팽 일당이 도망친 걸 알고 나미코시 경부가 길목에 있는 경찰서에 전화로 긴급 요청을 한 것이리라. 맨 앞의 자동차는 뤼팽이 핸들을 잡았고 오토리 후지코와 부하 한 명이 동승했다. 세 명 다 여전히 황금가면 차림이다.

그 뒤의 오픈카에는 장물이 든 상자와 함께 두 명의 부하가 타고 있었다. 그들은 일본인이었기에 두목과는 다른 방식으로 정체를 숨겼을 것이다.

"당신, 어디로 갈지 정했어?"

후지코가 운전하는 뤼팽의 어깨에 손을 얹은 채 유창한 프랑스어로 초조하게 물었다.

"그런 게 어디 있어. 1분 1초라도 빨리, 어디로든 도망쳐야지. 최후의 1초에 무슨 기적이 생길지 모르니까. 실망하긴 일러. 이것 봐, 난 이렇게 건강하잖아."

뤼팽의 고함소리가 화살처럼 후지코의 귀를 스쳐 뒤로 날아갔다. 뤼팽은 힘이 넘쳤다. 50마일, 60마일, 그가 탄 자동차는 차체가 휘어지고 바퀴가 공중에 뜰 정도로 빠르게 질주했다.

앞에는 벌써 시나가와品川가 보였다. 도쿄 시내로 들어가면 경찰차를 따돌릴 수 있을 것이다. 그게 유일한 희망이었다.

돌연 뒤에서 총성이 들리는 듯했다. 경찰차에서 총을 쏜 줄 알고 놀라서 뒤돌아보니 펑크가 났는지 뒤차가 취한 것처럼 비틀거렸다. 이제 다 틀렸다. 목숨 걸고 훔친 미술품을 버려야 할 때가 온 것이다. 하지만 미술품은 포기한다 해도 두 심복 부하가 경찰의 손에 잡힐 것이다.

"제기랄. 서글퍼하지 말아라, 뤼팽. 포기해야 한다. 미술품은 다시 수집할 수 있다. 부하 놈들은 네 실력으로 나중에 구해내면 된다."

뤼팽은 스스로 타이르며 눈을 질끈 감고 뒤차를 버렸다. 경찰차는 파손된 자동차를 금세 추월해 장물을 되찾고 두 황금가면을 체포했다.

하지만 그러는 동안 뤼팽이 탄 앞차를 놓쳐 추적은 단념해야 했다. 루팽인 줄 알았다면 뒤차는 내버려 두고 앞차를 쫓았을 테지만 경찰관들에게는 황금가면의 진위를 구별할 능력이 없었다.

그로부터 몇 분 후, 뤼팽의 자동차는 속력을 좀 늦추고 도쿄 시내의 한적한 마을들을 이리저리 누볐다.

"있잖아, 난 이제 힘이 다 빠졌어. 이렇게 계속 헤매고 다녀봤자 휘발유가 떨어지면 우리 운명도 끝이야. 이제 단념하자.

둘이 손잡고 천국이나 가자.”

후지코는 뺨을 타고 흐르는 눈물을 미처 닦지도 못한 채 뤼팽의 어깨를 흔들어대며 하소연했다.

“안 돼. 단념할 수 없어. 내가 됐다고 말하기 전에는 입안의 캡슐을 씹으면 안 돼. 내 실력을 믿어줘. 이런 역경쯤은 아무것도 아니야. 천 번도 넘게 겪었다고. 그때마다 내 힘으로 헤쳐나갔어.”

뤼팽이 이상한 말을 했다. 입안의 캡슐이라니 대체 무슨 말일까.

콩알만 한 고무 캡슐에는 순식간에 사람 목숨을 앗아갈 무서운 독약이 들어 있었다. 뤼팽과 후지코는 불상 안에서 나올 때부터 그걸 입에 물고 있었다. 뤼팽은 결코 나약한 사람이 아니었지만 연인의 부탁을 거절하기 힘들어 결국 동의한 것이다.

후지코는 일본 여자답게 혹시나 붙잡힌다면 살아서 수모를 당하는 것보다는 위급한 경우 독 캡슐을 씹어 즉사하기를 원했는지 모른다.

하지만 운명이란 흥미롭다. 뤼팽은 이 방법을 탐탁지 않게 여겼지만, 입안의 독 캡슐 덕분에 체포를 면하는 것이 가능했다. 뤼팽의 도망과 독 캡슐 사이에 어떤 인과관계가 있는지 곧 알게 될 것이다.

“후지코, 지금 내게 엄청난 계획이 떠올랐어. 내일이 18일인 게 이제야 생각났지 뭐야. 무슨 얘기인지 알겠어? 그 생각을 하니 가슴이 설레네. 일생일대의 모험일 거야. 도망칠 방법을 찾았어. 꽤 위험하지만 잘 되면 우리는 추적자들이 없는 곳으로 단숨에 도망칠 수 있어. 실패하면 사랑하는 후지코와 동반자살한 셈 치지 뭐. 그 두 가지밖에는 방법이 없어."

뤼팽은 갑자기 기운을 차렸는지 생기가 도는 얼굴로 뒤를 돌아봤다.

"내 실력을 믿어. 잘 해치울게. 반드시 보여주지. 우리는 딱 세 명이야. 그것도 참 다행이지."

그 차에는 루팽과 후지코, 그리고 부하 한 명이 타고 있었다.

낙하산

다음날인 18일은 프랑스 비행사 샤플랭의 세계일주기가 교외의 S비행장을 출발해 이른바 징검다리 항로를 거쳐 태평양을 횡단하는 먼 길을 떠나는 날이었다.

새벽 5시 이륙 예정이라 동이 트기 전부터 S비행장은 환송 인파로 인산인해였다.

예정된 시간이 가까워지자 항공국 장관 G씨를 비롯해 각 분야 관계자들이 속속 도착했다. 엄숙하게 송별 인사를 나누고 앞날을 축원하는 건배를 들었다. 신문사 사진부의 카메라가 장사진을 이뤘다. 때때로 왁자지껄 함성이 들리고 인파가 우르르 몰려가 대열이 흐트러지기도 했다. 경찰관의 성난 목소리가 공중에 울려 퍼졌다.

몹시 혼잡한 와중에 샤플랭을 비롯한 비행사 일행은 마지막 기체 점검을 끝내고 모두 비행기에 올랐다.

아직 어스름한 새벽이기도 했고 아주 소란스러운 상황이라 주의력을 잃은 탓인지 누구 하나 의심하지 않는 것이 희한했지만, 샤플랭 일행은 송별 인사를 받을 때도 건배를 할 때도 시종일관 비행용 모자와 고글을 착용하고 있었다. 하늘의 용사에게는 전혀 문제 될 게 없다고 한다면 할 말 없지만 생각해보면 좀 이상했다.

특히 일행 중 가장 몸집이 작은 비행사는 어지간히 낯을 가리는 듯했다. 처음부터 기체의 구석진 곳에 숨어 있더니 점검도 끝나기 전에 조종석으로 들어가 출발할 때까지 얼굴 한번 내밀지 않은 것이 아무래도 수상했다.

하지만 흥분한 군중은 전혀 아랑곳하지 않고 윙윙거리는 프로펠러 소리에 질세라 목이 쉬도록 만세를 외쳤다.

한층 고조된 환호성과 함께 비행기는 좌우로 흔들리며 평평한 활주로를 조금씩 달리더니 한순간 꿈처럼 공중으로 떠올랐다.

그칠 줄 모르는 만세 소리, 비행기를 쫓아 함성을 지르며 해일처럼 몰려다니는 군중.

그런데 희한한 일이 벌어졌다. 줄곧 북쪽을 향하는 줄 알았던 샤플랭의 비행기가 군중의 머리 위를 낮게 선회하기 시작했다.

아쉬움을 표하는 건지, 아니면 기관에 고장이라도 난 건지 사람들은 소리를 죽이고 하늘을 올려다봤다.

키가 큰 나무에 부딪히지는 않을까 염려될 정도로 낮게 비행해 조종석에 탄 샤플랭의 모습이 손에 잡힐 듯 잘 보였다.

그런데 어떻게 된 일인가. 샤플랭의 얼굴이 금색으로 번쩍였다. 얼굴뿐 아니라 온몸이 눈부신 금색이었다. 때마침 구름을 벗어난 아침햇살에 비행사의 전신이 황금 불상처럼 휘황찬란하게 빛났다.

"황금가면, 황금가면."

군중 사이로 기괴한 중얼거림이 흘러나오더니 눈 깜짝할 새 공중의 악마를 비난하는 분노의 함성으로 변했다. 샤플랭은 어느새 무시무시한 황금가면으로 모습을 바꾼 것이다. 조소라도 하듯 군중의 머리 위를 선회하고 있는 자는 괴도 아르센 뤼팽이었다.

당황한 경찰관들은 어쩔 줄 몰라 우왕좌왕했다. 군중은 성난 파도처럼 서로 밀치락달치락했다. 여자들이 흐느끼는 소리도 여기저기서 들렸다.

하늘에서 괴도가 당장 폭탄이라도 투하할까 봐 겁먹은 사람들은 도망치기 급급했다.

비행기에서 한 손을 들어 작별을 고하던 금빛의 비행사가 무슨 말인가를 크게 외쳤다. 진짜 샤플랭이라면 이런 어처구니없는 짓을 할 리 없었다. 어느새 사람을 바꿔치기한 듯했다. 아르센 뤼팽이 태평양 횡단의 용사 역할을 맡은 것이다.

* * *

비행기 안에서 샤플랭으로 변신한 뤼팽이 손을 흔들며 외쳤다.

"일본의 신사 숙녀 여러분, 오랜 시간 실례가 많았습니다. 이제 작별이군요. 아케치 고고로라는 일본 명탐정 때문에 내 계획이 완전히 어긋났지만, 그 자식은 내가 마지막 고비에서 완전히 가루를 내버렸습니다. 살생을 싫어하는 내가 이런 행동을 한 걸 이해해주십시오. 아케치의 시체는 O초 큰부처 불상의 잔해를 뒤지면 틀림없이 나올 겁니다. 그리고 샤플랭 씨 일행 3인에게는 크나큰 폐를 끼쳐 송구스럽군요. 이 비행기를 보관하던 격납고 구석을 살펴보세요. 재갈 물린 샤플랭 씨 일행을 찾을 수 있을 겁니다.

나는 실패했습니다. 하지만 후회 따윈 안 합니다. 복수도 했고, 그리고…… 여러분, 내 말을 들어봐요. 나는 천의 미술품보다도 고귀한 보물을 얻었습니다. 다름 아닌 오토리 후지코 씨죠. 나는 사랑스러운 연인과 공중여행을 떠납니다. 죽게 되면 함께 죽겠죠. 정말 기쁠 겁니다. …… 그럼 여러분, 이제 안녕."

뤼팽은 아래 있는 군중을 향해 장황한 작별 연설을 했다. 물론 들릴 리 없었다. 설사 들렸다 해도 일본 사람들이 프랑스어를 알아들을 리 없었다. 이는 뤼팽의 악의 없는 습관이다. 그저 일본 땅에 작별의 말을 남기고 싶었을 따름이리라.

연설이 끝나자 뤼팽은 통화 장치로 뒷좌석의 후지코에게 말했다.

"후지코, 이제 괜찮아. 입 안에 있는 걸 뱉어버려. 나는 벌써 그걸 구둣발로 뭉개버렸어. 하늘에서는 그럴 필요가 없어. 목숨이 필요 없으면 이 비행기로 죽여줄 테니. 하하하하하."

비행사 F로 변장한 후지코는 그 말을 듣자 까맣게 잊고 있었다는 듯 입안에 물었던 걸 뱉었다.

비행기는 선회를 끝내고 서서히 고도를 높이며 북쪽을 향해 속력을 냈다.

그런데 맨 뒷좌석에서 갑자기 웃음이 터져 나왔다. 고음이라 프로펠러 소리에 묻혔지만 그 소리를 들은 뤼팽이 뒤돌아봤다. 기관사로 변장한 부하 K가 비행용 고글 아래 입만 내놓은 채 큰 소리로 웃고 있었다.

대체 무슨 일이 일어난 건가. K가 정신이라도 나갔단 말인가.

뤼팽은 신경이 쓰여 통화 장치를 귀에 가져다 댔다. 왜 그러는지 이유를 말하라는 신호다.

K는 웃음을 멈추지 않은 채 통화 장치를 입에 가져갔다. 뤼팽의 귀에 별안간 우레 같은 웃음소리가 들려왔다.

"우하하하……, 드디어 독 캡슐을 뱉었군요. 내가 이때를 얼마나 기다렸는지 몰라요. 이제야 하고 싶은 말을 할 수 있게 되었군요. 그런데 뤼팽, 나는 네 뒤에서 권총을 겨누고 있어. 무슨 의미인지 알겠지?"

부하의 말투가 불손해졌다. 그뿐 아니다. 프랑스어가 서툴렀다. 파리 태생인 K가 그런 이상한 사투리를 쓸 리 없다.

"넌 K가 아니잖아. 대체 누군가?"

뤼팽이 대답은 하지 않고 돌연 질문을 했다.

"네가 방금 조문을 전했던 아케치 고고로지."

비행기가 기울었다. 뤼팽이 얼마나 놀랐는지 알 수 있었다.

"너는 나를 폭약으로 죽이려 했지만 그건 얼토당토않은 착오였어. 죽은 사람은 내 옷을 입은 네 부하였거든. 다시 말해 K라는 거지. 딱하게 되었어. 네가 그런 식으로 사람을 죽일 줄은 몰랐거든."

어제 세 명의 부하가 나미코시 경부를 쫓는 동안 아케치는 K와 단둘이 있었다. 그 기회를 틈타 아케치가 놀랄 만한 시나리오를 짠 것이다. 적의 손에는 권총이 있었지만 일대일이라면 무기가 없어도 몸에 익은 유도 기술로 상대를 굴복시킬 수 있었다. 그때 황금 의상을 벗긴 후 자신이 입었던 운전사 복장을 갈아입히고 재갈을 물려 아케치 고고로 역할을 하게 한 것이다. 그런 것쯤이야 식은 죽 먹기였다.

아케치는 적에게 빼앗은 황금가면과 망토로 뤼팽의 부하인 척했다. 도망칠 때 같은 차에 동승해 틈만 나면 체포하려 호시탐탐 기회를 노린 것이다.

하지만 아쉽게도 뤼팽과 후지코는 입에 독 캡슐을 물고 있었다. 섣불리 나섰다가는 바로 캡슐을 씹어 자살할 것이 분명했다. 뤼팽은 몰라도 후지코는 죽으면 안 되었다.

그래서 뤼팽의 부하 K 시늉을 하며 두목의 명령대로 샤플랭 일행을 폭행하고 비행복을 약탈하는 걸 도울 수밖에 없었다.

아무리 아케치의 솜씨가 뛰어나다고 해도 곤혹스럽기 짝이 없는 연기를 어떻게 그렇게 수월하게 해낼 수 있었을까. 우연히도 모든 조건에 들어맞았기에 가능한 일이었다. 시간대가 한밤중부터 이른 새벽까지라 어두웠던 점, 일당이 모두 황금가면을 쓰고 있어 계속 얼굴을 숨길 수 있었던 점, 비행장에서는 뤼팽을 비롯해 모두 비행용 고글을 썼기에 아케치의 부자연스러운 안면 은폐가 별로 눈에 띄지 않았던 점 등등.

그건 그렇다 쳐도, 죽었다고 믿었던 아케치가 살아 돌아왔을 뿐 아니라 부하 K인 척하며 도망치는 비행기에 동승했다니, 제아무리 뤼팽이라도 너무 놀라 순간적으로 모든 사고가 정지한 듯했다.

비행기는 길 잃은 새처럼 정처 없이 날았다. 너무 흔들거려 후지코가 무심결에 비명을 지를 정도였다.

하지만 아무리 곤경에 처해도 이성을 잃을 뤼팽이 아니다. 금세 정신을 가다듬은 뤼팽은 통화 장치를 들고 허심탄회하게 고백했다.

"졌다. 아케치. 나의 패배다. 세계적인 대도 아르센 뤼팽이 일본의 명탐정에게 경의를 표하겠다. 하지만 대체 날 어떻게 할 작정이냐."

"비행기를 출발했던 비행장에 착륙시킬 거다. 후지코 씨는 오토리가에 돌려보내고, 너는 베베르 씨가 체포하겠지."

"아하하하……. 그래, 아케치. 그런 장황한 말은 지상에 내려간 다음 하는 게 좋을 거야. 여기는 몇백 미터 구름 위야. 까딱하면 적이든 아군이든 목숨이 다 날아가지. 시시하게 권총 따위의 무기는 아무 힘이 없어. 네가 만약 그걸 발포하면 비행기는 조종사를 잃게 되어 추락할 텐데. 하하하……, 구름 위에서는 행운도 내 편인 것 같은데."

무적의 괴도답다. 뤼팽은 이런 곤경에도 주눅 들기는커녕 아니면 말고 식의 역공을 펼치려 했다. 목숨을 버리고 모두 함께 죽자고 들면 아케치도 손쓸 방법이 없다.

"그럼 너는 나를 어떻게 할 작정인데."

"잘 알잖아. 북해의 무인도에 데려다주지. 그럼 내 화가 풀릴 것 같은데."

아케치를 빙산 같은 곳에 떨어뜨려 놓고 갈 작정인가보다.

"하하하하하, 아케치, 큰일 난 것 같은데. 뭐라 말 좀 해봐. 네 지혜가 벌써 바닥난 거야?"

잠시 침묵이 흘렀다. 아케치는 마지막 비상 수단을 쓰기 위해 몰래 준비하는 중이었다.

"뤼팽, 그럼 너를 체포하는 건 포기하지. 그 대신 네 계획은 마지막 하나까지 모두 버려야 할 거야. 너는 우리나라에서 아무것도 훔쳐 갈 수 없거든."

"뭐라고?"

"네 유일한 수확인 후지코 씨를 악마의 손에서 되찾겠단 뜻이지."

그 말이 끝나기 무섭게 비행기가 흔들리더니 새된 비명소리가 났다. 그리고 하늘에서 두 검은 덩어리가 공중제비를 돌며 포탄처럼 낙하했다. 아케치가 거부하는 후지코를 겨드랑이에 끼고 발 구르기를 해서 비행기에서 뛰어내린 것이다.

자살하려는 것이 아니었다. 아케치와 후지코의 등 뒤에 낙하산 끈이 단단히 묶여 있었다.

소문은 비행기 속도보다도 빨리 퍼져 지상에 있던 사람들도 머리 위를 나는 비행기에 황금가면이 탄 걸 알고 있었다. 그 비행기에서 낙하산 두 개가 떨어지는 모습이 보이자 소란은 한층 격해졌다.

각 집의 지붕마다 일렬로 선 사람들이 하늘을 올려다보며 저마다 한마디씩 했다. 국도에는 열 대가 넘는 자동차가 비행기 뒤를 쫓으며 질주했다. 대부분 신문기자와 카메라맨이 탄 차였다.

두 개의 낙하산이 앞서거니 뒤서거니 하며 거대한 해파리처럼 너풀너풀 떨어지는 광경은 너무도 짜릿한 구경거리였다. 게다가 낙하산에 매달린 사람이 죽은 줄만 알았던 명탐정 아케치 고고로와 괴도 뤼팽의 연인 오토리 후지코였기에 다음날 신문에서 얼마나 떠들어댈지 쉽게 상상할 수 있었다.

두 낙하산은 기사라즈木更津 부근 해안에 착륙했다. 두 사람이 어부의 아내에게 간호를 받으며 그 집에서 쉬는 동안 도쿄에서 출발한 자동차들이 줄줄이 도착했다. 그중에는 경시청 차도 있었다. 베베르와 함께 온 나미코시 경부가 활짝 웃으며 급히 차에서 내렸다.

우리의 아케치가 얼마나 개선장군 대접을 받았는지는 생략하겠다.

그는 오토리가 사람에게 후지코를 인도한 후 나미코시 경부와 베베르에게 좀 겸연쩍은 미소를 보이며 이렇게 말했다.

"뤼팽은 놓쳤지만 일당은 모두 체포했고, 국보를 비롯한 미술품들도 되찾았지. 그리고 마지막으로 후지코까지 뤼팽의 마수에서 벗어나게 했으니 일단 이번 싸움은 내가 승리했다고 볼 수 있겠네. 하지만 뤼팽은 낯선 타국에서 싸워 핸디캡이 있었을 테니 좀 딱하긴 하군."

뤼팽의 비행기는 그대로 며칠간 소식이 끊겼지만, 어느 날 태평양을 항해 중인 기선이 바다에 떠오른 샤플랭의 비행기를 발견했다는 신문 기사가 사람들을 놀라게 했다.

뤼팽은 태평양에서 상어 밥이 되었을까. 아니다, 그는 만만찮은 자다. 지금까지 그랬듯 죽은 줄 알았던 그가 이 세상 어딘가에서 또 무슨 수작을 부리며 악행을 기도하고 있을지 모를 일이다.

작가의 말

범인의 정체, 트릭 등이 언급되어 있습니다.

1. 『황금가면』 에스페란토 번역 출판을 맞아

일본 에스페란토회에서 일찍이 졸작 「영수증 한 장」을 번역해 출판했지만, 이번에는 『킹』에 연재 중인 『황금가면』 번역본을 분권해 출판하게 되었다. 영광이라 생각한다.

『황금가면』은 「영수증 한 장」보다 훨씬 통속적인 소설이다. 집필 방식도 플롯을 확실히 정해놓지 않고 월간지 『킹』의 원고 마감에 쫓기며 쓴 것이다. 따라서 매달 기분에 따라 완성도가 들쭉날쭉한지라 전체를 통독하면 아무래도 부족한 감이 있다.

이 소설은 처음부터 아르센 뤼팽을 등장시킬 생각이었다. 모리스 르블랑이 코난 도일의 셜록 홈즈를 자기 소설에 끌어들여 뤼팽과 대항시킨 것처럼 나도 프랑스의 협도 아르센 뤼팽을 일본의 도쿄로 데려와 우리의 아케치 고고로와 싸우게 하고 싶었다.

하지만 뤼팽을 일본에 불러들이는 것은 홈즈를 프랑스로 부르는 것만큼 간단하지 않았다. 눈 색깔이 다르기 때문이다. 영국인 홈즈가 파리에 숨어들어 변장하는 것은 별일 아니지만 뤼팽이 일본인으로 변신하는 것은 불가능에 가깝다. 그 곤란을 해결하기 위해 나는 황금가면을 고안했다. 황금가면에 대한 아이디어는 마르셀 슈보브의 단편 「황금가면을 쓴 왕」에서 얻었다. 나는 그 기괴한 환상소설을 더없이 좋아한다.

이 기회를 빌려, 처음 탐정소설을 접하신 에스페란토 독자들을 위해 한마디 남기자면, 일본 탐정소설이 모두 『황금가면』 같지는 않다. 오히려 『황금가면』이 예외에 불과하며 대부분의 작품은 훨씬 격조 높고 지적이다. 『황금가면』은 1백만 이상의 독자를 보유한 대중잡지 『킹』에 연재된 소설이므로 남녀노소 누구라도 재미있게 읽을 수 있도록 신경 써서 집필했다는 걸 이해해주기 바란다.

마지막으로 이 책을 번역하고 출판해주신 일본 에스페란토 회장 가지 히로카즈 씨 및 역자인 시모무라 요시지 씨에게 깊은 감사의 뜻을 표한다.

(1931년 7월 2일)

2. 도겐샤판 『에도가와 란포 전집』 후기 중

1930년 9월호부터 1931년 10월호까지 『킹』에 연재한 작품이다. 『고단구락부』에 처음 연재했던 『거미남』의 호평에 힘입어 곧바로 1930년 1월호부터 같은 잡지에 『마술사』를 연재했는데, 고단샤의 대표 잡지인 『킹』에서도 간곡하게 요청하는 바람에 그해 여름부터 『황금가면』을 쓰기 시작했다. 그 무렵 『킹』의 발행 부수는 1백만 부 이상으로 일본 최고였다. 따라서 남녀노소 누구나가 즐길 수 있어야 한다는 고단샤의 조건이 이 잡지에는 훨씬 강하게 적용되었다. 그래서 나도 이번에는 뤼팽 식의 밝은 작품을 쓰려 작심했기에 변태 심리 같은 건 다루지 않기로 했다. 다른 권 해설에도 썼듯이 부수가 많은 오락잡지의 연재물은 구로이와 루이코와 뤼팽을 잘 버무려 쓰는 것이 내 전략인데, 『황금가면』의 경우는 뤼팽 쪽에 더 치우친 것 같다. 아니, 치우친 정도가 아니라 이 소설은 아예 아르센 뤼팽이 등장하여 아케치 고고로와 정면승부를 한다. 그런 까닭에 이 작품은 내 장편소설 중에서도 가장 불건전한 측면이 적고 밝은 작품이라 할 수 있다.

『황금가면』이라는 제목은 그 후 유행한 '황금○○'이나 '○○가면'에서 보듯 소년 대상 소설의 선구라 할 수 있는데, 나는 이 제목을 그 무렵 애독했던 프랑스 작가 마르셀 슈보브의 『황금가면을 쓴 왕』을 통해 알게 되었다.

(1962년 2월)

옮긴이의 말

아케치 고고로 사건수첩 제6권 『황금가면』은 에도가와 란포의 장편소설 중에서도 가장 유명한 작품일 것입니다. 『거미남』의 성공 이후 『마술사』에 이어 고단샤에서 가장 발행 부수가 많은 간판 잡지인 『킹』에 연재한 소설로, 란포는 『황금가면』 연재에 앞서 기존의 '소탐정 소설'에서 벗어나 좀 더 무대가 넓은 '대탐정 소설'로 진출한 첫 번째 작품이라고 출사표를 던지기도 했지요. 그리고 한층 성장한 주인공 아케치 고고로와 함께 독자들이 깜짝 놀랄 만한 상대역이 등장한다고도 예고하며 이 인물을 과연 잘 다룰 수 있을지 걱정스러워 집필이 기대된다고도 했습니다.

무표정한 노 가면 같은 황금가면, 온몸에 번쩍이는 금빛 망토, 초승달 모양의 일그러진 입에서 흘러나오는 악마 같은 웃음……. 아케치 고고로의 가장 유명한 상대일 황금가면은 바로 아르센 뤼팽입니다. 란포는 『거미남』 이후 통속 장편에는 구로

이와 루이코와 뤼팽 시리즈를 적절히 배합하는 전략을 취한다고 여러 번 밝힌 바 있지만, 『황금가면』에서 아예 뤼팽을 직접 등장시킵니다. 모리스 르블랑이 뤼팽 시리즈에서 홈즈를 파리로 불러들여 뤼팽과 대결을 시켰듯 란포는 뤼팽을 도쿄로 불러와 아케치 고고로와 대결을 벌이게 한 거죠. 이와 더불어 뤼팽의 정체를 밝히기 위한 증인으로서 『813』이나 『호랑이 이빨』에서 활약했던 전 파리 경시청 형사부장 베베르를 호출하기도 하고, 『기암성』의 '바늘바위'에 필적할 만한 새로운 은신처 '흰 거인'을 마련하는 등 보다 직접적으로 뤼팽 시리즈를 차용합니다. 하지만 이 과정에서 괴도 신사 뤼팽은 인종차별은 물론 자신의 목적을 위해서는 살인도 불사하는 인물이 되었습니다. 당시 일본에서는 뤼팽 시리즈의 번역본이 출간되어 인기를 누렸기에 뤼팽 팬들로서는 황금가면이 달갑지 않은 존재였을 수도 있겠지요. 하지만 마르셀 슈보브의 단편 「황금가면을 쓴 왕」에서 착안한 황금가면이라는 장치는 정말 탁월한 발상이었습니다. 실제로 당시에 아이들 사이에서는 소설에 나온 황금가면 놀이가 유행했을 뿐 아니라 헤이본사에서 출간한 에도가와 란포 전집의 선전물로서 셀룰로이드 가면을 이용할 정도로 선풍적이었습니다.

또한, 『황금가면』에는 뤼팽 시리즈 외에도 많은 작품들이 등장합니다. 변장의 귀재로서 뤼팽의 선배 격인 지고마나 팡토마 뿐 아니라 에드거 앨런 포의 「적사병의 가면」 등 직간접적으로 인용된 작품들을 찾아보는 것 역시 흥미롭습니다. 란포는 「D자카 살인사건」을 비롯한 초기 단편부터 국내외 탐정소설과 범죄소설에 대한 인용과 패러디를 적극적으로 활용하는데 그러한 특성 역시 『황금가면』에서 정점에 이른 것 같습니다.

2020년 12월

이종은

작가 연보

1894년

- 10월 21일 미에三重현 나가名賀군 나바리초名張町에서 아버지 히라이 시게오平井繁男와 어머니 기쿠きく의 장남으로 태어남. 본명은 히라이 다로平井太郎.

1897년(3세)

- 아버지의 전근으로 나고야名古屋 소노이초園井町로 이사. 평생 이사가 잦았으며 그 회수가 총 46회에 달함.

1901년(7세)

- 4월 나고야 시라가와 진조소학교白川尋常小学校 입학.

1903년(9세)

- 이와야 사자나미巖谷小波의 동화에 심취. 어머니가 읽어준 기쿠치 유호菊池幽芳의 번안 추리소설 『비밀 중의 비밀秘密中の秘密』을 학예회에서 구연하려다 실패. 환등기에 매혹되었으며 이후 렌즈와 거울에 빠짐.

1905년(11세)

- 4월 나고야 시립 제3고등소학교名古屋市立第3高等小学校에 입학. 친구와 등사판 잡지 제작.

1907년(13세)

- 4월 아이치 현립 제5중학愛知県立第5中学에 입학. 여름방학 때 피서지인 아타미熱海에서 구로이와 루이코黒岩涙香가 번안한 『유령탑幽霊塔』을 읽고 감탄. 나쓰메 소세키夏目漱石, 고타 로한幸田露伴, 이즈미 교카泉鏡花의 작품을 읽기 시작.

1908년(14세)

- 활자를 구입하여 잡지를 제작. 아버지가 히라이 상회平井商店를 창업.

1910년(16세)

- 친구와 만주 밀항을 위해 기숙사를 탈출, 정학 처분을 받음.

1912년(18세)

- 3월 중학교 졸업.
- 6월 히라이 상회의 파산으로 고등학교 진학 포기. 일가가 한국의 마산으로 이주.
- 9월 홀로 귀국하여 와세다대학早稲田大学 예과 2년에 편입.

1913년(19세)

- 3월 <제국소년신문帝国少年新聞>을 기획하여 소설 집필 시도.
- 9월 와세다대학 정치경제학과에 입학.

1914년(20세)

- 친구들과 회람잡지 『흰 무지개白紅』를 제작. 가을에 에드거 앨런 포, 코난 도일 등 해외 탐정소설에 흥미를 가짐.

1915년(21세)

- 아르바이트를 하며 해외 추리소설 탐독. 코난 도일 번역을 위해 고대 로마 이래 암호를 연구. 가을에 탐정소설 초안 기록을 수제본 『기담奇譚』으로 엮음. 습작으로 「화승총火縄銃」 집필.

1916년(22세)

- 8월 와세다대학을 졸업. 미국에 가서 탐정작가가 되려는 꿈을 단념하고 오사카의 무역회사 가토양행加藤洋行에 취직.

1917년(23세)

- 5월 이즈伊豆의 온천장을 방랑. 다니자키 준이치로谷崎潤一郎의 『금빛 죽음金色の死』에 감동, 이후 사토 하루오佐藤春夫와 우노 고지宇野浩二의 작품들을 가까이함. 「화성의 운하火星の運河」를 집필.

1918년(24세)

- 미에현 도바조선소鳥羽造船所 기관지 편집을 맡음. 도스토옙스키에 경도.

1919년(25세)

- 2월 도쿄에 상경. 동생들과 혼고本郷 단고자카団子坂에 헌책방 산닌쇼보三人書房를 개업했으나 1년 만에 폐업. 사립 탐정, 만화잡지 『도쿄퍽東京パック』 편집장, 중화소바 노점상 등 여러 직업을 전전. 겨울에 조선소 근무 중 알게 된 사카테지마坂手島 출신의 무라야마 류村山隆와 결혼.

1920년(26세)

- 2월 도쿄시 사회국에 입사. 만화잡지에 만화를 기고.
- 5월 조선소 시절 동료와 지적소설간행회知的小説刊行会를 창설, 동인잡지 『그로테스크グロテスク』를 기획하였으나 좌절. 한자를 달리 표기한 江戸川藍를 필명으로 사용. 「영수증 한 장」의 바탕이 되는 「석괴의 비밀石塊の秘密」 착수.
- 10월 오사카로 이주. 오사카 <시사신문사時事新聞社> 기자로 재직.

1921년(27세)

- 2월 장남 류타로隆太郎 탄생.
- 4월 상경하여 일본공인구락부日本工人倶楽部 기관지 편집장으로 취업.

1922년(28세)

- 7월 오사카 아버지 집에서 기거. 「2전짜리 동전二銭銅貨」과 「영수증 한 장一枚の切符」을 집필. 『신청년新青年』에 기고.

1923년(29세)

- 4월 『신청년』에 고사카이 후보쿠小酒井不木 추천사와 함께 「2전짜리 동전」 게재. 7월호에는 「영수증 한 장」 게재.
- 7월 오사카 <마이니치신문사毎日新聞社> 광고부에 취직.

1924년(30세)

- 6월 『신청년』에 「두 폐인二癈人」 게재.
- 10월 『신청년』에 「쌍생아双生児」 게재.
- 11월 전업 작가가 되기로 결심하고 오사카 <마이니치신문사> 퇴사.

1925년(31세)

- 1월 『신청년』 신년증대호에 「D자카 살인사건D坂の殺人事件」을 게재.
- 2월 『신청년』에 「심리시험心理試験」 게재 이후 편집장 모리시타 우손森下雨村이 기획 연속 단편을 제안, 이후 「흑수단黒手組」(3월호), 「붉은 방赤い部屋」(4월호), 「유령幽霊」(5월호), 「천장 위의 산책자屋根裏の散歩者」(8월 여름 증대호) 등을 발표.
- 4월 오사카에서 요코미조 세이시横溝正史와 탐정취미회探偵趣味会를 발족.
- 7월 슌요도春陽堂에서 단편집 『심리시험』 발간.
- 9월 아버지 히라이 시게로 사망. 『탐정취미探偵趣味』 창간호 발간.
- 10월 『구라쿠苦楽』에 「인간의자人間椅子」 발표.

- 11월 JOAK(현 NHK) 라디오에서 「탐정취미에 관하여」를 방송. 대중문예작가21일회大衆文芸作家二十一日会에 참가, 『대중문예大衆文芸』 창간.

1926년(32세)

- 1월 『선데이 마이니치サンデー毎日』에 「호반정 살인湖畔亭事件」, 『구라쿠』에 「어둠 속에서 꿈틀대다闇に蠢く」 연재 시작.
- 2월 <아사히신문朝日新聞>에 「난쟁이一寸法師」 연재 시작.
- 7월 『신소설』에 「모노그램モノグラム」 게재.
- 10월 『신청년』에 「파노라마섬 기담パノラマ島奇談」 연재 시작. 『대중문예』에 「거울지옥鏡地獄」 게재.

1927년(33세)

- 3월 나오키 산주고의 연합영화예술협회 제작의 <난쟁이> 개봉. 시모도츠카下戸塚에 하숙집 치쿠요칸築陽館 개업.
- 6월 자신의 작풍에 절망해 절필을 선언하고 일본해 연안을 방랑.
- 10월 헤이본사平凡社판 현대대중문학전집 제3권 『에도가와 란포집』 발간, 16만 부 이상이라는 판매기록 수립. 교토, 나고야를 방랑.
- 11월 『대중문예』 동인들과 함께 대중문예합작조합인 단기사耽綺社 결성.

1928년(34세)

- 8월 『신청년』에 「음울한 짐승陰獣」 연재 시작, 인기를 얻음.

1929년(35세)

- 4월 고사카이 후보쿠 사망 후 『고사카이 후보쿠 전집』 간행에 매진.
- 6월 『신청년』에 「압화와 여행하는 남자押絵と旅する男」 게재.
- 8월 『고단구락부講談倶楽部』에 「거미남蜘蛛男」 연재 시작. 국내외 동성애 문헌 수집에 착수.

1930년(36세)

- 1월 『문예구락부文芸倶楽部』에 「엽기의 말로猟奇の果」 연재 시작.
- 7월 『고단구락부』에 「마술사魔術師」 연재 시작.
- 9월 『킹キング』에 「황금가면黄金仮面」 연재 시작. <호치신문報知新聞>에 「흡혈귀吸血鬼」 연재 시작.

• 10월 고단샤講談社에서 『거미남』 출간, 인기리에 판매.

1931년(37세)

• 5월 헤이본샤판 『에도가와 란포 전집』 전 13권으로 발간 시작.
• 8월 에스페란토어 역본 『황금가면』 발간.

1932년(38세)

• 3월 집필을 중단한 후 각지를 여행.
• 11월 오카도 부헤이岡戸武平가 대필한 『꿈틀거리는 촉수蠢く触手』를 신초사新潮社에서 발간.
• 12월 이치가와 고다유市川小太夫가 「음울한 짐승」을 연극으로 상연.

1933년(39세)

• 1월 오츠키 겐지大槻憲二의 정신분석연구회精神分析研究会에 참가.
• 11월 『신청년』에 「악령悪霊」 연재 시작(3회로 중단).
• 12월 『킹キング』에 「요충妖虫」 연재 시작.

1934년(40세)

• 1월 『히노데日の出』에 「검은 도마뱀黒蜥蜴」 연재 시작. 『고단구락부』에 「인간표범人間豹」 연재 시작.
• 9월 『중앙공론中央公論』에 「석류柘榴」 발표.

1935년(41세)

• 1월 『란포 걸작선집』 전 12권 헤이본샤에서 발간 시작.

1936년(42세)

• 1월 『소년구락부少年倶楽部』에 「괴인이십면상怪人二十面相」 연재 시작.
• 4월 『탐정문학探偵文学』 4월호 에도가와 란포 특집호 발간.
• 5월 평론집 『괴물의 말鬼の言葉』 슌주샤春秋社에서 발간.

1937년(43세)

• 9월 『히노데』에 「악마의 문장悪魔の紋章」 연재 시작.

1939년(45세)

• 1월 『고단구락부』에 「암흑성暗黒城」 연재 시작. 『후지富士』에 「지옥의 어릿광대地獄の道化師」 연재 시작.
• 3월 슌요도 일본문학소설문고로 발간된 『거울지옥』 중 「벌레蟲」가 반전反戦 성향이 있다는 이유로 삭제 명령. 은둔 생활 결심.

1941년(47세)

- 군부에 협조하지 않았다는 이유로 작품 출판이 금지됨. 신문 기사 등 자료를 모아 『하리마제연보貼雜年譜』 제작 시작.

1942년(48세)

- 1월 『소년구락부』에 고마츠 류노스케小松龍之介라는 필명으로 「지혜의 이치타로知恵の一太郎」 연재 시작.

1943년(49세)

- 11월 『히노데』에 과학 스파이 소설 「위대한 꿈偉大なる夢」 연재 시작.

1945년(51세)

- 4월 가족과 후쿠시마福島로 소개疎開.

1946년(52세)

- 4월 탐정작가 친목회인 토요회土曜会 창설.
- 10월 「심리시험」을 원작으로 한 영화 <팔레트 나이프의 살인 パレットナイフの殺人> 상영.

1947년(53세)

- 6월 탐정작가클럽 창설, 초대 회장으로 취임, 회보 발행. 각지에서 탐정소설에 관해 강연.

1948년(54세)

- 8월 쇼치쿠松竹 영화사 제작 <난쟁이> 개봉.

1949년(55세)

- 1월 『소년少年』에 「청동의 마인青銅の魔人」 연재 시작.

1950년(56세)

- 3월 <호치신문>에 「단애断崖」 연재 시작. 「흡혈귀」를 원작으로 한 다이에이大映 영화사 제작 <에이지의 미녀永柱の美女> 상영.

1951년(57세)

- 5월 이와야쇼텐岩谷書店에서 평론집 『환영성幻影城』 발간.

1952년(58세)

- 7월 탐정작가클럽 명예회장으로 추대.
- 11월 미군기관지 『성조기*Stars and Stripes*』에 아케치 고고로가 일본의 홈즈로 소개.

1954년(60세)

- 6월 오사카 <산케이신문>에 「흉기凶器」 게재. NHK라디오 연속드라마

「괴인이십면상」 방송.

- 10월 에도가와 란포상 제정. 이와야쇼텐에서 『탐정소설 30년』 발간. 슌요도에서 『에도가와 란포 전집』 전 16권 발간 시작.
- 11월 쇼치쿠 영화사 제작 <괴인이십면상> 개봉.

1955년(61세)

- 1월 「도깨비 환희化人幻戯」, 「그림자남影男」, 「십자로十字路」 집필. 쇼치쿠 영화사 제작 <청동의 마인> 개봉.
- 2월 신토호新東宝 영화사 제작 <난쟁이> 상영.
- 4월 『오루 요미모노オール読者』에 「달과 수첩月と手袋」 게재.

1956년(62세)

- 3월 닛카츠日活 영화사 제작 <죽음의 십자로死の十字路> 개봉. J. 해리스 번역, 영문 단편집 발간.

1957년(63세)

- 8월 <파노라마섬 기담> 토호東宝극장에서 개봉.

1961년(67세)

- 10월 도겐사桃源社판 『에도가와 란포 전집』 전 18권 발간 시작.

1963년(69세)

- 1월 사단법인 일본추리작가협회 창설, 초대 회장 취임.

1965년(71세)

- 7월 28일 뇌출혈로 사망.

아케치 고고로 사건수첩 6

황금가면

초판 1쇄 발행 | 2021년 02월 05일

지은이 에도가와 란포
옮긴이 이종은
펴낸이 조기조
펴낸곳 도서출판 b | 등록 2003년 2월 24일 제2006-000054호
주 소 08772 서울특별시 관악구 난곡로 288 남진빌딩 302호
전 화 02-6293-7070(대) | 팩시밀리 02-6293-8080
이메일 bbooks@naver.com | 홈페이지 b-book.co.kr

ISBN 979-11-87036-70-8 (세트)
ISBN 979-11-87036-76-0 04830

값 | 12,000원